पाठकों के विचार

जो कोई भी मानव संसाधन (एच आर) के जीवन काल के अध्ययन अभ्यास में रूचि रखते है, उनके लिए कर्मचारियों के प्रबंधन के क्षेत्र के बारे में रोचक तथा विस्तृत सूचना। जो परिस्थिति तंत्र को सक्षम बनाता है, उसके बारे में दिलचस्प अंदाज़ में जानकारी उपलब्ध करायी गयी है और सकारात्मक संस्कृति की भूमिका के बारे में जो कि उद्यम में लोगों के कार्यक्रम को सफल बनाने में एक भूमिका निभाता है। मुझे, हर विषय के आखिर में उद्योग में आने वाले उदाहरण पसंद आये, जो कि इस किताब को पेशेवर लोगो के लिए रोचक बनाते है, तथा इस विषय से जुड़े विद्यार्थियों के लिए मोहक बनाते है।

डा. अदि मालिया, ग्रुप प्रेसिडेंट – एच आर, इस्सार सर्विस इंडिया लि.

अपर्णा शर्मा द्वारा लिखी हुई किताब – रियालटी बाइट्स–एक सही मायने में मानव संसाधन के विषय में आशु परिकलक जो कि व्यवसायी तथा विद्यार्थी दोनों के लिए उपयुक्त हर तरह से पूर्ण पुस्तिका, जो कि आसानी से पढ़ी जा सकती है। सही तरह से समझाने हेतु उन्होंने हर सिद्धांत को बड़े ही स्पष्ट तरीके से छोटे छोटे उदाहरणों द्वारा बताया है जोकि व्यवहारिक मूल को दर्शाते है। मौजूदा मानव संसाधन के क्षेत्र में काम कर रहे व्यवसायिक अपनी रोज़मर्रा की जिन्दगी में इसका इस्तेमाल कर सकेगें, और इसके इस्तेमाल से मानव संसाधन के सिद्धांत तथा घटित होने वाले अपने कार्य स्थल के प्रकरण के बीच के अंतर को पाट सकेगें और अपने कार्यस्थल में क्रियान्वित कर सकेंगे। इसके अलावा, हर अध्याय के अंत में दिए गये प्रश्न करते

पाठकों के समक्ष मानव संसाधन की कूटनीति का हिस्सा होने पर विचार करती है, और उद्योग के व्यवसायिक लक्ष्य में उसकी भूमिका।

राजीव दुबे, प्रेसिडेंट (ग्रुप एच आर, कॉर्पोरेट सर्विस और आफ्टर मार्केट) और मेंबर ग्रुप एक्सक्यूटिव बोर्ड, महिंद्रा एंड़ महिंद्रा लि., नेशनल प्रेसिडेंट–एन एच आर डी एन..

अपर्णा शर्मा की यह किताब – रियालटी बाइट्स –मानव संसाधन परिक्षेत्र के सार को लाती है। इस किताब में कई विषयों के बारे में लिखा है, जैसे कि मुहैया, मानव संसाधन के विश्लेषण तथा प्रबंधकों और कर्मचारियो के मूल प्रस्ताव को संक्षिप्त रूप में, वो सब विषय जो कि अभी तक किसी और ने नहीं तय किया है। यह किताब नये प्रबंधकों को तथा आकांक्षी मानव संसाधन व्यवसायों के लिए प्रारंभिक किताब के रूप में उपयुक्त सिद्ध होगी। अपर्णा बहुत बढ़िया काम किया!!!

के. रामकुमार, एक्जक्युटिव डायरेक्टर, आईसीआईसीआई बैंक

मानव संसाधन व्यवसायिकों पर कई बार ये दोष लगाया जाता है कि वे अपरिचित शब्दों का तथा किंतु–परन्तु का ज्यादा प्रयोग करते है। रियालीटी बाइट्स– ''द रोल आफ एच आर इन टूडेज वर्ल्ड'', अपने आप में एक अलग तरीके की किताब है, जो कि सिद्धांतों का संचरण बड़े ही साधारण तथा आसान तरीकों से करती है। इसकी विषय–वस्तु सरल है, ना कि इक तरफा। सभी व्यवसायिक जो कि जल्दी से १०१ मानव संसाधन के बारे में आरंभिक जानकारी पाना चाहते है, वो ये सब इस किताब में आसानी से पा सकेंगे। इस किताब में मानव संसाधन के विभिन्न पहलुओं के बारे में संक्षिप्त जानकारी प्राप्त होती है, जो कि आम तौर पर किसी एक जगह पर नहीं मिल पाता है। इसकि विषय–वस्तु आज की और समकालीन है, और मानव संसाधन विश्लेषण जैसे विषयो पर जो सामग्री दी गई है, वह व्यवहारिक उदाहरणों के द्वारा इस पुस्तक को उत्कृष्ट रूप से पठन योग्य बना देती है। मुझे यकीन है कि ये

किताब एक नवीन लेखक की यात्रा की शुरूआत है और मानव संसाधन के विषय में और भी रचना लिखी जायेगी... विश्वास है कि प्रस्तुत संग्रह अपने ढंग की एक नवीन देन है। जो पाठकों को अध्ययन की पर्याप्त सामग्री प्रदान करेगा।

योगी श्रीराम, एसवीपी (कार्पोरेट ह्यूमन रिसोर्स), लारसन एंड ट्यूब्रो लि.

अपर्णा शर्मा की ये किताब मानव संसाधन के आते ही मूलभूत विषयों के संबंधों के बारे में बड़े ही सरल तथा व्यवहारिक रूप से संबोधन करती है। ये किताब मानव संसाधन में कार्यान्वित व्यवसायों के लिए पढ़ना जितना जरूरी है, उतना ही आवश्यक है कि मानव संसाधन के क्षेत्र में पढ़ाई कर रहे विद्यार्थियों तथा किसी भी व्यवसाय के प्रबंधकों के लिए भी आवश्यक है। मानव संसाधन व्यवसायिकों को व्यवसाय के बारे में समझने में मदद मिलेगी तथा उद्योगपतियों को मूलभूत सिद्धांतों को समझने की जानकारी प्राप्त होगी जिसका उपयोग वे अपने कार्यक्षेत्र के लोगों में कार्यान्वित लोगों के लिए कर सकेंगे। इसमें दिए गये व्यवहारिक उदाहरण, पाठकों को दैनंदिन के क्रियाकलापों में काम में आ सकेंगे और समझने में सहायक हो सकेंगे और उनकी सोच में परिवर्तन ला सकेंगे और उससे उनकी सोच को प्रेरित करता है। लेखिका का विस्तृत अनुभव इन व्यवहारिक उदाहरणों को और ज्यादा प्रमाणिकता प्रदान करता है।

सतीश कुलकर्णी, सीईओ एंड मैनेजिंग डायरेक्टर – लाँइस्ट इंडिया पा. लि.

अपर्णा शर्मा की ये प्रथम किताब-- रियालीटी बाइट्स-द रोल आफ एच आर इन टूडेज वर्ल्ड, ने कर्मचारियों के संपूर्ण जीवन कार्यकाल को अपने अंदर समेटा है और इिस विषय के अंतर्गत बहुत ही निपुणता से खूबियों को दर्शाया हैं। यह हमें ज्ञात है कि वो एक प्रशिक्षित तथा योग्य मानव संसाधन व्यवसायिक है, परन्तु उन्होंने अपने एक और गुण, दो विभिन्न कौशलों को इस किताब के रूप में संजोया हैं। अंग्रेजी में किताब लिखने का तथा मानव संसाधन के बारे में-वो भी दोनो को ही बड़ी सरलता और

सहजता से । इस किताब में इतने सारे विषयों को विस्तृत किया है, ता कि कोई भी मानव संसाधन व्यवसायिक, आंनदित होकर इसमें दी गई सीख का इस्तेमाल एक व्यवसायिक ज्ञान के रूप में कर सकता है और दूसरे भी इसका अनुसरण कर सकते है ।

मैं यह स्वीकार करता हूँ, कि जो कोई भी मानवल मूलधन का प्रबंधन करते है, उनके लिए यह पुस्तक पढ़ना आवश्यक है, और इसमें उभरते हुए मानव संसाधन व्यवसायिक शामिल है तथा मानव संसाधन के विद्यार्थी जो कोई मानव संसाधन के विषय में संदंर्भ पुस्तक ढूँढते है उनके लिए भी सरल तथा दोषरहित तरीके से, इसमें विषय के हर पहलुओं को संबोंधित किया है तथा व्यवसायिक उदाहरण इस किताब को अद्बितीय बनाते है ।
अपर्णा को आगे सफलता के लिए बधाई, तथा और भी ऐसी किताब लिखे ।

अनंत राजाद्याने, जनरल मैनेजर-एच आर मसीना अस्पताल (टीस-१९७२-७४)

रियालिटी बाइट्स सिर्फ एक अच्छी पढ़ने लायक सामाग्री नहीं, बल्कि उससे कुछ ज्यादा है । इस किताब का विषयसंबंधी तथा कूटनीति दृष्टिकोण भाविक प्रबंधक को अपनी सफलता की खोज में एक मार्गदर्शक की भूमिका अदा करती है । एक मानव संसाधन व्यवसायिक अपने क्षेत्र में आगे कैसे बढ़े, उस लिए क्या आवश्यक होता है, इस पर य़ह किताब एक कल्पनात्मक तथा पैनी दृष्टिकोण प्रदान करता है । हर मानव संसाधन अधिनायक जो कोई भी अपने संस्था को बदलने में लगे है, उन सबको ये किताब काफी सलाह मुहैया कराती है । निशानदेह, इसे पढ़ना जरूरी हैळ!

डॉ. दीपक देशपांड़े, एसवीपी एंड हेड़ एचआर, नेटमैज़िक सोल्यूशनस

आपकी किताब 'रियालिटी बाइट्स' मुझे मानव संसाधन जैसे चुनौतिपूर्ण परन्तु रोचक विषय के ज्यादा से ज्यादा करीब ले जा रहा है । ईवीपी जैसे सिद्धांत को इतने सरल तथा क्रमश तरीके विवरण किया गया है और साथ में दिए गये व्यवहारिक नमूना तथा उदाहरण, पाठक को विषय के बारे में आन्नदनीय रूप से समझाया गया है

। मानव संसाधन व्यवसायिकों के लिए ये किताब एक बाइबल के रूप में ही नही है, बल्कि मेरे जैसे संगठनों में प्रशिक्षकों के लिए मानव संसाधन उद्योग में व्यवहार कुशलता की व्यापकता का आमना सामना कराती है, जैसे कि चेंज मैनेजमेंट के लिए प्रशिक्षण की आवश्यकता । मुझे यकीन है, कि प्रबंधन के क्षेत्रों के लिए ये किताब एक संदर्भ पुस्तक के रूप में शामिल की जायेगी । आपको कामयाबी के लिए बधाई और उज्ञवल भविष्य हो, ताकि आप और भी किताबें लिखे!!!

व्रुशाली कौल, कार्रेपोरेट ट्रेनर

मानव संसाधन प्रबंधनो के व्यवसाय की किताब 'रियालिटी बाइट्स' पढ़ने में मुझे बहुत ही आनंद आया, जो कि समान रूप से – मानव संसाधन के व्यवसायी तथा विद्यार्थी दोनों के लिए उपयुक्त है । इसका प्रस्तुतिकरण तथा विषय वस्तु बहुत ही सरल है । मानव संसाधन को कार्य क्षेत्र में समझने हेतु उपयुक्त हस्तपुस्तक ।

डॉ. पी एल एन राजू, डिप्टी. डायरेक्टर (ऑर्गनाईजेशनल ऐफेक्टिवनेश)

द लेप्रोसी मिशन ट्रस्ट इंडिया...

'रियालिटी बाइट्स' एक सरल तथा बहुत ही उपयोगी मार्गदर्शन पुस्तक है जो कि हर मानव संसाधन के व्यवसायिक अपने पेशे की शुरूआत में, तथा प्रबंधक/व्यवसायिक जो भी लोगों के साथ कार्य करना चाहते है, उन सभी के लिए एक आशु परिकलक । उससे बड़े ही साफ रमणीय भाषा में लिखा गया है, जिस कारण इसको पढ़ना और इसका इस्तेमाल करना बड़ा ही रोमांचक तथा रूचिकारक अनुभव होता है । हर अध्याय के अंत में दिए गये व्यवसायिक नमूने गहराई से सोचने पर मजबूर करते है और साथ में वैचारिक शुद्धता भी लाते है – ये इस किताब की विशेषता है । लेखक ने बड़े ही कुशलता से सिद्धांतों को तथा कार्यप्रणाली को एक कलाकृति के रूप में ढाला है, जो कि हर पाठक के दिल तथा दिमाग, दोनों को पंसंद आता है ।

अरूण एस. कैमल, पीएम एंड आईआर में एम ए, टीस, २००७, एच आर मैनेजर

लिडींग फॉंरचुन ५०० एमएनसी ऑंपरेटिंग इन इंडिया

बड़े ही जटील तथा सक्रीय परिवेश में कार्यरत होते हुए निरंतर की कोशिश रहती है, तभी अपर्णा की किताब 'रियालिटी बाइट्स' मुझे कई सुझाव से प्रेरित किया है। इस किताब से 'खतलि' सीख मिली और ये सब सीख को मानव संसाधन बिरादरी उद्योग की सफलता के लिए सूची के रूप में प्रकाशित कर सकते है। विस्तृत परन्तु एक छोटी पुस्तिका मानव संसाधन के उपयुक्त पहलू का सांराश है जो कि मानव संसाधन का गहराई से ज्ञान प्राप्त कराती है ओर इस सब के प्रतिस्पर्धिक माहौल में उद्योग का स्तर बढ़ता है।

उपयोग से आज के संत कबीर की कहावत, 'गागर में सागर' (बहुत कुछ को थोड़े शब्दों में कह देना) 'रियालिटी बाइट्स' -- द रोल आफ एच आर इन टूडेस वर्ड, के लिए सटीक बैठता है। अब यह पाठक पर निर्भर करता है कि वो कितना पानी (ज्ञान) इससे लेना चाहेंगे, ता कि वो व्यवसायिक कूटनीति के एक सच्चे भागीदार बने रहे। सराहनीय प्रयास, बहुत अधिक ही अनुशासित।

उमेश त्रिपाठी, सिनीयर मैनेजर- एचआर, यूसीबी इंडिया पा. लि.

हवाई छतरी तथा 'स्तिष्क खुलने पर ज्यादा कारगर होता है। 'रियालिटी बाइट्स' ज्ञान कौशल तथा 'नोभाव का शिखर है, और इससे लोगों को ज्यादा व्यवहारिक और जानकार बनायेगा इस वजह से मानव संसाधन की सक्रियता को समझ सकेगें। हर अध्याय के अंत में दिये गये व्यवहारिक नमूने, व्यवहारिक तथा सैधांतिक ज्ञान दोनों को जोड़तें है। सिधांतो को एक बड़े ही आसान तरीके से समझाया गया है, और इस लिए ये किताब को प्रबंधन के हर क्षेत्रो के लिए, शिक्षकों के लिए, तथा मानव संसाधन का प्रयोग करना व्यवसायिकों के लिए अति आवश्यक है।

डॉ. अंकुश शर्मा, सीइओ एंड़ हेड़ मैनेजमेंट स्टड़ीज़, विद्यांलकार ऐजुकेशन कैम्पस

जिंदगी और अभ्यास सरल बन जाता है, अगर वो आसान बना दिया जाय। 'रियालिटी बाइट्स' ऐसी किताब है, जो कि मानव संसाधन की प्रक्रिया को बड़े ही

आसान तरीके से समझती है ।इस पुस्तक में मानव संसाधन के प्रक्रिया के हर पहलू को बड़े ही स्पष्ट भाषा में लिखा है, उससे पाठकों को संपूर्ण रूप से समझने में मदद करती है । हर अध्याय के अंत में दिए गये व्यवहारिक नमूने विचारपरक है ।
ये किताब ना ही मानव संसाधन व्यवसायियों के लिए, बल्कि उद्योगपतियों के लिए– जो कोई भी मानवीय सामर्थ्य को काम में लाना चाहते है–उन सब के लिए ये एक आशु परिकलक है।
आने वाले प्रकाशनों के लिए आपको शुभकामनाऐं!
श्रीधर ऐयर, एवीपी–एचआर, लफार्ज इंड़िया पा. लि...

मैने अपने मानव संसाधन में एमबीए २०१२ में पुन किया । मानव संसाधन व्यवसायिक के रूप में एक बड़े आईटी सेंवायें के उद्योग से मैं पिछले तीन सालों से जुड़ा हुआ हूँ । एमबीए ने मुझे मानव संसाधन के सिद्धातों के बारे में काफी कुछ सिखाया, परन्तु जब मैंने मानव संसाधन व्यवसायिक के रूप में काम करना शूरू किया, तब मुझे ये ज्ञात हुआ कि सिद्धांतों से वास्तविकता काफी भिन्न है । इन दोनों के बीच एक अंतर है जो मैं महसूस कर रहा हूँ।
'रियालिटी बाइट्स' -- द रोल आफ एच आर इन टूडेस वर्ड, किताब को पढ़ने के बाद, मैं यह यकिन से कह सकता हूँ कि मानव संसाधन विद्यार्थियों तथा मेरे जैसे व्यवसायिकों के लिए ये बहुत बढ़िंया आशु परिकलक है । इस किताब में दिए गये व्यवहारिक नमूने बड़े ही रोचक है सऔर इन सब से मैं बड़े आसानी से जुड़ सकता हूँ। यह किताब बड़ी ही सरल परन्तु कारगर है, और एक कर्मचारी के पूरे व्यवसायिक जीवन काल को तय किया है। मानव संसाधन के विभिन्न सिद्धांतों को व्यवहारिक तरीके से सुदूर्ध बनाता है ।अपर्णा प्रशंसनीय है, कि उन्होंने इस किताब को लिखा और विद्यार्थी, नये मानव संसाधन व्यवसायिक तथा प्रबंधकों को किसी भी संस्था में मानवीय दृष्टिकोण के मद्देनज़र प्रभावशाली तरीके से कैसे पेश आया जाय, ये सिखाया है ।
हर्षित उपाध्याय, एचआर मैनेजर, लार्ज आईटी सर्विसेज़ कंपनी

अपर्णा शर्मा द्वारा लिखित 'रियालिटी बाइट्स' -- द रोल आफ एच आर इन टूडेस वर्ड, नामक पुस्तक का श्री गणेश अत्यन्त रोचक ढ़ग से किया गया है जो त्वरित जिज्ञासा उत्पन्न करता है, प्रतिभा की परिभाषा, इसमें समाविष्ट गुणक का विवेचन अभूतपूर्व है हर व्यक्ति विशिष्ट है इस तथ्य को ध्यान में रखकर प्रबंधकार्य निष्पादन अवश्य अत्यन्त फलदायी होगा। यह बात बड़े बड़े औद्योगिक संस्थानों पर ही नही अपितु विद्यालयों, कार्यालयो एंव दुकानों पर भी लागू होती है जहाँ कम संख्या में कारगर नियोजित होते है।

चाणक्य को उद्धृत करना सराहनीय है।

अंधें लंगड़े का परस्पर सहयोग क्षमता की पुरातन शिक्षाप्रद कहानी सिखाती है कि कैसे शारीरिक अपंगता को दरकिनार कर मानसिक सबलता, क्षमता का सदुपयोग किया जा सकता है। अपंग कचरा का संयोंगवश गेंदबाजी हेतु भुवन का द्वारा चयन एवं तत्पश्र्चात गेंदबाज कचरा का उत्तम प्रर्दशन जौहरी की पारखी निगाहों का अनुपम उदाहरण है और लेखिका के विशद ज्ञान का परिचायक। मानव संसाधन से जुड़े व्यक्तियों के लिए ये कारगर सिद्ध हो सकते हैं।

क्षतिपूर्ति भत्ता – लेकिन यहाँ नई व्याख्या के साथ प्रस्तुत है।

चार्ल्स डारविन के विकासवाद का प्रबंधन में समावेश अच्छा है। लाईफ ब्लड ग्रीनर पाँस्चर्स, यू माईट टच ऐ लाइव वायर, माइक्रो मैनेज़्ड़, वंड़र आफ वंड़र्स फर्स्ट मॉर्शल आफ फूड़, गूढ़ अर्थ समझने को विवश कर गागर में सागर भरते है। पुरातन काल से आधुनिक युग तक विषय वस्तु विवेचना पाठक को बाँधे रखती है। अमिट छाप छोड़ती है और अंत में हल करने के लिए एक पहेली छोड़ जाती है। तकनीकी विषय पर रोचक शैली में लेखन के लिए अपर्णा को बधाई।

फेरू सिहं रूहेला, रिटायर्ड प्राध्यपक, लाखेरी (राज.)

मानवसंसाधनके क्षेत्र से जो भी नये लोग जुड़ रहे है उन सबको एच आर तु उनके अंश बारीकियों से आसानी से समझाने में अपर्णा की किताब रियालीटी बाइट्स मदद करेगी। इसमें छोटे छोटे उदाहरण तथा केसलेट्स केसलेट्सके अध्ययन दिये गये जो

कि बहुत ही प्रभावशाली है। समस्तरूप से यह किताब मानव संसाधन के प्रबंधन के लिए बहुत अच्छी मार्गदर्शक है तथा प्रतिभाके प्रबंधन को निखारने के लिएकार्य करेगी। मैं इस किताब को तथा अपर्णा को बधाई देता हूँ!

डा. संतृप्त बी. मिश्रा, सीईओ – कार्बन ब्लैक बिजनेस एंड़ डायरेक्टर – ग्रूपएचआर

रियालीटी बाइट्स की मुख्य बातें है अ) इसकी भाषा इतनी सरल है कि कोई भी मामूली शक्स जो कि मानव संसाधन के विषय से अभी ही जुड़ा हो, या फिर एमबीए का विद्यार्थी भी इसे आसानी से समझ सकता है, व) विभिन्न उप विषयों कोबिंदुओं के रूप में लिखे जानेके कारण उसे बहुत ही सबोधगम्य बना देता है, स) हर खण्डके अंत में दिये गये केसलेट्स का अध्य़य़न उसे संवादात्मक बना देता है, द) किसी भी अध्याय को एक स्वतंत्र खंडके रूप में पढ़ा जा सकता है, ९५ तथा १०९ पेजपर दिय़े गये आरेखिय सिद्धांतको आसानी से समझने में मदद देता है और इस बात को याद रखे कि मैं इस बात पर यकीन करता हूँ कि मानव संसाधन क्रम में एमबीए में यह पुस्तक विद्यार्थियों के लिए निर्धारित होनी चाहिए्।

बहुत अच्छा काम किया, अपर्णा!

इकबालराणा, सीईओ, कॉर्पोरेटउत्पादकतापरामर्श!

रियालीटी बाइट्स मानव संसाधन की रूपावली में बदलाव लाता है, मानव संसाधन को उभरतें हुए प्रबंधकों को विस्तारपूर्ण से समझाने में मदद तोकरता है, उनके साथ साथ अनुभवी व्यवसायियों के लिए भी एक मार्गदर्शन देता है उन्हें उनके सिद्धातों को तरोताजा करने में मदद करता है तुा उन्हें लोगों को आनेवाले परिदृश्यय के मद्देनजर प्रबंधन की गतिविधीको फिर से सिखने में मदद करता है । मानव संसाधन में व्यवहारकरना कठिन है परन्तु ये समकालीन आशुपरिकलक प्रतिस्पर्धात्मक तीव्रता प्रदान करता है तथा व्यवसायिक कठिनाईयों कोरचनात्मक तरीकों से हलकरने में मदद करता है । हमें इस किताब के बारे में प्राध्यापकों तथा विद्यार्थियों से उत्कृष्ट प्रतिपुष्टि प्राप्त हुई है। वनस्थली विद्यापीठ, जो कि विश्र्व की सबसे बड़ी महिलाओं की

आवासीय विश्र्वविद्यालय है, हम अपने सभी स्नातक और स्नातकोत्तर करनेवाली सभी छात्राओं की सिफारिश करते है कि इसपुस्तक रियालिटी बाइट्स को एक आवश्यक अभ्यासके लिये संसाधनके रूप में इस पुस्तक को माने।

डॉ हर्ष पुरोहित - डीन, प्रबंधन के संकाय अध्ययन-ज्ञान, वनस्थली विद्यापीठ

रियालटी बाइट्स

रियालटी बाइट्स

रियालटी बाइट्स
वर्तमान समय में मानव संसाधन की भूमिका
एक समकालीन रेडीरेकनर

अपर्णा शर्मा

अनुवाद : डॉ.चेतना श्रीवास्तवा

VISHWAKARMA
PUBLICATIONS
VP

रियालटी बाइट्स

वर्तमान समय में एच आर की भूमिका

एक समकालीन रेडीरेकनर

हिंन्दी – प्रथम संस्करण – सितंबर २०१६

First printed in English by Vishwakarma publications

© अपर्णा शर्मा

प्रतिक्रिया देन के लिए इस ई–मेल आयडी पर संपर्क करे

Email: aparna@aparnasharma.in

www.aparnasharma.in

ISBN - 978-93-85665-42-4

प्रकाशक

विश्वकर्मा पब्लिकेशन्स

२८३, बुधवार पेठ, बँक ऑफ इंडिया के सामने, पुणे– ४११००२

दूरध्वनी : +९१–२०–२४४४८९८९/२०२६११५७

ईमेल : info@vpindia.co.in वेबसाइट : www.vpindia.co.in

अनुवादक : चेतना श्रीवास्तवा

संपादन : मंजु चोपड़ा, फेरु सिंघ रुहेला

अंग्रेजी से हिन्दी अनुवाद करवाने में त्रुटियां रह गई हो तो हम क्षमा प्रार्थी है.

समर्पण

''सृजन हार'' परम् पिता परमेश्वर हे चरणों में, भक्ति भाव से भरकर प्यारी आई तुझको वंदन, मेरे जीवन का वैभव मेरा परिवार हर पल आशीर्वाद की देने वाले मेरे शिक्षक गण, संरक्षक और वे सब जिन्होने प्रत्यक्ष एवं परोक्ष रूप से मेरी इस उद्यमी यात्रा में सूदूर तक अपना बहूमूल्य अस्मरणीय समय और सहयोग प्रदान किया और मुझे सीखने का सुअवसर प्रदान किया।

।। अपनी कलम से ।।

कई अनुभवी व्यक्तियों और शुभचिंतकों को जिन्होंने पुस्तक के माध्यम से मुझे देखा परखा है, अपनी पूरी श्रद्धा एवं निष्ठा से उन सभी को धन्यवाद देती हूँ; उन सभी लोगों को भी जिसने किसी बिना के शर्त मुझे समर्थन प्रदान किया है, चिन्तन, मनन एवं मंथन करने, लिखने और ऑनलाइन मॉडल के साथ मेरी मदद की, और संपादन और डिजाइन में सहायता प्रदान की है।

सम्माननीय अपने माता–पिता को नमन करते हुए मेरे पति अपनी बहन और मेरे प्यारे भानजे रोहित एवं रवि शेखर का आभार प्रकट करती हूं योकि उनके निरन्तर दिये गये प्रोत्साहन और विश्वास के बल पर ही मैं अपने कार्यको कर पाई।

मैं, विश्वकर्मा प्रकाशन पुणे के श्री. विशाल सोनी को धन्यवाद देना चाहती हूँ, जिन्होने एक विचार के साथ मुझे एप्रोच किया और मेरी विचार–प्रक्रिया का उपयोग करने का सुझाव दिया।

साथ ही मैं डॉ. राजश्री पिल्लई के समर्थन की सराहना करती हूँ।

मैं अपने शिक्षकों, अनुभवी परामर्शदाताओं, वरिष्ठ मानव संसाधन सहयोगियों का विशेष रूप से उल्लेख कर कृतज्ञता ज्ञापित करना चाहती हूं। और सभी मानव संसाधन से जुडे हुए बंधुओं को धन्यवाद) जिन्होने व्यावहारिक क्षेत्र में अपने अनुभव के प्रदर्शनों की सूची के लिए योगदान देकर मुझे लाभान्वित किया। और हमें वास्तविक जीवन में सीखने का अवसर मिला। साथ ही साथ सभी एच. आर. बंधुओं का भी जिन्होनें समय–समय पर अपने अनुभवोंद्वारा मुझे लाभान्वित किया और

उनके योगदान के फलस्वरूप ही मुझे वास्तविक और यथार्थता से भरे जीवन में सीखने–समझने का अवसर प्राप्त हुआ।

इन सबसे अतिरिक्त, मेरे सभी व्यवसायिक साथी गण को–– आंकाक्षी मैनेजर (प्रबंधन छात्र), नये व्यवसाय चुनने वाले, तथा नये नियुक्त प्रबंधक को मैं अग्रिम धन्यवाद देती हूँ जिनकी प्रेरणा से ही मैं इस रेडी रेकनर का चयन कर पाई।

लेखक का परिचय

अर्पणा को स्टार न्यूज ने २० वें वर्ल्ड एच.आर.डी. (मानव संसाधन विकास) कांग्रेस २०१२ के तहत 'मानव संसाधन सुपर अचीवर अवार्ड' से सम्मानित किया है। उन्होने मानव–संसाधन के कार्य को २० वर्षो की लम्बी यात्रा के दौरान बहुतही निष्ठा, लगन और जूनून के साथ तय किया है । उनकी कार्यक्षमता में एक गहनता और तीव्रता का समावेश है जो उन्हें विविध भूमिकाओं में चाहे वह सीखने की भागीदारी हो या संरक्षक के रूप में, या फिर नायकत्व और प्रशिक्षिक का कार्य हो अपनी टोली या टीम की क्षमताओं को निखार, उसकी दक्षताओं का निर्माण कर अपनी तत्परता एवं कुशलता दिखाकर अपने लक्ष्य एवं उद्देश्य को प्राप्त किया है ।

मानव संसाधन विकास काँग्रेस २० वीं विश्व स्टार न्यूज ने 'मानव संसाधन सुपर अचीवर अवार्ड' से सम्मानित किया, अपर्णा गहन और व्यापक एच आर की २० साल की उनकी यात्रा में एक तीव्रता से सीखने वाली एक शिक्षार्थी है। विविध भूमिकाओं में अपर्णा एक सफलतापूर्वक सीखने में भागीदारी, संरक्षक और लीडर के लिए एक कोच, टीमों का नेतृत्व और संगठनों के क्षमताओं को बढाना, दक्षताओं का निर्माण करने में चपलता और उद्देश्यपूर्ण प्रदर्शन की प्राप्त किया है।

सामाजिक विज्ञान के टाटा इंस्टीट्यूट ऑफ सोशल साइन्सेस मुंबई (टीआई एस एस) से कार्मिक एवं औद्योगिक संबंध (पी एम और आई आर) में पोस्ट ग्रेजुएशन पूरा करने के बाद अपर्णा ने नोसिल के माध्यम से प्रारंभिक प्रयत्न कर कॉर्पोरेट दुनिया में प्रवेश किया और मोनसेंटो, नोवार्टिस, यूसीबी, ड्यूश बैंक और लाफार्ज जैसे

संगठनों में मानव संसाधन समारोह में विभिन्न भूमिकाएं निभाई। पिछले कुछ वर्षों में, अर्पणा ने दृढता एवं भावावेश पूर्ण विचार स्वतंत्रता की कीमत विश्वसनीय रिश्तो एवं लोगों की क्षमता का आंकलन करना सीख लिया है। समय-समय पर वे अनेको सम्मानित एवं प्रसिद्ध पुरस्कारों की श्रृंखला से नवाजी गई हैं जिनमें प्रमुख हैं।

सार्वजनिक उपक्रम के अंतर्गत आई पी.ई. हैदराबाद के संस्थान द्वारा उनका बैंकिंग, वित्तीय सेवा और बीमा (बी.एफ.एस.आई) के लिए 'वुमन लीडरशिप अवार्ड' के विजेता के रूप में चयन किया गया। 'अचीवर ऑफ एक्सीलेन्स अवार्ड प्रशिक्षण एवं विकास के लिए इंडियन सोसायटी फॉर ट्रेनिंग एण्ड डेवलेपमेंट (आई. एस. टी. डी. मुंबई) ३० वुमन अचीवर अवार्ड बाय एच. आर. डी. कांग्रेस २०१३, की वे हकदार बनीं। उनका नाम व्यापार प्रबंधक के वार्षिक अंक जुलाई २०१२ की शीर्षस्थ महिला के रूप में नामांकित किया था। इसके साथ ही साथ उनका नाम एक चिन्तनशील, वैचारिक अगुवा व्यतित्व के रूप में उद्धृत किया गया है। लाफार्ज में उनके नेतृत्व में कई कंपनियों के ग्लोबल अवार्ड जैसे 'डिलीजर्न चैम्पियनशिप ट्रॉफी', 'वेव' (वुमन एडिंग वैल्यू एण्ड एक्सीलेन्स) से नवाजा गया है। इसके अतिरिक्त सी एल ओ (चीफ लर्निंग ऑफिसर) का पुरस्कार उन्हें निरन्तर ३ वर्षों तक सम्मानित कर प्रदान किया गया।

अपनी कॉर्पोरेट भूमिका से परे एक एच आर (मानव संसाधन) लीडर के रूप में अपर्णा ने भी प्रशिक्षण एवं विकास के भारतीय समाज (आई एस टी डी) के साथ उनके सहयोगियों के माध्यम से एच आर में योगदान किया है, ऑल इंडिया मैनेजमेंट एसोसिएशन (ए आई एम ए) कार्मिक प्रबंधन के राष्ट्रीय संस्थान (एन आई पी एम नेशनल एच आर डी नेटवर्क, और सुमेधास जहाँ वह सक्रिय रूप से अर्जित ज्ञान का प्रसार कर और एच आर बिरादरी के द्वारा भविष्य के लीडर निर्माण में भाग लिया है, वर्तमान में वह राष्ट्रीय एचआरडी नेटवर्क, की मानद कोषाध्यक्ष है, मुम्बई चेप्टर (२०१२--२०१५) और कई कार्यकारी समिति की सदस्य है। उन्हें एनअेचआरडीएन के राष्ट्रीय कार्यकारी बोर्ड के सदस्य के तौर पर भी (सन २०१३-२०१५) की अवधि के लिए भी निर्वाचित किया गया।

वन्य जीव–जंतु जगत में रूचि रखने वाली एक शौकिया छाया चित्रकार जिनका प्रकृति के सानिध्य में अपना खाली वक्त गुज़ारना पसंदीदा विषय है। उन्हें यात्रा करना बहुत रोमांचित करता है और आनंद प्रदान करता है। यह रोचक जानकारी के साथ–साथ नये नये लोगों से मिलने का अवसर भी देता है। पुस्तकें उनकी सबसे अच्छी और सच्ची दोस्त हैं। वे रोज़ाना अपनी दिनचर्या में अध्ययन के लिए समय निकालती हैं। उनके प्रति वे एक समर्पित भाव रखती हैं। पुस्तकों के प्रति असीम लगाव और शौक उन्हें जीवन में विपरीत परिस्थितियों में भी अनुकूलता प्रदान करता हैं। पठन–पाठन की अभिरूचि के कारण ही उनके संग्रह में इस सदी की सर्वोत्तम पुस्तकों का संकलन हैं।

अपर्णा के बारे में अधिक जानकारी के लिए;– www.aparnasharma.in

प्राक्कथन (फोरवर्ड)

कुछ लोग वस्तुओं का निर्माण करते है और कुछ अपनी प्रतिभा का उपयोग निर्माण के लिए करते हैं। कुछ लोग विलक्षण बुद्धि लेकर पैदा होते हैं। कुछ लोगों का चयन प्रतिभा के बल पर होता है। संगठनों में कभी–कभी प्रणालियों और प्रक्रियाओं में लोग इतने उलक्त जाते हें कि लक्ष्य और परिणामों को पूरा करने के लिए, लोग प्रतिभावान होते हुए भी अपनी प्रतिभाओं का कम से कम उपयोग करते है। प्रतिभा या मानव संसाधनों का विस्तार करने के लिए असीमित क्षमता होती है। इस प्रतिभा को एक संस्था के बुद्धिजीवी व्यक्ति के उत्कृष्ट नेतृत्व के द्वारा इसके निर्माण करने के लिए जाना जाता है। बिल गेट्स ने एक बार उद्धृत किया है, कि बाजार विशेष रूप से आईटी में, नई अर्थव्यवस्था उद्योगों की पूंजी और वित्तीय क्षेत्र की ९०% से अधिक, कई बौद्धिक पूंजी से मिलकर बनता है जिनमें से एक प्रमुख घटक मानव पूंजी है। इसे अलग–थलग करने और मापने के पैमाने तय करने के लिए कोई आसान रास्ता नहीं है यह सब यूही पूंजी के पीछे मूर्त और अमूर्त रूप में छिपे बिंदु है।

जौहरी विन्डो के सिध्दान्तिक द्रष्टि/ संकल्पना से देखें तो, इस जौहरी के नज़रिये से देखें तो इसे अवधारणा से, प्रतिभाओं को चार भागों में विभक्त किया जा सकता है जैसा कि लोग कहते हैं कि हो सकता है;

१. मुक्त और सार्वजनिक (प्रतिभाओं को स्वयं और दूसरों के लिये जानना);
२. निजी या व्यक्तिगत (प्रतिभा से स्वयं को जाना जाता न कि अन्य लोगो को)

३. अनदेखी प्रतिभा / अछूती प्रतिभा (अन्य लोगों द्वारा देखी जाती है लेकिन स्वयं के द्वारा नहीं)

४. ऐसा प्रतियोगिता स्थल जिसकी जानकारी अभी तक उपलब्ध नहीं है (ऐसी प्रतिभा जिसकी खोज स्वयंको और दूसरों को करनी हो । जिसके बारे में न तो खुद को पता हो या दूसरों को उसके बारे में कोई जानकारी हो)

हमारे जीवन काल में, हम अपनी प्रतिभा का केवल एक छोटा सा हिस्सा खोज पाते हैं। वास्तव में, हमें अपनी प्रतिभा में से ज्यादातर का ज्ञान ही नहीं होता है। महज एक तथ्य और तर्क द्वारा हमें यह हर विकल्प के साथ दिखाई देता है कि हम अपनी प्रतिभा की खोज के लिए एक मंच का निर्माण करते हैं और उसी के साथ एक ही समय में अन्य प्रतिभा की खोज के लिए दरवाजे बंद कर देते है । उदाहरण के लिए, जिस दिन से हम विज्ञान शाखा को चुनते है, हम विज्ञान के क्षेत्र में अपनी प्रतिभा की खोज के लिए दरवाजे खोल देते है, लेकिन अन्य कई क्षेत्रों में प्रतिभा के खोज के लिए दरवाजे बंद कर देते है; जैसे वाणिज्य, अर्थशास्त्र, ललित कला, संगीत आदि। यहां तक कि अगर हम अपने पूरे जीवन में भी केवल अपनी प्रतिभा की खोज करते है, तो भी हम एक बहुत बड़ा पहलू अनदेखा छोड़ दिते है, क्योंकि एक पूरा जीवन भी सभी क्षेत्रों में अपनी प्रतिभा की खोज करने के लिए पर्याप्त नहीं है। जब हम एक भूमिका को लेते है, हम उस भूमिका में अपनी प्रतिभा की खोज करने के लिए एक खुला मंच लेते है लेकिन अन्य कार्यों में प्रतिभा के लिए दरवाजे बंद कर देते है।

मानव समाज के कल्याण के लिए, ऐसे लोगो की जरूरत है जो लगातार कर्मचारियों की प्रतिभा के एक बड़े हिस्से की खोज करें, और उस का उपयोग भी संगठनों को चाहिए कि उपलब्ध कर्मचारियों के लिए एक ऐसा मंच मुहैया कराये जिसमें खोजे हुए, नई प्रतिभाओं को प्रशिक्षित और विकसित कर उनमें विद्यमान प्रतिभा का इस्तेमाल कर्मचारी करें जो वो रखते है। मानव संसाधन विभाग (एच.आर.) का प्राथमिक उद्देश्य लोगों को खोजना, उन्हें विकसित कर उनका भरपूर उपयोग करने के लिए

सुविधाजनक बनाना है। इसके लिए अधिक और अधिक संगठनात्मक पूंजी का निर्माण करना है। इसलिए एच आर मैनेजर्स का मतलब है कि मानव पूंजी प्रबंधको को लगातार पहचानना, पोषित करना, विकसित करना, संख्या वृद्धि और उनकी प्रतिभा का उपयोग करने के लिए होती हैं।

माना जाता हैं कि मानव संसाधन प्रबंधक (एच. आर. मैनेजर) का काम कर्मचारियों के लिए ऐसी वेदियों का निर्माण करना और कर्मचारियों की खोज कर प्रक्रियाओं को सक्षम बनाना तथा उनकी प्रतिभा का उपयोग करना है। एच आर के लोग व्यक्तियों को एक दूसरे के लिए उपयोगी बनाने के द्वारा सर्वश्रेष्ठ प्रतिभाओं को बाहर लाने में एक बहुत ही अहम् भूमिका निभाते हैं और संगठन और समाज की सेवा के लिए उपलब्ध कराते है। वर्तमान समय में कई संगठन, एच आर केंद्र में समाहित हो गये हैं।

चूकिं मनुष्य सबसे मस्तिष्क सबसे जटिल हैं। एच आर मैनेजरों अथवा जिन लोगों को प्रतिभा प्रबंधन की सुविधा की जरूरत है उन्हें खुद भी बेहद प्रतिभाशाली होने की जरूरत है तथा मानव संसाधनों में टैलेंट मैनेजमेंट की गतिशीलता को भली भांति समझने की क्षमता भी आवश्यक हैं ।

इस पुस्तक का आरंम्भ मानव संसाधन के प्रबंधन और एच आर के व्यक्तियों को भली भांति से अपना काम करने के लिए एक अच्छा मार्गदर्शक के रूप में और प्रभावी प्रतिभा प्रबंधन में योगदान को लेकर किया हैं। अर्पणा शर्मा ने एच.आर. क्षेत्र में नये आने वालों के लिए उनकी सहायता करने के लिए और एच.आर. के क्षेत्र की बारीकियों और उसके घटकों को बहुत ही सरल, सहज और आसानी से समझाने हेतु इस पुस्तक को लिखने का महनीय काम किसी लागलपेट एवं शब्द जाल से मुक्त होकर किया जो किसी नए पाठक और शिक्षार्थी के मन को छूता हैं । हर अध्याय दृष्टांतों का उदाहरण देते हुए और केशलेट् के साथ सरल भाषा में लिखा गया है। केशलेट् छोटी और शक्तिशाली हैं । मूलपाठ के प्रस्तुतीकरण और विभिन्न संदेशों के लिए किसी भी नए पाठक और शिक्षार्थी से याचना करते हुए अपील करते प्रतीत हो

रहे हैं । हमें इस साधारण पुस्तक का उपयोग कर, मूल पाठ का प्रस्तुतीकरण और विभिन्न संदेश नये पाठक और अपने सम्मुख रखकर रूचिकर एवं परिष्कृत बनाया गया हैं । हमें आशा ही नही बल्कि पूर्ण विश्वास है कि एच आर प्रोफेशनल्स पहले से कहीं अधिक व्यवस्थित ढंग से अपना काम करेगें[।

पुस्तक का प्रारंभ करने के साथ नियोक्ता और कर्मचारी के मूल्य प्रस्ताव और जैसे क्षेत्रों को प्रतिभा अधिग्रहण, विकास और प्रबंधन को शामिल किया गया है। इस पुस्तक में भी जैसे क्षमताओं, मुआवजा और लाभ, संगठनात्मक विकास, परिवर्तन प्रबंधन, एच आर एनालिटिक्स, मैनेजिंग कर्मचारी निकास और पृथक्करण, और सामरिक एच आर, क्षेत्रों के साथ संबंधित है । अंतिम अध्याय में, लेखक ने मानव संसाधन प्रबंधन में आज की चुनौतियों पर प्रकाश डाला गया। अपर्णा ने, नई पीढ़ी के एच आर के छात्रों के लिए इस पुस्तक को प्रकाशित करवाने का एक शानदार काम किया है, और ऐसे युवा एच आर मैनेजरों, लाइन प्रबंधकों, एच आर शिक्षकों, और उन सभी केलिये जो मानव क्षमता का भरपूर उपयोग करने, और जो लोगों की प्रतिभा बढा कर उपयोग करने में विश्वास करते है ।

एच आर प्रोफेशन में योगदान देने के लिए मैं अपर्णा को बधाई देता हूँ।

डॉ टी वी राव

अध्यक्ष, टी वी आर एल एस; और पूर्व प्रोफेसर, आईआईएमए

संस्थापक अध्यक्ष एन एच आर डी एन

प्रस्तावना

'तारे जमीं पर' फिल्म को देखना हमेशा मेरे लिए एक बहुत ही मर्मस्पर्शी अनुभव रहा है। इस बात का अवलोकन कर आमिर खान ने इस बिंदु पर जोर दिया कि 'हर बच्चा खास है', और इसी बात की मेरे अपने व्यवसाय में भी बहुत समानता प्रतिबिंबित होती है 'कि हर व्यक्ति खास है'।

किसी भी व्यवसाय में ''व्यक्ति(संस्था के कर्मचारी) प्रमुख होते हैं। उनकी प्रतिभा, कौशल, विचारों और अनुभूतियों से संस्था के भाग्य परिवर्तन होते है । मैं सौभाग्यशाली हूँ कि मैं ऐसे संस्थान का हिस्सा थी। जहा सिर्फ कहा ही नहीं जाता बल्कि उस पर अमल भी किया जाता था । इस वजह से मेरी आजीविका(केरियर) को एक स्वरूप मिला और मुझे निखरने का अवसर मिला फलस्वरूप अब मैं पूरी तरह से एक व्यवसायिक (प्रोफेशनल)हूँ।

संस्थाओं में सबसे अच्छी कार्यप्रणाली हो तब भी यह लोगों पर निर्भर करता है कि कैसे इस काम को सबसे अच्छे तरीके से किया जाये ताकि पूरी तरह से इसका प्रभाव पड़े। नहीं तो अच्छे से अच्छा कार्य भी सिर्फ कागज में ही रह जाता हैं । यधापि हम सभी इससे अनजान नहीं है कि और यही समय यथार्थ जातने के लिये उपयुक्त है कि कोई भी संस्था बिना किसी सही मानव संसाधन के सफलता की ऊँचाई प्राप्त नहीं कर सकता है।

'सोच की शक्ति' ('पावर ऑफ आइडियाज')आज के विश्व को संचालित करती है और अभी भी सोच व्यक्ति का नेतृत्व करती है । एक गुट जो व्यतियों से मिलकर

बनता हैं।जिनके इरादे मजबूत हैं,उनको ऐसे लोग चाहिए जिनमें वो सामर्थ्य हो जिनकी सोच से सफलतम व्यवसाय के पथ पर आगे चला जा सके।

इससे पता चलता है कि 'लोगों' (संस्था के कर्मचारी) का हर चरण और स्तर पर होना आवश्यक है। मानव संसाधन प्रबंधन सफल संस्था और व्यवसाय की कुंजी है, जिससे हम उनकी प्रतिस्पर्धा को प्रतिधारित कर सकते हैं। एक एच आर व्यवसायी के रूप में जब हम पीछे देखें तो एहसास होगा कि यद्यपि सबसे प्रभावशाली संस्थान में मी कर्मचारियों को क़ागज पर विशेषता तो मिली है लेकिन अक्सर एक एच आर मैनेजर और संगठनात्मक नीति निर्माता के लिये वास्तविकता को बदलना एक चुनौती होती है। शायद इसी कारण मानव संसाधन में स्नातकोत्तर के बाद बावजूद भी छात्र और भावी प्रबंधक इस असलियत को समझने में अपर्याप्त होगे तथा कल वे ही इसका सामना करेंगे । वहाँ अक्सर सिद्धांत और वास्तविक व्यवहार के बीच एक अंतर है। अतः यह किताब उसका उत्तर है।

यह पुस्तक किसके लिये है ?

अक्षर आप एच आर में अपना कैरियर शुरू करने से पूर्व उसके गुर सीखना चाहते है, यदि आप एच आर एम में परिचयात्मक मॉँडयूल का अध्ययन कर रहे है तो एच आर की यह पुस्तक आपके लिए व्यवहारिक दृष्टिकोण (प्रेक्टिकल एप्रोच) द्वारा होनहार प्रबधंक या वैसा ही एजुकेटर प्रबधंन की पेशकश करता है।

किसी भी संस्थान में तर्कसंगत अनुक्रम से एक कर्मचारी के जीवनक्रम को देखा हैं । इन्ही बिंदुओं के ऊपर ध्यान केन्द्रित कर मैनें पूरी पुस्तक मे परिचयात्मक स्तर पर सिद्धान्तों का सही मात्रा में संतुलन बनाये रखने का प्रयास किया है ताकि आज के सक्रिय और ऊर्जस्वी / ऊर्जस्विता से भरी दुनिया में मानव संसाधन पेशेवर व्यक्ति एक अच्छी भूमिका निभा सकें । यदि आप मानव संसाधन को अपनी आजीविका के रूप में अपनाने के पूर्व उसके गुर सीखना चाहते हैं । यदि आप बुनियादि विद्यार्थी जो मानव संसाधन के मापदंडों का अध्ययन कर रहे हैं या स्नातकोत्तर प्रबंधन का विशिष्ट अध्ययन कर रहे हैं या होनहार प्रबंधक़ के रूप में कार्यरत हैं या शैक्षिक परिचालक़ के रूप संलग्न हैं यह पुस्तक उसके लिए व्यावहारिक एवं प्रयोगात्मक दृष्टिकोण या सन्निकर्ष तक पहुंचायेगी ।

एच आर एम की इस पुस्तक में कई उत्कृष्ट पहलु हैं जिस पर इसमें गहराई से विश्लेषण किया गया है। मेरा ऐसा पूर्ण प्रयास हैं कि है कि मानव संसाधन प्रबंधन के बारे में व्यापक तरीके से सभी प्रमुख पहलुओं पर जाँच कर एक आसान तरीके में और उसी अवधि में ही व्यवहारिकता के साथ आवश्यक सैद्धांतिक आधार प्रदान किया है।

मैंने स्पष्ट रूप से मानव संसाधन के विभिन्न पहलुओं को समझाने के लिए, आज एच आर में शामिल प्रमुख मुद्दों और चुनौतियों के प्रति जागरूकता पैदा कर केशलेट् और उदाहरण के संयोजन के साथ एक सचेत प्रयास कर हिम्मत बढ़ाई हैं।

इस पूरी किताब में 'लोग' संस्थान की केन्द्रीय इकाई हैं, लोगों के साथ कुशलता पूर्वक कार्य करना एक महत्वपूर्ण कार्य है इस सामरिक भूमिका पर प्रकाश डाला है कि कैसे व्यवसाय को सुचारु रुप से चलाने और व्यवसायिक उद्देश्यों को प्राप्त करणे के लिये मानव प्रबंधन की भूमिका अहम है! हर एक अध्याय के बाद एक उदाहरण दिया गया है। जो पाठक को विभिन्न जानकारियों से अवगत करायेगा।

मुझे पूरा विश्वास है कि आपको रियालटी बाइट्स बेहद रोचक तथा उपयोगी लगेगी और आप उसको पठने का पूरा आनंद उठायेंगे और आप इसका पूरा उपयोग करेंगे। प्रस्तुत पुस्तक को --- पाठकों को समर्पित करते हुए मुझे अत्यन्त प्रसननता हो रही हैं। मुझे आशा ही नहीं अपितु पूर्ण विश्वास हैं क़ि प्रबुद्ध पाठक इसको पढ़कर अपनी प्रतिक्रियाएँ अवश्य भेजेंगे। प्रतीक्षा के साथ यह पुस्तक आपको सादर प्रस्तुत
।

अपर्णा शर्मा

मुम्बई २०१५

विषय – सूची

१

ट्वीन्स
(युग्म - एक दूसरे के समरूप होना।)

नियोक्ता मूल्यक प्रतिज्ञप्ति (ई वी पी) **(एमप्लोयर वेल्यू प्रपोजीशन)**

कर्मचारी मूल्यक प्रतिज्ञप्ति (ई वी पी) **(एमप्लोयर वेल्यू प्रपोजीशन)**

अक्षर आपने सोचा है कि एक कंपनी का ग्राहक केवल बाहर का होता हैं, इस मुद्दे पर पुनर्विचार करे! कंपनी का पहला ग्राहक अपना 'कर्मचारी' ही होता है।.

कर्मचारी कौन है

शब्दकोष की परिभाषा को से अलग हटकर, तो कर्मचारी किसी भी विषय का सर्वाधिक सक्रिय और मूल्यवान तथा गुणी संसाधन होता है। जितना सक्रिय, मूल्यवान तथा दक्ष संसाधन उतना ही ज्यादा उसका ध्यान और ख्याल रखना पडता है।

एक एक मानव संसाधन प्रबंधकके लिए, एक कर्मचारी के जीवन काल को समझना अति आवश्यक होता है। एक व्यवसायिक संगठन के लिये, केवल एक योग्य प्रतिभाशाली कर्मचारी को अपनी ओर आकर्षित करना ही काफी नहीं है, अपितु वह संतुष्ट है और अपने कार्य के प्रति प्रतिबद्ध रह कर व्यवसाय में योगदान भी करे यह सुनिश्चित करना भी उतना ही महत्वपूर्ण है।

एक योग्य कर्मचारी आपके व्यवसाय की ओर कैसे आकर्षित हो?पर प्रश्न यह है कि वह आपके उद्योग को क्यों प्राथमिकता दे न कि आपकी प्रतिस्पर्धी को । उन्हें कहीं और लुभावने प्रलोभन मिलने के बावजूद भी वह आपके उद्योग से और कैसें जुडे?

आप अपनी याददाश्त को ताजा करिये, अगर आपको याद हो आप अपनी पढ़ाई पूरी करने के पहले ही आप एक जाने माने और प्रतिष्ठित उद्योग का हिस्सा बनने की इच्छा रखते थे। आप में से कुछ भारतीय मूल की बहुराष्ट्रीय उद्योग में काम करने की इच्छा रखते होगे, तो कुछ किसी निजी क्षेत्र के बैंक, बीमा या दूरसंचार उद्योग से जुड़ने की अभिलाषा रखते होंगे ?

क्या आपने कभी सोचा है, किस वजह से आप उस उद्योग को बिना जाने ही उनका हिस्सा बनने की अभिलाषा रखने लगे थे? उन उद्योगों में ऐसा क्या था जो उनके प्रति आपको आकर्षित करता था? ऐसा क्या होता है जो कि कितने उद्योग लोगो को अपने प्रति खींचते ही नहीं बल्कि उनसे जुड़ने के बाद वो उनके प्रति समर्पित भी हो जाते है।

कर्मचारी अपनी संस्था से क्या चाहता है,
मेरे अनुभव सें, इस प्रश्न का उत्तर अब केवल पैसे तक ही सीमित नहीं रहा। मैने पाया कि कर्मचारीयोंके कुछ अन्य घटक भी पसंद हैं ।;
१.संतुष्टि– ज्यादातर लोगों को उनके वेतन की कटौती से कोई फ़र्क नहीं पड़ता इसका यह अर्थ हैं कि उनका काम उन्हें संतुष्टि प्रदान कर रहा है साथ साथ उनकी जीविका को मूल्य प्रदान कर रहा हैं।
२.प्रतिपुष्टि–(फीडबैक)– (स्वीकृति, सराहना, पुरस्कार)––निरंतर प्रतिपुष्टि कर्मचारी के लिये बडी ही महत्वपूर्ण होती है इतना ही नहीं बल्कि प्रतिकूल प्रतिपुष्टि उनके सुधार–व्यक्तिगत और व्यवसायिक दोनो ही स्तर में लाभकारी होते है। हर संस्था को उनके प्रयास को स्वीकारना चाहिए, कृतज्ञता ज्ञापित करना चाहिए। अच्छे कार्य करने वाले कर्मचारियों को पुरस्कृत करना चाहिए, सराहना देनी चाहिए ।
३.विकास और अध्ययन (ग्रोथ एवं लर्निंग)– एक कर्मचारी अपनी सूची में लगातार सीखने के अवसर को अधिक प्राथमिकता देता है।

मानव संसाधन प्रबंधक के तौर पर एक बार आपको यह बात समझ में आ जाये है कि कर्मचारियों की ऊजस्विता और कर्मशक्ति प्रचुर मात्रा में आजीविका का अभिवर्धन कर व्यापकता की ओर कैसे बढेगी तभी आप उनकी प्रतिभाओं के सहायक बननें में सक्षम होंगे । अगर, आप ये सोच रहे थे कि किसी उद्योग का ग्राहक एक बाहरी व्यक्तिहै, इसको फिर एक बार सोचिए, हर उद्योग का पहला ग्राहक उसका अपना ''**कर्मचारी**'' होता है।

कुछ ऐसी बातें है, जो कि बिलकुल ही नहीं करनी चाहिए, जिनसे कर्मचारी दुखी और असंतुष्टहोता है। इस कारण आप एक अच्छे कर्मचारी को खो भी सकते है।
१. किसी भी कर्मचारी को उत्साहित नहीं रख सकेगें अगर उसने सोच लिया है कि वह अर्थहीन कार्य कर रहा है तो उसे चाहे आप कितना भी पैसा दे दिजिये आप उसे रोक नहीं पायेगें।
२. किसी का सम्मान न करना या उसकी पहचान को नकारना एक दूसरा ऐसा कारण है, जो कभी नहीं करना चाहिये

३. उन्नति और बढोत्तरी की संभावना न मिल पाना एक उतना ही हानिकारक कारण हो सकता है।
४.अपने अधिनायक में जोश और जूनून का अभाव – एक अधिनायक जिसमें जोश और जूनून की उत्कंठा का अभाव हो ऐसी स्थिति में विशेष अभिरूचि रखनेवाला कर्मचारी भी नाखुश हो सकता हैं।

एक संस्था/संगठन प्रतिभावान व्यक्तियों को तभी आकर्षितकर सकेगी जब उनकी परिकल्पना में संस्था की छबि सकारत्मक हो। महत्त्वाकांक्षी कर्मचारियों को कायम रखने के लिए यह बहुत आवश्यक है कि उन्हें अनूठा एवं अनोखा बेजोड लाभ प्राप्त हो जिसके कारण ये कर्मचारी काम करते रहे और उन्हें अपेक्षाकृत अधिक सुअवसर प्राप्त हो और वे प्रतिस्पर्धात्मक रूप से अधिक लाभ प्राप्त कर सकें। ऐसा अर्थ लगाया जाता हैं कि एक संगठन की योजना के परिप्रेक्ष्य के आधार पर ही उद्योग की ऋणनीतियों और नीतियों के आधार पर कर्मचारियों की सोच आधारित होगी। इस बोधगम्यता को हम कर्मचारी के मूल्यों का प्रस्ताव पारित करना (इ.वी.पी.) कह सकते हैं और इसको प्रथम युग्म (First Twin) की संज्ञा से सम्बोधित कर सकते हैं।

एमप्लाय वैल्यू प्रपोजिशन (इ वी पी) एक प्रस्ताव और आदर्शों का संग्रह हैं। जो कोई भी उद्योग अपने नियोजित उम्मीदवार को प्रस्तुत करता हैं। यह एक दूरदर्शी नीति का हिस्सा है जो कि उद्योग को रोज़गार जगत में अपनी पहचान बनाने में तथा प्रतिस्पर्धा से अलग स्थापित करने में मदद करता हैं।

जो जो कारण रोजगार मार्का (ब्रांड) पर असर डालते है उन सबका विश्लेषण करके एक उद्योग अपनी परिभाषा का संचालन एक (इवीपी) के रूप में करता है। इवीपी एक मजबूत ब्रांड़ की नीवं डालने में सहायक होता है जितना बेहतर इवीपी होगा और जितने बेहतर तरीके से उसका संचालन हो सके तो वो एक मजबूत रोजगार ब्रांड़ में सहायक होता है तथा लक्ष्य समूह को एक प्रसंगोचित, यथार्थ, अद्वितीय जानकारी

तथा मूल्यों के संचारण में मदद करता है ।एक साफ सुथरे इवीपी नियोजक को नयी प्रतिभा को आकर्षित करने के लिए अधिमूल्य नहीं देना पड़ता है। इसका मतलब है कि उद्योग के पास एक बड़ा प्रतिभाशाली समूह इक्कठा हो जाता है और कर्मचारियों का अपने व्यवसाय से अधिक से अधिक जुड़ाव तथा समाधान उसको कामयाब बनाता है ।

मैं अपने व्यवसायी काल में अपने आपको भाग्यशाली समझती हूँ क्योंकि हमको उन संस्थाओ से जुड़ने का सौभाग्य प्राप्त हुआ जिन संस्थाओं में ई वी पी की परिभाषा स्पष्ट रूप से दी गयी थी, कुछ संस्थाओ में हमको लिखने का मौका मिला और कुछ संस्थाओं में वहाँ के हितेषियों को मद्देनज़र रखते हुए ई वी पी को सुधारने का मौका मिला। ये हितेषी संस्था के पूर्व कर्मचारी, कर्मचारी रिक्रूटमेंन्ट कन्संल्टेन्ट (जो नयी प्रतिभा की खोज में मदद करते हैं) तथा कम्यूनिटी और अतिरिक्त व्यवसाय, जो कि हमारी संस्था से जुड़े होते है। ये सभी संस्थायें एक ब्रांड़ प्रचारक होती हैं।
पेशेवर एच आर होने की हैसियत से कुछ प्रश्न आपको अपने आप से ई वी पी बनाने के पूर्व पूछने चाहिए।

विचार हेतु मुद्दे

१.हमारी संस्था एक नियोक्ता के रूप में कहाँ खड़ी होती हैं ?
२. स्थापन / उसका स्थान कहाँ हैं ।
३.क्या मैं अपनी संस्था के सिद्धांत तंत्र (वेल्यू सिस्टम)तथा कार्य शिष्टता (वर्क कल्चर) के बारे में वादा कर सकता हूँ।
४.संभावनाओं के परिप्रेक्ष्य में हमारी संस्था को भावी कर्मचारी किस प्रकार देखते हैं हमारी संस्था को किस प्रकार से देखते है – एक अच्छा वेतन देने वाली या एक ऐसी जगह जहाँ अच्छी कार्य प्रणाली (Work Culture) का माहौल देने वाली संस्था हो जहाँ पदोन्नति के अच्छे अवसर मिल सके।
५. क्या हमारे मौजूदा कर्मचारी संस्था से खुश हैं? क्या उनके संस्था से जुड़ने से पहले जो उन्होंने संस्था की परिकल्पना की थी उस पर वह खरी उतरी है ?

आज की तारीख में कर्मचारी के पास कई विकल्प खुले हैं (जैसे आपके ग्राहकों के पास) इस तथ्य को आपका कर्मचारी बखूबी जानता है ! जिस तरह आपका ग्राहक जानकार है उसी तरह आपका भावी कर्मचारी भी। आपको मिलने के पूर्व वो आपकी संस्था के बारे में पूरी जानकारी एक चुटकी में हासिल कर लेता हैं। लोगों में संस्था के बारे में क्या जानकारी उपलब्ध है तथा उसकी छवि लोगों के मन में कैसी है यह इस बात पर निर्भर होता है कि आप नई प्रतिभा की खोज में कितने सफल होते हैं।
अतः ये बहुत महत्त्वपूर्ण एवं जरूरी हो जाता है कि **ई वी पी (एम्लपोयर वेल्यू प्रपोजीशन)** पूर्णतः स्पष्ट रूप से परिभाषित तथा संरचित हो। लेकिन इसको कैसे बनाया जाय यह एक प्रश्न रहता है।

> अगर किसी संस्था का ई वी पी स्पष्ट रूप से परिभाषित तथा संरचित हो तो उस संस्था को पता है कि लोग संस्था के बारे में वास्तव में क्या सोच रखते है।

कैसे एक संस्था अपने ई वी पी अभिव्यक्ति विकसित करता है?

शायद आपके पास ईवीपी को निर्धारित करने के सिद्धांत का अध्ययन हो सकता है। । अब हम इस पर नजर डाले तो विकसित करने के दौरान दृष्टिकोण एक होना चाहिए । यदि आप एक नया कान्सेप्ट डेवलप कर रहे हैं तब आप क्या करते हैं? 'क्या' और 'कैसे' जैसे प्रश्नों के व्दारा आप उत्तर खोजते है।

चलो एक पहला सवाल ले – 'क्या' एक ई वी पी के लिये मूल रूप से आपकी संस्था के बारे में लोगों की क्या राय हैं । विश्लेषण करने के लिए यह महत्वपूर्ण है कि आपकी कंपनी के बारे में लोग क्या कहते हैं क्योंकि जो क्रिया आप करेंगें यह उस पर निर्भर करेगी। आपको कैसे पता होगा कि लोगों के मन में आपके संगठन की क्या छवि है? वे क्या महसूस करते है और आप के बारे क्या कहते हैं? अगर आपको लगता है यह खोज एक चुनौती पूर्ण काम है, तो दो बार सोचिए– यह यथार्य है कि नहीं?

पहला चरण–आप पहले से ही तथ्यों / आंकडो की जिनकी जानकारी आपको है, जाँच पड़ताल करने की शुरुवात करें। ये आंकडे पहले सेही आपकी संस्था में विभिन्न सूत्रों के रूप में उपलब्ध हैं जैसे एक्सिट इन्टरव्यू, एमप्लोयी एनगेजमेन्ट सर्वे आन बोर्डिंग सर्वे, रिक्रूटमेन्ट मेट्रिक्स तथा एट्रीशन डाटा।

इस आंकडे के लिए सार्थक जानकारी में इसे बदलने का विश्लेषण अवश्य करने की जरूरत है। कर्मचारीयोंके नमूनों, प्रवृत्तियों, शौक, सन्मान और आंदोलनों से जो दिखता है उससे आपकी संस्था के बारे में लोग क्या महसूस करते है और क्या सोचते है?
लेकिन ऐसा करना केवल एक शुरुवात हैं।

दूसरा चरण– मेरे लिए, परमेश्वर छेटेसे छेटे बिंदुओंमें (असीमित) है। जब मोती गोताखोर, मोती की खोजके लिए अन्दर जाता है सीप को ढूढ़ता है, वास्तव में गहरे पानी में पैठने पर ही मोती मिलता है। जिस तरह एक आध्यात्मिक गुरु अपने भीतर देख कर पहले स्वयं की खोज करता है। जाहिर है, कुछ ऐसा करते समय एक आकस्मिक मिलन स्वयं की कमजारियों या कमियों से हो सकता है। संभव है वैसा ही संस्था के साथ भी महत्वपूर्ण होगा क्योंकि यह जानकारी कूटनीति (स्ट्रेटेजी) बनाने एवं निर्णय लेने में वरिष्ठअधिकारियोंका मार्गदर्शन करेगी।

यहाँ, हितधारकों (Stakeholders) को स्वयं पता लगाना होगा कि किस वस्तुस्थिति में हैं जो आपको दिखायी दे रहा हैं वह हकीकत हैं या सिर्फ आँखों का धोखा है। 'डीप डाइव' TM[(I)] प्रक्रिया को केन्द्रित समूह चर्चा में(एफ जी डी) शामिल कर सकते है जिसे निरुद्देश्यता से किया जा सकता है नहीं तो स्टेकहोल्डर्रस (विशेष ऋचि रखनेवाले) के साथ साक्षात्कार लेकर किया जा सकता है।
गहराई में जाने का प्रयोजन अंदरूनी विषयों की अधिक जानकारी हासिल करना है जिसको कि पहले चरण के आंकड़े के विच्छेदन की प्रक्रिया के माध्यम से पहचाना है।

Source: (I) (http:www2deloitte.com/us/en/pages/operation/solutions/deepdive-team-toolkit.htmal
The DeepDive process in a trademark owned by Deloitte.

परन्तु, अगर आपको इ वी पी को एक बाह्य चेहरा दिखाना है तो 'टेल'(Tell) का इस्तेमाल करना पड़ेगा जिसमे संस्था यह दिखाती है कि वह किस लिए काम कर रही है । तो इ वी पी (EVP) इस प्रश्न का उत्तर है कि 'कैसे एक संस्था ब्रांड का वादा, अपने उत्पादन और अपनी सेवाओं व्दारा देता है'।

परन्तु आपको कर्मचारी के मूल्यों (इ वी पी) को पारित करते समय वाक्कुशलता (बोलने की सही कला) का इस्तेमाल कर एक बाह्य चेहरा, जिधर संस्था यह दिखाती है कि वह किस के लिए काम कर रहा है सामने लाना है । क्योंकि यह मानव संसाधन कूटनीति (एच आर स्ट्रेटेजी) से चलता है और व्यापार कूटनीति (बिजनेस स्ट्रेटेजी) मानव संसाधन कूटनीति से चलता है, और अपने अंदर कर्मचारी की आवाज़ का भी समावेश कर लेता है।

तीसरा चरण– अब आप वाकई में ई वी पी को अच्छी तरह समझते हुए उस मुकाम तक पहुँच गये है जहाँ आप एक कंपनी की एच आर रणनीति को ई वी पी के अग्रानुक्रम कर वास्तव में विकास कर सकते है । आप उनके महत्वपूर्ण क्षेत्र पर ध्यान करके जैसे कर्मचारी की वचनबद्धता, व्यवसाय का विकास, क्ररियर ड्वेलपमेंट, नौकरी और मानव जीवन के बीच का संतुलन आदि बातें सुनिश्चित कर सकते है ।

यह कर्मचारी के अनुभव के मूलतत्व और नियोक्ता ब्रांड प्रतिबद्धता को समेटने वाला एक सरल सर्वग्राहीं और व्यापक कथन होना चाहिए । उसी प्रकार से, ई वी पी के माध्यम से अनुभवात्मक एक यथार्थपूर्ण ठोस वक्तव्य विवरण कंपनी की दृष्टि और ध्येय के वक्तव्य (विजन एन्ड मिशन स्टेटमेन्ट) विवरण में समानता होना आवश्यक है।

चौथा चरण– ईवीपी के संचार के साथ, ई वी पी को परिभाषित करने की प्रक्रिया पूर्ण हो जाती है। यह सूचना की प्रणाली की प्रक्रिया हर कर्मचारी के लिए उसके कार्य स्थल, भर्ती, आगमन और व्यवसायिक प्रगति से लेकर कार्य स्थल छोड़ने तक के

चरणों तक लागू होना चाहिये। इसी प्रकार, ई वी पी संप्रेषण में पूरे कर्मचारी के जीवन चक्र (लाइफ सायकल) को शामिल किया जाना चाहिये।
ई वी पी संवाद के दौरान, आप सुनिश्चित कर लें कि ई वी पी के सभी संदेश और आशय जैसे भर्ती विज्ञापन, कंपनी के इंट्रानेट का आधुनिकीकरण, अन्य आंतरिक संचार, कंपनी के पोस्टर, डैंगलर, कंपनी वीडियोज आदि सभी माध्यमों के द्वारा वितरण होना चाहिये।

पांचवा चरण– अन्ततः ई वी पी संवाद स्थापित करनेकेअंतिम चरण में एमल्पोयी सर्वे और पिपल मेट्रिक्स को एकीकृत करके ई वी पी प्रणाली विकसित करना है । ऐसा करने से, ई वी पी के मूल्य प्रदर्शन करने, निवेश पर प्रतिफल की गणना और संस्था के लिए वित्तीय लाभ में मदद मिलेगी। (२)

व्यवसाय रणनीति, एच आर रणनीति और ई वी पी –

चलो समझें कि किसी भी संस्था की एच आर रणनीति अपने व्यापार रणनीति पर आधारित है। क्या आपको 'इनविसिबल हैंड़' के एडम स्मिथ के बयान याद हैं कि जहां वह सिद्धांत प्रचारित है कि मांग और आपूर्ति के लिए बाजार की ताकतें अलग और अदृश्य रुप से काम करती हैं?
ग्राहकों द्वारा डिमांडऔर सप्लाई की मांगों पर ही व्यवसाय संचालित और स्थिर बना हुआ है। सहजतः, एक संस्था को तदनुसार ही व्यापार रणनीति रुपरेखा बनाना चाहिए । इसके साथ ही एच आर रणनीति को पलटकर ई वी पी के अनुसार ही परिभाषित कर सकते है।
इस तरह ई वी पी एच आर रणनीति से और एच आर रणनीति संस्था की व्यावसायिक रणनीति से जुड़ा हुआी है। हर उद्योग हर वस्तु तथा हर बाजार जिस किसी को भी एक कंपनी अपनालक्ष्य बनाती है उस मुताबिक ई वी पी बदलता है । परन्तु कुछ ऐसे सामान्य गुण हर अच्छे ई वी पी में आवश्यक है। आप इसे पढ़ेगें लेकिन एक नज़र डालते है कि अच्छा ई वी पी क्या होना चाहिए।

Source: (2) http//www.edelman.com/post/four-key-steps-great-employee-value-proposition/

अच्छा ई वी पी कैसे बनता है

१) जैसा कि हमने देखा कि किस तरह किसी भी संस्था की एच आर रणनीति उसके व्यवसाय की रणनीति के साथ–साथ चलता है उसी प्रकार ई वी पी मी एच आर रणनीति के साथ–साथ चलती है। इस प्रकार एक अच्छा ई वी पी दर्शाता है कि एच आर की रणनीति कितनी मजबूत तथा प्रभावशाली है।

२) एक अच्छे ई वी पी के कारण लोग संस्था की ओर आकर्षित होते है इसीलिए संस्थाओं के ई वी पी को हट कर होना चाहिए।

३)एक संस्था को अनुकूलतम मुनाफा प्राप्त हो इसीलिए ई वी पी उसके सही अभिलक्षण के इर्दगिर्द परिभाषित हो। उसमें कर्मचारियों के हेतु आगे बढ़ने तथा उन्नति के अवसर के विशेष विवरण दिये गये हो।

४) इसीलिए ई वी पी संस्था के व्यावसायिक रणनीति से एकरेखित (एलाइन्ड) हो और प्रतिभा को अपनी ओर आकर्षित करे तथा बनाये रखे और स्पष्ट भी हो।

५) ई वी पी का ज्यादा से ज्यादा हिस्सा 'अभी और यहाँ' जैसे शब्दों का प्रयोग करें और स्पष्ट रूप से कि संस्था अपने कर्मचारियों के लिये क्या कर सकती है।

६) जिन चीजों की संस्था कामना कर रही है विशिष्ट रूप से यह दर्शाया जाय कि आपकी संस्था क्या क्या बदलाव अपने आप में भविष्य में लाना चाहती है? कर्मचारी उन संस्थाओं को पसंद करते हैं जो कि बदलाव के लिये तैयार तथा अनुकूलनीय होती है।

७) आखिर में इस चीज का ध्यान रखें कि ई वी पी ऐसा बने जो कि आपके लक्ष्य समूह को पसंद आये।

ई वी पी की विशेषताऐं कार्पोरेट ब्रांड तथा इंप्लाय सर्विस ब्रांड में प्रतिबिबिंत हो सके 'कैसे' का उत्तर इसमें प्राप्त होगा।

यह संदेश हर चरण तक फैलाया जाय यह कर्मचारियों तक कैसे पहुँचे यह भी आवश्यक है, क्योंकि अगर ई वी पी सही तरीके से संचारित नहीं हो सब कुछ समाप्त हो जायेगा।

आज के समय में संस्थाओं के लिये एक बड़ी चुनौती है कि अपने ई वी पी को दूसरी संस्थाओं के ई वी पी से कैसे भिन्न करें्। कुछ संस्थायें ब्रांड़िग का उपयोग कर ये हासिल कर लेती है । परन्तु अगर ये सच न होतो उसके विपरीत परिणाम हो सकते है ।

ई वी पी कर्मचारी के कॉर्पोरेट यात्रा का केंद्र बिंदु है

अनुश्रुति (लीजेन्ड)

२) कॉर्पोरेट ब्रांड
३) संगठन की रणनीति
४) संगठन की संरचना (स्ट्रक्चर)
५) नियोक्ता ब्रांड (एमप्लोयर ब्रॉन्ड)
६) मानव संसाधन रणनीति
७) आंतरिक संवाद (इंटरनल कम्यूनिकेशन)
८) भर्ती
९) कर्मचारी संलग्नता (एमप्लोयी एनगेजमेंट)

आपकी संस्था पर ई वी पी का प्रभाव–

एक अच्छा ई वी पी संस्था को ये दर्शाता है कि जो लोग उस संस्था में काम कर रहे है या करना चाहते है उनके लिए क्या महत्वपूर्ण है आपका एच आर प्रबंधक के रूप में काम यहाँ से शुरू होता है– आपकी कोशिश ये रहे ताकि सही प्रतिभा को उसके अनुरूप न्याय मिल सके।

यह प्रक्रिया आपको अपनी एच आर की प्रधानता समझने में तथा कार्य सूची को प्राथमिकता के आधार पर तैयार करने में मदद देती है। एक अच्छा ई वी पी वर्क

फोर्स के हर पहलू को मद्देनजर रखते हुए एक सर्वव्यापी ब्रांड़ के रूप में तैयार किया जाता है उसे फिर हर खण्ड (सेगमेंन्ट) के लिए जो बेहतरीन माध्यम हो उसके अनुसार उसे संचालित किया जाता है । ज्यादातर संस्थायें जिनमें एक अच्छा ई वी पी होता है उन्हें टेलेन्ट को अपनी ओर आकर्षित करने के लिए लड़ाई नहीं लड़नी पड़ती है न हीं पारितोषिक बाँटना पड़ता है । प्रशिक्षित प्रतिभायें (टेलेन्ट) प्राय: उनकी ओर स्वंय आकर्षित होती है।

इंम्प्लाय इंगेज़मेंट, रिक्रूटमेन्ट एवं रिटेंशन (कर्मचारियों को रोकने में) एक अच्छे ई वी पी का बहुत बड़ा योगदान होता है। ई वी पी एक गहरा और असरदार रिटर्न आन इनवेस्टमेन्ट पूरे व्यापार पर छोड़ता है तथा कर्मचारी के लाइफ सायकल पर भी बड़ा ही सकारात्मक प्रभाव होता है।

> साराँश में संस्था (एमप्लोयर वेल्यू प्रपोजीशन के माध्यमसे) अपने भावी कर्मचारियों के लिए ब्रान्डिंग करती है।

चलो अब अन्य TWIN से मिलते हैं;

कर्मचारी मूल्यक प्रतिज्ञाप्ति (ई वी पी) फिर से –

अब इस विषय में कंपनी की क्या उम्मीद है मुआवजा, लाभ, कार्य संस्कृति(वर्क कल्चर), विकास आदि के बदले में कर्मचारियों से, जो कि एक ही सिक्के का दूसरा पहलू है। यह महत्वपूर्ण है कि एक कर्मचारी के रूप में आप क्या योगदान दे सकते हैं नियोक्ता (एमप्लोयर) को आप यह सीमांकित करें ।

> कर्मचारी मूल्यक प्रतिज्ञाप्ति कर्मचारी के वे मूल्य है जो वह संस्था मे कार्य करना प्रारंभ (ज्वाइन) करता है / करती है तब मजबूती को कायम रखने के लिए और स्वयं के विकास के साथ साथ संस्था के विकास को आगे बढ़ाने के लिए क्या योगदान करता है /करती है ।

कर्मचारी एक संस्था का सबसे महत्वपूर्ण असेट होता है, जबकि एक कंपनी के व्यय का सबसे बड़ा संघटक मेन पावर भी होता है। जब कंपनियाँ कर्मचारियों पर निवेश करती हैं तो उनसे वे बेहतर परिणाम / रिजल्ट की उम्मीद करती हैं। विज्ञापन में भी 'परिणाम उन्मुख, प्रभावशाली और जिम्मेदार' (result oriented, impact free and reasonable) जैसे शब्दों का प्रयोग कर उम्मीदवारों को महत्व दिया जाता हैं।

इसलिए, एक संस्था अपने कर्मचारियों से क्या उम्मीद करता है?

एक संगठन को ऐसे लोगों की जरूरत है जो अपने व्यापार के लक्ष्यों के साथ अपने कैरियर लक्ष्य को संरेखित (अलाइन) कर सके। एक कर्मचारी से एक कंपनी की मूलभूत अपेक्षायें होती है कि उसमें ईमानदारी, विश्वसनीयता और जिम्मेदारी जैसे बुनियादी मूल्य हों। इसके अलावा, कंपनी उम्मीद करती है कि कंपनी के लंम्बी अवधि के लक्ष्यों की पूर्ती के लिए उम्मीदवार अपने मूल्यों, संस्कृति और समर्थन के साथ सांमजस्य करेगा। एक कर्मचारी को संस्था के लाभ के लिए उसके कौशल का पूरा उपयोग करना चाहिए। वह एक उदाहरण के रूप में हट कर कड़ी मेहनत, डायनामिज्म और चुनौतियाँ लेने वाले जो कंपनी की तरक्की में मदद कर सकते हैं।

कंपनियाँ जो एक मजबूत ई वी पी रखती है

- सही प्रतिभा अधिग्रहण कर सकते हैं
- अत्यधिक कुशल कर्मचारी के संदर्भ में एट्रीशन एवं रिटेन्शन पर कम संघर्षण करना होगा
- उनके उद्योग में दूसरों की तुलना में बहुत अधिकता से उच्चतर वित्त–संबंधी परिणाम का प्रतिवेदन करेंगा
- उच्च स्तर के कर्मचारियों के साथ वचनबन्ध करना होगा

ट्विन्स (TWINS) के बीच का रिश्ता

हमने संगठन के विकास के लिए इन ट्विन्स के योगदान को देखा है। जैसे समरूप ट्विन्स, नियोक्ता मूल्य प्रस्ताव (एमप्लोयी वेल्यू प्रपोजीशन) और कर्मचारी मूल्य प्रस्ताव (एमप्लोयर वेल्यू प्रपोजीशन) के बीच एक अटूट समानता है।

दोनो के बीच में सही संतुलन यह सुनिश्चित करता है, कि संस्था सही प्रतिभा को अपनी ओर आकर्षित कर रोके रखता है और यह सुनिश्चित करता है कि वो संतुष्ट है नतीजतन कर्मचारियों के उत्पादकता में बढ़ोत्तरी होती है।
मूलत नियोक्ता मूल्य प्रस्ताव और कर्मचारी मूल्य प्रस्ताव एक ही सिक्के के दो पहलू है। एक हिस्सा ब्रांड़ का नजरिया दर्शाता है और दूसरा हिस्सा कर्मचारियों के नजरिया को दर्शाता है। संस्था तथा कर्मचारी के उद्देश्य में सही सामंजस्य दीर्घकालिक परिणाम देता है।

भावपूर्ण सुर तभी गूँजता है जब कि साज़ सही तरीके से समायोजित हो । उसी तरीके से नियोक्ता मूल्य प्रस्ताव और कर्मचारी मूल्य प्रस्ताव अगर दोनों सही तरीके से समायोजित हो तो यह ब्रांड़ को एक दीर्घकालिक विकास करने में मदद कर सकता है। वादक को अगर एक सही समायोजित साज़ दिया जाय नतीजतन प्रेक्षक एक सर्वोत्कृष्ट कृति की उम्मीद कर सकते है जो कि स्वाभाविक होगा।

इस तरीके से यह ट्वीन्स एक दूसरे के ऊपर निर्भर (इन्टर डिपेन्डेन्ट) अनुरूप (केमपेटीबल) तथा अभिन्न (इनसेपरेबल) होने चाहिए। दोनों में सही सम्मिलन, सही प्रतिभा को अपनी ओर आकर्षित करने तथा उन्हे रोकने में मदद करता है, तथा समाधान करने में सुनिश्चित करता है। नतीजतन संपूर्ण रूप से कर्मचारी की बढ़ोत्तरी तथा कारोबार की उपलब्धि में बढ़ोत्तरी करता है ।

इस तरह से सफल होने के लिए आपको एच आर प्रबंधक के रूप में बड़ी जिम्मेदारी की भूमिका निभानी पड़ेगी ।

■■■

केसलेट १

एक्सक्लूसीव मीडिया कंपनी अपने क्षेत्रीय भाषा में काम करने के लिए मशहूर है क्योंकि उसका मूलस्तर पर संपर्क होने के कारण मीडिया से जुड़े व्यक्तियों में उसकी अच्छी शोहरत थी । उसमें करीब तीस लोगों ने अपने व्यवसाय की शुरूआत एक्सक्लूसीव मीडियासे की थी और उन लोगों ने कभी कहीं और काम नहीं किया था । उसमें से कुछ लोग ही स्नातक थे और सभी ने उस कंपनी मे ही तरक्की की थी, वहीं पर उन्होंने तालीम हासिल की थी और वो अपने कार्य में कुशल थे और काम कराने मे भी अच्छे थे जो ये एक छोटी कंपनी के लिए बहुत ही आवश्यक है।

आयोजकों ने कंपनी बढाने हेतु नये लोगों को लेने का निश्चय किया। जो उम्मीदवार इंटरव्यू के लिए आये थे वो एम बी ए तकनीकि क्षेत्र के जानकार थे और अच्छी अंग्रेजी में बोल सकते थे। एक्सक्लूसीव मीडिया का व्यवसाय बढ़ाने के लिए आयोजकों ने ऐसे उम्मीदवारों की भर्ती करने का निश्चय किया।

इस कारण दस नये लोगों का एक गुट मार्केटिंग और सेल्स में भर्ती किया गया । परन्तु पहले ही दिन से चीज़े गलत हो गयी। जो नये कर्मचारी पहले एम एन सी में कार्यरत थे उन्हें एक्सक्लूसीव में वो प्रणाली नहीं मिली। पुराने कर्मचारी नये प्रबंधनकर्ता के बजाय आयोजकों से सीधे बात करना पंसद करते थे । सारे पुराने कर्मचारी जो कि एक कनिष्ठ पद पर होने के बावजूद व्यवसाय के बारे में ज्यादा जानते थे बनिस्पत नये कर्मचारियों के जो उच्च पदों पर थे, और वे अपने पुराने तौर तरीकों से काम करते रहे।

नये कर्मचारियों के नजरिये से – उकी संस्था की कार्यप्रणाली और स्वयं के तौर तरीके जिन के वे अभ्यस्त थे, के अंतर से धक्का लगा । कंपनी का व्यापारिक सम्बन्ध दूरदराज के इलाकों के क्षेत्रीय भाषा–भाषी विक्रेताओं, सहयोगियों एवं ग्राहकों से था जबकि सुयोग्यता प्राप्त अंग्रेजी बोलने वाले विक्रय (सेल्स) अधिकारी क्षेत्रीय भाषा की जानकारी भी नहीं रखते थे ।

कुल मिलाकर कंपनी की अपेक्षा तथा नये कर्मचारियों की अपेक्षाओं के बीच एक बिलकुल बेमेल संबंध था। इस कारण नये और पुराने दलों के बीच टकराव होने के कारण इससे एक्सक्लूसीव के बिज़नेस को हानि होने लगी।

आयोजकों ने आखिर में एक एच आर विशेषज्ञ————यानि 'आपको' परामर्श हेतु बुलाया ताकि पता कर सके कि गल्ती कहाँ हुई है।

आपको क्या करने की जरूरत है :

१. इस केसलेट्स में समस्या को पहचाने।

२. समस्या का निदान निकालें।

३. क्या तीन पैमाने जो समस्या को सुलझाने में आप इस्तेमाल करेगें?

४. एच आर विशेषज्ञ के तौर पर आप क्या सुझाव देगें ताकि यह समस्या आगे चलकर न उभरे।

केसलेट २

शिव करीब दस सालों से के.टी प्राइवेट लिमिटेड के साथ काम कर रहा था। उस समय कंपनी के लिए एक मुश्किल दौर से गुजर रही थी और शिव की युनिट के साथ ही साथ लागत में कटौती के लिए कुछ ऑपरेटिंग इकाइयों को भी शटडाउन करना पड़ा। शिव की नौकरी छूटने के बाद, उसको आसानी से जे डब्ल्यू प्राइवेट लिमिटेड में अपने अनुभव और विशेषज्ञता की वजह से दूसरी नौकरी मिलगई। वहाँ काम करने के कुछ सप्ताह के बाद, सप्ताहांत पर आराम करते समय, वह के.टी. प्राइवेट लिमिटेड में अपने कार्यकाल के अवधि की यह बात प्रतिबिंबित होती है।

शिव को अपने पहले काम के साथ बहुत प्यार था और वह पहले ही दिन से अपनी टीम का हिस्सा रहा था। के. टी. प्राइवेट लिमिटेड ने उसके व्यक्तिगत लक्ष्यों को प्राप्त करने और उसकी अपेक्षाओं को हर संभव पूरा के लिए उसकी सहायता की थी। शिव संस्था में ही काम करते–करते बड़ा हुआ था और उसके काम को सराहा गया तथा स्वीकार किया गया था। उसे चार बार पदोन्नति मिली और कई प्रतिफल पारितोषिक प्राप्त किया था। शिव को प्राधिकरण के विकेन्द्रीकरण पसंद है और के.टी. ने भी उसे महत्त्वपूर्ण स्वायत्तता और स्वतंत्रता की अनुमति दी थी। के. टी. का कलचर कर्मचारियों के अनुकूल था तथा बातचीत का जरिया खुला हुआ था। के.टी. में हर किसी को संस्था में क्या चल रहा था उसके बारे में पता था।

कार्यस्थल के लोग बहुत अच्छे थे। शिव और अन्य प्रबंधक लंच के लिए एक साथ बाहर जाते और हर शनिवार क्रिकेट खेला करते थे। सब लोग, व्यावसायिक रूप में और व्यक्तिगत दोनों रूप में अच्छी तरह से मिला करते और हमेशा से एक टीम के रूप में काम किया करते थे। मालिकों से भी बहुत सहायता मिलती थी और जब कभी किसी को जरूरत पड़ती तो कर्मचारियों की मदद की जाती थी।

जब के. टी. यूनिट शट डाउन हुआ, यह बात शिव को सदमा पहुंचाने वाली थी जैसे उसे यकीन था कि के. टी. की जगह कोई नहीं ले सकता। इसलिए शिव के मन मे जे. डब्ल्यू और के..टी के बीच की तुलनात्मकता प्रतिबिंबित थी, वह विभिन्न कारणों से भी परेशान था।

जे डब्ल्यू में प्रबंधकों को ये परवाह नहीं थी कि किसने अच्छा काम किया और किसने नहीं किया है। जे डब्ल्यू में कर्मचारियों की पदोन्नति और पुरस्कार इस पर आधारित था कि उन्होंने संस्था के साथ कितने समय तक काम किया है और उन्होंने राजनैतिक खेल कितनी अच्छी तरह से खेला है।

जे डब्ल्यू मे नौकरशाही (ब्यूरोक्रेटिक) और आदेश देने का अधिकार केंद्रीकृत था। प्रबंधक भी मेमोपत्र देने में व्यस्त थे और वरिष्ठ प्रबंधन से हस्ताक्षर ले रहे थे। उसने पाया कि कोई भी आपस में व्यावसायिक रूप में या व्यक्तिगत दोनों रूप में एक दूसरे के साथ घुलने–मिलने के लिए तैयार नहीं था। उपयुक्त विषय पर विचार कर शिव को लगा कि उसने जे डब्ल्यू में नौकरी लेकर गलती की थी।

क्या आप को काम करने की जरूरत है;

१. के. टी. प्राइवेट लिमिटेड में नियोक्ता मूल्य प्रस्ताव क्या था, जो शिव ने अनुभव किये थे?
२. क्या कारण हैं, क्यों शिव महसूस करता है कि उसने जेडब्ल्यू में शामिल होकर गलती कर दी थी?
३. आप क्या करेंगे, यदि आप शिव बन जाये?

२

३'टी' [The 3 'Ts':]

- प्रतिभा संकलन (टेलेन्ट एक्वीजीशन)
- प्रतिभा का विकास (टेलेन्ट डेवलपमेन्ट)
- प्रतिभा प्रबंधन (टेलेन्ट मेनेजमेन्ट)

't' + 't' = 'T'

हमारे बचपन में, हमने सीखा 'टी' से टेबल या 'टी' से टेलीफोन। लेकिन मानव संसाधन में, 'टी' प्रतिभा (टेलेन्ट) के लिए है।
एक कर्मचारी की 'प्रतिभा' अपने उद्देश्य को हासिल करने के लिए संगठन के लिए सबसे बुनियादी जरूरत है। हर कर्मचारी, उसका/ उसकी प्रदर्शन बेहतर और संगठनात्मक लक्ष्यों को प्राप्त करने के लिए अपनी प्रतिभा को संरेखित करने की कोशिश करता है बाकी संगठन अपनी जरूरतों को पूरा करने के लिए विशिष्ट प्रतिभा के साथ कर्मचारियों को संरेखित करता है। यह दोनों तरीकों से काम कर सकता है। हमने एच आर प्रबंधन के मुआफिक (अमिन्न) ट्रीन्स जैसा कि हमने पिछले अध्याय में, नियोक्ता मूल्य प्रस्ताव (अभिज्ञाप्ति) और कर्मचारी मूल्य प्रस्ताव (अभिज्ञप्ति) अधिनियम में देखा था, प्रतिभा इन दोनों धारणाओं, संकल्पनाओं (कान्सेप्ट) का आधार है।

वर्तमान में सही प्रतिभा संकलन, प्रतिभा विकास और प्रतिभा प्रबंधन ये तीनों अपने सही अर्थों में सबसे ज्यादा महत्वपूर्ण उम्मीद और आज के समय में एच आर का कार्यक्षेत्र हैं। आज यह एच आर के लिए भी चरम सीमा की चुनौती है।

आइए पहले समझना है कि प्रतिभा क्या है। मैक्किंज़े के अनुसार, प्रतिभा योगफल (Sum) है एक व्यक्ति की विभिन्न क्षमताओं + आंतरिक प्रतिमा + कौशल, ज्ञान, अनुभव + बुद्धि + निर्णय शक्ति + दृष्टिकोण + चरित्र + (ड्राइव) सीखने और विकसित करने के लिए उसकी क्षमता है्।

प्रतिभा (टेलेन्ट) का मेरे अनुसार निम्न प्रकार के रूप है:

- 'T' का मतलब सहनशील। यहाँ सहनशील (टोलरेन्ट) होना जरूरी है और किसी भी तरह के कामके लिए कोई ना नहीं कह सकता। वहाँ हर काम को सीखने के लिए एक कर्मचारी उत्तरदायित्व लेकर कार्य कर रहा है।

- 'A' का मतलब आकांक्षा (एसपायर)। यह एक कर्मचारी के चुने हुए क्षेत्र में क्रम से शिखर तक पहुंचने के लिए जीवन में आकांक्षा का होना बहुत जरूरी है।
- 'L' का मतलब सीखना (लर्न)। हर कर्मचारी हमेशा जीवन के हर पहलू में सीखने के लिए मुक्त होना चाहिए्। जीवन एक शिक्षक है और इसलिए यह एक खुले दिमाग के लिए महत्वपूर्ण है।
- 'E' का मतलब प्रयोग (एक्सपेरीमेन्ट)। एक कर्मचारी को उसकी / उसके आरामदायक स्थिति से बाहर आने में विश्वास करना चाहिए और सफलता हासिल करने के लिए क्रम से कुछ नया करने की कोशिश करनी चाहिए ।
- 'N' का मतलब नोबेल (श्रेष्ठ/आदरणीय)। यह महत्वपूर्ण है कि एक कर्मचारी उसकी / उसके कामों में श्रेष्ठ/आदरणीय (नोबल) हो आत्म केन्द्रित नहीं । इस तरह से,वह केवल खुद के बारे में नहीं बल्कि समग्र रूप में संगठन के बारे में सोचता है।
- 'T' का मतलब भरोसा (ट्रस्ट)। कर्मचारी को बेहद भरोसेमंद और विश्वसनीय होना चाहिए्।
- अब आप क्या अध्याय के शीर्षक से चकित होते है-- 't' + 't' = 'T' अर्थात?

एक संगठन की सफलता अपने लोगों पर निर्भर है। इसलिए, सही व्यक्ति होने के साथ सही काम प्रारंभ होता है। नियोक्ता और कर्मचारी मूल्य प्रस्ताव को परिभाषित करने के पहले कदम के बाद, प्रतिभा के संबंध के साथ अगला कदम प्रतिभा अधिग्रहण है। कहना अनावश्यक है कि अधिग्रहण को प्रतिभा के विकास के द्वारा अनुगमन किया जाना चाहिए्। अगर आप दोनों उपयुक्त चरण को मिला दे उसका निचोड़ क्या प्राप्त हुआ--- प्रतिभा प्रबधंन ।

साधरणतया, जो समीकरण रखा है;

't' (प्रतिभा संकलन) + 't' (प्रतिभा विकास) = 'T' (प्रतिभा प्रबधंन)

हमें प्रत्येक 't' और कैसे अधिक से अधिक विस्तार में 'T' को समझने के लिए वे अंततः तक जुडते है यह देखना है अब।

प्रतिभा संकलन (टलेन्ट एक्वीजीशन) (t)
सही लोगों को पाना

प्रतिभा संकलन एक कूटनीतिका कार्य (स्ट्रेटेजिक फंक्शन) है उसके अंतर्गत पहचानना, आंकलन करना तथा प्रशिक्षित लोगों को जोड़ना, ये सब संस्था की जरूरतों को पूरा करने के लिए किया जाता है। इसके अंतर्गत सिर्फ प्रतिभा प्राप्ति ही नहीं आती है बल्कि इसके अलावा जनबल (वर्कफोर्स) योजना कार्य जैसे कि प्रतिभा का पूर्वानुमान, आंकलन तथा विकास ये सब कार्य भी आते है।

नये लोगों को व्यवस्था में जोड़ने (हायर) का कार्य--- उसके अंतर्गत नौकरी देना (हायरिंग) तथा अच्छी क्षमताओं को आकर्षित करना ये दो मुख्य कार्य है तथा इसने एक नये पेशे का उत्थान किया है जिसके अंतर्गत प्रतिभा का संकलन करना एक मुख्य कार्य है । प्रतिभा संकलन करने वाले पेशेवर व्यक्ति में प्रतिभाशाली लोगों का स्रोत स्थापित करना, उम्मीदवारों के चयन, अनुकूलता तथा पारिश्रमिक के स्तर को स्थापित करना नियुक्तिप्रथा की ब्रान्डिग को स्थापित करना और इसके अलावा संगठन में नये लोगों को चुनने का उपक्रम बनाना ये सब करने का कौशल होना चाहिए।

प्रतिभा संकलन जो कि एक एच आर का हिस्सा होना चाहिए उसके अतिरिक्त क्रयविक्रय (मार्केटिंग) व जन-संपर्कसे (पब्लिक रिलेशन्स) ज्यादा एकरेखित बन गया है। कई बार आप ये देखेंगे कि प्रतिभा संकलन पेशेवर जो कि नियोक्ता मूल्य प्रस्ताव का संस्था की नियुक्ति कार्यक्रम तथा कर्मचारियों के विकास की प्रक्रिया के इर्दगिर्द ही कर्मचारी मूल्य प्रस्ताव को बनाते है। इसलिये रोजगार ट्रेडमार्क (ब्राडं) के अंतर्गत श्रम शक्ति (ह्यूमन केपिटल) की प्राप्ति ही नहीं आती बल्कि उसके अंतर्गत कर्मचारियों के विकास की पद्धति भी शामिल की जाती है।

यहाँ प्रतिभा संकलन की प्रचलित प्रक्रिया को नीचे दर्शाया गया है;

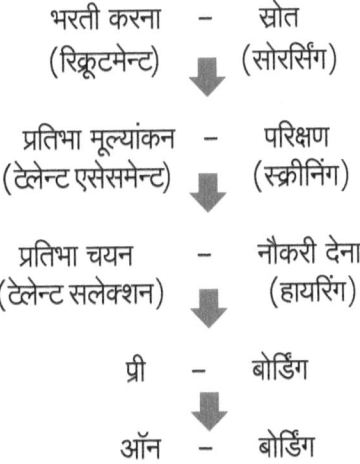

भरती करना – स्रोत
(रिक्रूटमेन्ट) (सोरसिंग)

↓

प्रतिभा मूल्यांकन – परिक्षण
(टेलेन्ट एसेसमेन्ट) (स्क्रीनिंग)

↓

प्रतिभा चयन – नौकरी देना
(टेलेन्ट सलेक्शन) (हायरिंग)

↓

प्री – बोर्डिंग

↓

ऑन – बोर्डिंग

१) नयी सदस्यता – सही लोगों का चयन –

श्रम शक्ति को ढूंढने की शुरूआत आपको एक स्पष्ट लिखित कार्य विवरण (जॉब डिरक्रिपशन) —– उसके अंदर उसकी पदवी/उपाधि, किस पद को वह जवाबदेह है, उसके कर्तव्य तथा जिम्मेदारी, काम का उद्देश्य तथा कार्य क्षेत्र अपेक्षित कार्य संपादन का स्तर तथा कार्य प्रणाली की परिस्थिति इन सबका समावेश होता है। एक कर्मचारी की योग्यता तथा क्या क्या अभिलक्षण किसी कार्य को करने हेतु जरूरी है उसका विवरण कार्य विनिर्देश में दिया जाता है जिसका मूलाधार लिखित कार्य विवरण से मिलता है ।

आम तौर पर भर्ती प्रक्रिया का अनुसरण नीचे किया गया है;

I) चयन के मानदंड को विकसित करना –

लिखित कार्य विवरण (जे डी) से आपको सुनिश्चित करना है कि चयन प्रक्रिया मापने योग्य है ता कि साक्षात्कार निष्पक्ष हो और कोई पक्षपात न हो । दो तरह के मानदंड़ जरूरी है। कर्मचारी आधारित होने वाले मानदंड़ के अतंर्गत योग्यता, निपुणता तथा अनुभव आते है और संस्था आधारित होने वाले मानदंड़ के अतंर्गत

संस्था के माहौल तथा संरचना के साथ व्यक्ति की अनुकूलता आदि। उस व्यक्ति का प्रभाव संस्था के अन्य लोगों पर तथा उनका रवैया, काम के साथ समूह की संगतता इत्यादि।

ii)नियुक्ति के सही तरीके का चुनाव –

कुशल पदों पर नियुक्ति एक प्रतिस्पर्धात्मक प्रक्रिया है और क्षमता को आकर्षित करने के लिये रचनात्मक तरीके के उपयोग की जरूरत है। हट के सोचने की जरूरत है।

> भारत के प्राचीनतम प्रबंधन गुरु (मैनेजमेंट) गुरु चाणक्य ने शासकों को बताया था कि बंजर खेती वाले थोड़े बूढ़े किसानों को मुखबिर बनाये। इसकी वजह, खेत बंजर होने के कारण वे व्यस्त नहीं है तथा जो उनको पारितोषिक दिया जायेगा उससे वे खुश होगें। इसके साथ ही वे किसान है इस कारण उन पर कोई संदेह भी नहीं करेगा और इस तरीके से वे ज्यादा से ज्यादा जानकारी हासिल कर लेगें।

एच आर प्रबंधक अपने संस्था के अनुरूप निम्नलिखित नियुक्ति प्रक्रिया में से चयन कर सकते है जैसे कि यहाँ संस्था के अंदर ही नौकरी के बारे में प्रचारित करना (इंटरनल जाब पोस्टिगं) अखबार में इश्तिहार, स्थान नियोजन संस्था, वाक इन्स (बिना नियोजित भेटं कर के चले आना) कर्मचारी परामर्श तथा करियर मेला (फेयर) आदि।

अब नये और प्रचलित तरीको को देखते है

अ) अंदरूनी नौकरी की नियुक्ति – (आईजेपी)– (इन्टरनल जॉब पोस्टिंग)

अंदरूनी नौकरी की प्रविष्टि (आईजेपी) का अर्थ है संगठन के अंदर ही किसी भी रिक्त पद को भरना। संगठन के अंदर ही संदेश फैलाने की प्रक्रिया को आईजेपी कहते है इसका खास मकसद होता हैकि मौजूदा कर्मचारियों को ही नये अवसर जो कि कर्मचारियों की कार्य उपल्ब्धियों को मद्देनजर और पद के अनुरुप योग्यता तथा

संस्था की नीति अनुसार उन्हें उसका मौका दिया जाये । जो कि आगे व्यवसायिक प्रतिष्ठानों के कारण बने है।

योग्य अधिकारी की जरूरत संस्था में हरदम बनी रहती है आईजेपी द्वारा उसकी पूर्ति की अनुमति संस्था को मिलती है और कर्मचारियों को उन्नति देने की इच्छा का निवारण भी हो पाता है और उन्हें अपने कौशल तथा ज्ञान का उपयोग करकेसंस्था में कार्यक्षमता और प्रामाणिकता लाने में सफलता प्राप्त करता है। इससे कार्य में बदलाव कराया जा सकता है जिसका फायदा कर्मचारियों को विभिन्न कार्य करके अनुभव प्राप्त होता है। इससे कर्मचारियों को नौकरी में गुणवत्ता बढाने तथा कार्य आवर्तन का अवसर प्राप्त होता है।

इस पद्धति का संभावित फायदा ये होता है कि प्रबंधन को कर्मचारियों की योग्यता के बारे में अच्छी जानकारी होती है । एक तरीके से कर्मचारियों को उनके पूर्व योगदान के लिए पुरस्कार तथा साथ ही साथ उन्हें अपने व्यवसाय में तरक्की का मौका प्राप्त होता है इस प्रणाली का इस्तेमाल करके संस्था अपने कर्मचारियों पर किये गये निवेश को बनाये रख सकता है नियुक्ति तथा अभिसंस्करण में लगने वाला समय और खर्चे में भी कमी हो जाती है । इस प्रणाली के और भी फायदे होते है कर्मचारियों में अंदरूनी विकास के संकेत मिलने से सकारात्मक मनोबल का माहौल तैयार होता है तथा कर्मचारियों के छोड़ने की प्रक्रिया में भी कमी आती है।

यद्यपि, अगर ये प्रक्रिया एकाकीपन में की जाये तो एक सीमित लोगों में से ही चुनने का मौका मिल पाता है, उसी तरह से संस्था के अंदर की विविधता में भी कमी आती है। इस प्रणाली का बड़ा दोष यह है कि जो कर्मचारी पदों के लिए आवेदन करते है, जो चुने नहीं जाते है वो रुष्टहो सकते है इसलिए रचनात्मक तरीके से जानकारी देते रहने से चक्र को बनाये रखना जरूरी होता है, और इससे कर्मचारियों में प्रक्रिया तथा प्रणाली में विश्वास बनाये रखा जा सकता है।

ब) आन लाइन नौकरी– यह एक पुरानी परन्तु प्रचलित नौकरी का तरीका है । नौकरी के साइट जैसे की नौकरी. कोम, मोन्स्टर. कोम, टाइम्स जाब.कोम इत्यादि

काफी प्रसिद्ध सुविधाजनक और आसान है। एक ताजा अध्ययन के अनुसार, ९६% लोग जो कि नौकरी ढूढ रहे होते है वो इन्टरनेट का इस्तेमाल करते है। आपकी जाँब पोस्टिंग को अच्छी प्रतिक्रिया मिले इसलिए एक जाँच सूची नीचे दी गयी है।

- पदों के नाम स्पष्ट हो– विस्तृत ब्योरा दे, उदाहरण: व्यवस्थापक – प्रबन्ध संचालन लिखे, ना कि सिर्फ प्रबंधक।
- खास शब्दों का उपयोग– शब्द तथा शैली जो कि रोजमर्रा में इस्तेमाल की जाती है, पद का विवरण देने में उसका प्रयोग करें।
- वेब पर सटीक जानकारी– मुख्य अंश तथा शीर्षक का इस्तेमाल (उदाहरण: हम कौन है) (About Us); किस तरह दरखास्त भेजे, (How to apply?), इत्यादि।

क) मोबाइल द्वारा नौकरी–

मोबाइल का नियुक्ति में इस्तेमाल एक सक्रिय तथा उभरता हुआ उद्योग है। १९% से ज्यादा लोग जो नौकरी ढूढ़ते है मोबाइल का उपयोग करते है। मोबाइल द्वारा नियुक्ति (रीक्रूटीन्ग) का मतलब मोबाइल करियर पेसेज होता है, तथा इन्टरनेट नौकरी की योजनाओं का इस्तेमाल सामाजिक मंच के द्वारा सक्रियता से तथा निष्क्रियता से उम्मीदवारों को ढूढ़ना होता है।

मोबाइल तकनीक ने नौकरी ढूंढने और नियुक्ति के तरीको को काफी हद तक बदल दिया है। आजकल उम्मीदवार मोबाइल एप्स के द्वारा अर्जी देते है। नौकरी करने वाले लोग, उन उम्मीदवारों से संपर्क स्थापित करते है जो निष्क्रिय रूप से अपने मोबाइल द्वारा सारा सारा दिन नौकरी ढूंढते रहते है। कई संस्थानों ने उम्मीदवारों के बदलते ढ़ंग के मद्देनजर मोबाइल के द्वारा चयन योजना को विकसित किया है।

ड) नेटवर्किगं और लीऐज़ान (मेल–जोल / संपर्क)–

अपने मौजूदा नेटवर्क से सिफारिश की प्रक्रिया शामिल होती है। इसमें प्रयास किया जाता है कि अपने मौजूदा जान पहचान के लोगों से संपर्क बढ़े, और उनके साथ

दायरा भी बढ़े, ताकि उनके द्वारा नये तथा संम्मावित कर्मचारियों से जुड़ा जा सके। इस तरीके का यह फायदा होता है, कि जान पहचान वालो के द्वारा जिस उम्मीदवार से संपर्क करते है उन्हें व्यवसाय या क्षेत्र के बारे में कुछ पूर्व जानकारी हो सकती है। जैसे ही आप अपने जान पहचान का दायरा बढाते हैं इससे आपके उम्मीद्वार ढूंढने की मौजूदा जरूरत तो पूरी होती है इसके अलावा कई फायदा व्यवसाय को भी मिल सकता है जैसे कि स्वैच्छिक भर्ती की जरुरत, संस्थान के बारे में जानकारी तथा प्रत्यक्षता जन समूह में बढ़ती है। यद्यपि इस तरीके पर निर्भरता से अपने में संस्था की विविधता कम हो सकती है ।

iii) नौकरी के सूचना पट की तैयारी / विज्ञापन की तैयारी–

किस तरह उम्मीदवार के बीच नौकरी की खबर का प्रचार किया जाता है, वो महत्वपूर्ण है। ये कहना अनावश्यक है, कि मूलभूत जानकारी जैसे कि योग्यता, पदवी, काम की रूपरेखा, अनुभव, कौशल तथा वैयक्तिक गुण, इत्यादि तो इश्तहार में दिये जायेगे इसके अलावा दूसरे इश्तहारों की तरह इस इश्तहार में भी व्यवसाय की रूप रेखाचित्र और उसकी ब्रांड़ीग द्वारा एक साफ सुथरी सकारात्मक अनुभूति भावी कर्मचारियों के सामने व्यक्त होनी चाहिए। एक तरह से उन्हें व्यवसाय से जुड़ने के बाद, अपने कार्य में बढ़ोत्तरी का अनुमानिक भरोसा और विश्वास मिलना चाहिए।

इश्तहार ऐसा होना चाहिए, जो कर्मचारियों के नौकरी की आवेदन प्रक्रिया में मार्गदर्शन मिले। इश्तहार का स्वरूप, शैली, प्रदर्शन व रूपरेखा आपकी संस्था की शैली तथा ब्रांड़ के समरूप होना चाहिए और संस्था का प्रतीक चिन्ह भी दर्शाना चाहिए।

एक तकनीकी पद के लिए एक संस्था ने एक अनूठे तरीके के इश्तहार दे भावी भाविक उम्मीदवारों का ध्यान आकर्षित करने का प्रयास किया । उस संस्था ने ऐसा इश्तहार तैयार किया जिससे की उम्मीदवारों का कौतूहल बढ़े, पर साथ ही उनकी योग्यता के आधार पर उनकी छंटनी हो सके। इस प्रयोजन के लिए उन्होंने क्यू आर कोड (Q R Code) का इस्तेमाल किया। क्यू आर कोड काले रंग के एक चौकोर

जो कि एक सफेद पृष्ठभूमि पर समकोण ग्रीड़ द्वारा दर्शाये जाते हैं, और उसमें लिखी जानकारी को एक कैमरेनुमा यंत्र से पढ़ा जा सकता है। उम्मीदवारों के लिए क्यू आर कोड के आधार पर एक तकनीकी प्रश्न रखा गया था,जिसे उन्हें अपने स्मार्टफोन से स्कैन करना था और उस प्रश्न का उत्तर देना था। उसका जवाब देने के पश्चात ही उम्मीदवार अगले चरण के लिए योग्य माने जाने वाले थे। संस्था ने यह सुनिश्चित किया कि वही उम्मीदवार जिनमें ये योग्यता तथा तकनीकी ज्ञान होगा वो ही अपना आवेदन भर सकते है।

QR Code

IV) उम्मीदवारों को आकर्षित करना– जब कभी भी आप ये सोचे कि क्या अपेक्षाएं हैं नौकरी की या किन कारणों से आपकी संस्था की ओर उम्मीदवार आकर्षित हो सकते है, उस स्थिति में उन बिन्दुओं की ओर भी ध्यान दे जैसे की काम का माहौल, तरक्की के रास्ते, विकास के अवसर, तथा वो काम कितना महत्त्वपूर्ण है इत्यादि।

ये सुनिश्चित कर लें जो तस्वीर आप अपनी संस्था की बता रहे है वो सिर्फ आकर्षित करने के लिए ही नहीं बल्कि सचाई भी हो– क्योंकि इस कारण ऐसा न हो कि उम्मीदवार नौकरी ही कबूल न करें या कुछ ही महीनों में छोड़ कर चले जाये।

२) योग्यता का मूल्यांकन (टेलेन्ट एसेसमेन्ट)

योग्यता उपलब्ध प्रक्रिया में नियुक्ति करने के पश्चात अगला कदम है योग्यता का मूल्यांकन। इसका संबंध नये लोगों की योग्यता का संस्था द्वारा बनाये गये योग्यता की रूपरेखा के साथ विश्लेषण । इन विश्लेषणों का कई जगहों पर इस्तेमाल किया जा सकता है और एक पूरी प्रक्रिया के अंतर्गत मार्गदर्शन के रूप में ही इस्तेमाल करना चाहिए।

३) योग्यता का चयन

> संस्थाये कई प्रकार की चुनौती का सामना करती है, उसमें से कुछ कर्मचारियों की संतुष्टि (प्रसन्नता), सुरक्षा, द्रढ /मुश्किल लक्ष्य हासिल करने की चेष्टा, कम खर्चे की कोशिश इत्यादि इनमें से कुछ है। ये सब लक्ष्य एक बहुत ही कुशल कर्मचारी द्वारा ही हासिल किये जा सकते है।

याद रहे, आखिरी उद्देश्य ये है कि उन सुगढ़ कर्मचारियों का चयन करें जो कि आपकी संस्था के माहौल से पूरी तरह से उपयुक्त हो।

चयन का विज्ञान (साइन्स ऑफ सलेक्शन)

जो उम्मीदवार, संस्था के साथ लम्बे समय के लिए उपयुक्त हो, उनको ढूढने के लिए, सूत्र स्थापित करने के लिए, योग्यता ठहराने के लिए तथा नियुक्ति करने के लिए, बड़ी बड़ी संस्थाओ ने चयन की तकनीक को अपनाया है । हर संस्थाओ में अपनी अलग-अलग जरूरतों के अनुसार चयन के अलग- अलग तरीके है आन लाइन परीक्षा का (उसमें दो प्रकार है तकनीकी/सामान्य) उसके पश्चात आपस में परिचर्चा (ग्रुप डिशकशन) की परीक्षा और निजी मुलाकात का दौर (पर्सनल इन्टरव्यू) है।

संस्थायें अपने कर्मचारियों का अच्छा ख्याल रख सके उसके लिए नीचे दिए गये चार श्रेष्ठतम चयन की प्रक्रिया का इस्तेमाल करना चाहिए।

i.व्यवहारिकतावादी-आधारित मुलाकात-(बिहेवियरल-बेस्ड इंटरव्यूइंग)-इसके अंतर्गत उम्मीदवार का अतीत में बर्ताव कैसा था उसका विश्लेषण किया जाता है। संस्था कार्यकारी प्रश्नावली के द्वारा मूल कार्य संब्धित व्यवहार पिछले रोजगार के बारे में, यहाँ तक कि अगर फ्रेशर है तो शैक्षिक स्थिति का भी।

उदाहरण के तौर पर, एक आवेदक से उसने पिछली नौकरी से क्या सीखा के बारे में पूछा जा सकता है। पूछने के लिए अनुवर्ती प्रश्न शामिल किये जा सकते हैं कि व्यक्तिगत तौर पर उस स्थिति में क्या क्या किया, उनके कार्यों को क्या प्रेरित किया और परिणाम क्या था।

ii. तनावकारक साक्षात्कार-(स्ट्रेस इंटरव्यूइंग)- जैसा कि नाम का

प्रस्ताव है इस अभ्यास को नियोक्ताओं के द्वारा अत्यधिक दबाव के अधीन उम्मीदवारों ने कैसा प्रदर्शन किया इसकी जांच करने के लिए इस्तेमाल किया जाता है। मुख्य उद्देश्य यह है कि एक उम्मीदवार अपने तनाव, काम के अधिभार, को कैसे संभालता है, तथा वह बहुखंडीय परियोजनाओं के साथ कैसे डील और कार्यस्थल की गंभीर मतभेदों से कितनी अच्छी तरह से निपटता हैं यह पता लगाना है।

iii. हायरिंग टीमों का सृजन- एक सिंगल साक्षात्कारकर्ता के द्वारा काम पर

रखने के पक्षपातपूर्ण फैसलों से बचने के लिए, मल्टीपल साक्षात्कारकर्ताओं की एक साक्षात्कार टीम सृजन करना एक अच्छा समाधान है। आदर्श रूप से 3-5 लोग इस टीम में (साथी और पर्यवेक्षकों) होना चाहिए। इस पद्धति का लाभ मौजूदा कर्मचारियों को उनका निवेश टीम को विकास के लिए माना जाता है जो कि वह महसूस करते है और नये समकक्ष व्यक्ति का उनकी टीम के साथी द्वारा समर्थित होने की अधिक संभावना थी यदि समान पद वालों को उनके समान चयन में शामिल किया गया।

iv. टीम संरेखित कर प्रक्रियाओं का मानकीकरण – पूर्वाग्रह को हटा

कर, किसी अन्य पद्धति को प्रयुक्त कर मानकीकृत हायरिंग प्रक्रियाओं का सृजन किया। इसका मतलब आवेदक की दक्षताओं को मापने का तरीका हर समय हर आवेदक के लिए एक ही तरह से है। यह एक मानकीकृत प्रक्रिया की जरूरत है कि हर साक्षात्कार में एक ही सवाल पूछा जाये, जिसमें उच्चतम– गुणवत्ता के प्रश्नों का उपयोग कर (जैसे व्यवहार के रूप में आधारित), और एक मानक तरीके से जवाब

का मूल्यांकन करें।

४) ज्वानिंग से-पूर्व (प्री बोर्डिंग)

जिस समय एक नया कर्मचारी संस्था में शामिल होने के लिए आपकेप्रस्ताव को स्वीकार करता है उसके पहले दिन तकआम तौर पर कंपनी और कर्मचारियों के मध्य थोड़ा या कोई संपर्क नहीं होता है। इस अवधि के दौरान (प्री बोर्डिंग) उसके लिए नए नियोक्ता या अवसर खोजना अत्यन्त संवेदनशील होता है।

ज्वाँनिंग से--पूर्व में नये लोगो को नियुक्ति के द्वारा, कंपनी की जानकारी उपलब्ध कराने, उत्पाद पद्धतियां, प्रारंभिक स्टाफ (कर्मचारी)अभिविन्यास, लाभ पर सूचना और विशेष रूप से नए सहयोगियों के साथ नेटवर्किंग के अवसरों के बारे में जानकारी प्राप्त कराना है। यह नये लोगो का जाँब के पहले दिन पर अव्यवसायिकता की नींव तथा उनका प्रशिक्षण और विकास भी करते है । वह नए कर्मचारी को एक दूसरे से जुड़ने में मदद कर उनको खास दोस्त बनाने में मदद करते है ''लर्न दी रोप्स''

५) ज्वानिंग पर (ऑन बोर्डिंग)

कई संस्थाओं में, इस प्रक्रिया को अधिगम और विकास के प्रकार्य के द्वारा स्वामित्व प्राप्त कर कार्य करते हैं । इसके अतिरिक्त, प्रतिभा अधिग्रहण की भूमिका के रूप में और अधिक कूटनीतिक बन जाना, कई संगठनों ने प्रतिभा अधिग्रहण को समेट कर कार्यबल की योजना बनाई है । कार्यबल की योजना बनाकर एक सहायक की प्रक्रिया के रूप में व्यवहार कर और उससे संबंधित उपायों को प्रतिभा अधिग्रहण की प्रक्रिया में शामिल नहीं किया जाता हैं। व्यवहार में, हर संस्था स्वतंत्र है संगठित करके किसी भी तरह से अपने एच आर के कार्यकलापों का चुनाव करने के लिए ।

हालाँकि, एक रूपरेखा के द्वारा यक़ीनन रूप से उपायों को व्यवस्थित करने की आवश्यकता है।

एक बार जब कर्मचारी संगठन ज्वाइन करता है, तब उसे अपने को व्यवस्थित करने लिए एक पूर्ण अभिविन्यास की आवश्यकता होती है और जिससे वह संगठन के

भीतर विकसित हो सके। कर्मचारी उन्मुखीकरण फर्म के बारे में आधारभूत पृष्ठभूमि की जानकारी नए कर्मचारियों को उपलब्ध कराने की प्रक्रिया है। कर्मचारी उन्मुखीकरण निम्नलिखित मानदंडों के आधार पर किया जाना चाहिए–

अ. संस्था किस व्यवसाय में है

ब. किस आधार पर मुकाबला करेगे

क. संस्था के कूटनीति लक्ष्य (स्ट्रेटेजिक गोल) को प्राप्त करने के लिए कर्मचारियो में किन किन विशेषताओ तथा योग्यताओ की जरूरत है ।[1]

प्रतिभा अधिग्रहण में विविधता को प्रशिक्षित एवं विकसित करना – विविध प्रतिभा का चयन सुनिश्चित करने के लिए, एच आर नीतियों और प्रथाओं (जैसे भेदभाव और रूढ़िबद्धता) और भर्ती में सुधार के लिए और चयन प्रक्रिया में बाधाओं की पहचान कर सावधानी से अवसरों की समीक्षा की जानी चाहिए नियोक्ता में एक बराबर के अवसर होने के नाते एक धुन नहीं है। उतना ही महत्वपूर्ण है मतभेद का मूल्यांकन लोगों और समझ के बीच सकारात्मक लाभ की एक विविध श्रृंखला में प्रतिभाशाली लोगों को नियुक्त करना है ।

विविधता के साथ एक सकारात्मक दृष्टिकोण कि सिर्फ योग्यता पर आधारित और उम्र के आधार पर भेदभाव से मुक्त, शारीरिक विकलांगता, लिंग, यौन अभिविन्यास या जाति के आधार पर भेदभाव से मुक्त नौकरी के लिए सर्वश्रेष्ठ व्यक्ति का चयन करने के लिए अनुमति देता है।

नियोक्ताओं का यह दृष्टिकोण होना चाहिए कि कदाचित वे अधिक निष्पक्ष (फेयर), सकारात्मक और प्रगतिशील जगह पर काम करने के लिए हो जो विविध समाज का हिस्सा हैं्।

प्रत्येक कर्मचारी अद्वितीय होता है । अगर सिर्फ नियोक्ता कर्मचारी की भर्ती की बहुरूपता को गंभीरता से लेता हैं तो, प्रतिधारण और विकास करके उनकी प्रतिभा के प्रदर्शन में सुधार करने की आवश्यकता है और वे उनका पोषण कर सकते हैं ।

टेलेंट डेव्लपमेंन्ट (t) (प्रतिभा का विकास)

टेलेंट एक्वीजीशन के पश्र्चात हमें अगला कदम टेलेंट को अपनी संस्था के अनुरूप

Source: (1) https://www.centerfortalentreporting.org/talent-acquisition/

ढालने और तैयार करने की ओर बढाना चाहिए।

- **लर्निग और डेव्लपमेंन्ट (सीखना और विकसित करना)-** जैसे ही कर्मचारी अपने काम को समझकर और उसमें कुशलता प्राप्त करता है, उसे कर्मचारी उन्मुखीकरण (इम्पलायी ओरिएनटेशन) कहते है। उसके बाद अगला कदम प्रशिक्षण और विकास का (लर्निंग एंड डेव्लपमेंन्ट) (एल एंड डी)होता है, जिसे आम भाषा में ट्रेनिंग भी कहते है। प्रशिक्षण और विकास योजना जो कि एक संघटक कार्य नीति का हिस्सा है, जिसके अंतर्गत काम करने वालों की योग्यता, कुशलता या क्षमता की रूपरेखा रची जाती है, जिससे की उद्योग सफलता पूर्वक तथा लम्बे समय तक चलने वाले बन सके, तथा इन क्षमताओं के अंतर्गत ही संस्था मजबूती तथा दीर्घकालीक सफलता प्राप्त कर सकता है।

लर्निग एंड डेव्लपमेंन्ट (एल एंड डी) योजना ऐसी होनी चाहिए जो कि अपने आप में सामर्थ्यवान हो तथा पंक्तिबद्ध तरीके से एच आर एम (HRM[2]) रणनीति के अंतर्गत और बाकी रणनीतियों के साथ जुड़े और उनकी सोच को दर्शाये। (उदाहरण के तौर पर, रीवार्ड और रिकगनेशन–आर एंड आर) (पुरस्कार और पहचान)।

संस्था की प्रशासन प्रणाली का केन्द्र बिन्दु ऐसा होना चाहिए जो कि

i. औसतन कार्य करने वालों की क्षमता को बढ़ाने में मदद करें और

ii. उच्च कोटि की क्षमता या योग्यता वालें लोगों की योग्यता को और निखारना। (जो कि कर्मचारी का भविष्य में उद्योग की बढ़ोतरी तथा सफलता में उनका योगदान होता है)

ट्रेंनिग के चार सोपान (स्टेप्स):

१. प्रशिक्षण की आवश्यकता की पहचान करना

२. प्रशिक्षण की जरूरत का विश्लेषण

३. प्रशिक्षण की परियोजना तैयार करना

४. प्रशिक्षण की तारीख तय करना

१. प्रशिक्षण को चाएिह खुद की पहचान – (ट्रेनिंग नीड आइडेन्टीफीकेशन [T NI])

इस साधन (टूल) का इस्तेमाल कर यह जाना जाता है कि किस तरह कर्मचारी की कार्य उत्पादकता को बढ़ाने के लिए उसे कौन सा प्रशिक्षण देना जरूरी है । सही प्रशिक्षणचुनाव करने के लिए कर्मचारियों की आवश्यकताओं पर ध्यान देना जरूरी होता है न कि उनकी इच्छाओं पर ।

प्रशिक्षण की पहचान निम्नलिखित बातों पर आधारित होना चाहिए –

* क्या इससे उत्पादकता या मुनाफे पर कोई असर पड़ेगा।
* प्रत्येक कर्मचारी की प्रशिक्षण की आवश्यकता क्या है और किस प्रशिक्षण के द्वारा उसकी कार्य कुशलता बढ़ेगी।
* व्यवस्थापन का उद्देश्य तथा प्रत्येक कर्मचारी की आकांक्षाओं (एसपायरेशन) के बीच तालमेल बैठाना अनिवार्य होता है।

उद्योग के लिए प्रशिक्षण की जरूरतों को पहचानना अति आवश्यकता है क्योंकि हर संस्था अपने लक्ष्य को पाने के लिए उससे जुड़े प्रत्येक व्यक्ति या संस्था जैसे कि उसके मालिक, कर्मचारी, उसके ग्राहक या आपूर्ति कर (सप्लायर) इत्यादि को फायदा तभी पहुँचा सकेगा। यह तभी हो सकेगा जब आप उनकी क्षमता को काम में लेकर उनके सामर्थ्य का इस्तेमाल कर, उनके विकास को ज्यादा से ज्यादा बढ़ा सके।

इसलिए कर्मचारियों को ये जानना अति आवश्यकता है कि ऐसा प्रशिक्षण ले, जिससे की उस विद्या का लाभ वे उद्योग की लक्ष्य प्राप्ति में कर सके । कर्मचारियों की आकांक्षाओं के आधार पर संस्था की ये जिम्मेदारी है कि वो अपने कर्मचारियों को रोचक व कारगर प्रशिक्षण के साधन तथा अनुकूल माहौल मुहैया कराये । और यह भी देखें कि संस्था के लक्ष्य में और एक बेहतर प्रशिक्षण में तालमेल बैठ सके।

विभिन्न स्तरों के लिए टी एन आई का संचालन –

प्रशिक्षण की जरूरत के तादात्म्य को सुनिश्चित करने के लिए तीन स्तरों पर तीन तरह की जरूरतों से किया जा सकता है:[(2)]

- संगठन की जरूरत – चाहे संगठन उसके मौजूदा प्रदर्शन मानक और विषयनिष्ठ के लिए बैठक कर रहा है, और जब अगर एक प्रमुख नई रणनीति को अपनाया, एक नए उत्पाद या सर्विस के लिए सर्जन किया, जबकि एक बड़े पैमाने पर परिवर्तन कार्यक्रमों के दौर से गुजरा या नई साझेदारी जैसे नए संबंध विकसित करना आदि।
- समूह की जरूरत – समूह प्रदर्शन (एक टीम, एक विभाग, समारोह, सब यूनिट आदि) की जानकारी जो आवश्यकता के क्षेत्रों की पहचान कर, दोबारा, प्रशिक्षण या अन्य के बारे में हस्तक्षेपों के लिए कर सकते हैं।
- व्यक्तिगत जरूरत – इसके बारे में पता लगाना कि किस हद तक हर व्यक्ति को सीखने की जरूरत है या मौजूदा प्रदर्शन को अपेक्षित स्तर तक बढ़ाने के लिए पद्धति में परिवर्तन की मदद से तथा नई दक्षता और कौशल को प्रक्रियाओं में आवश्यकतानुसार परिवर्तन कर प्रशिक्षित किया जा सके। यह पता लगाने के लिए मदद करना कि हर व्यक्ति को किसी भी जगह पर काम करने में चाहे वह विभिन्न पृष्ठभूमि और अलग अलग परिप्रेक्ष्य के लोगों के साथ हो सुविधापूर्ण हैं। यह विशेष रूप से महत्वपूर्ण है क्योंकि आज संगठन में इतनी अधिक कार्यबल विविधता देखी है कि यह कार्यबल बनाए रखने के लिए लगभग असंभव हो गया है, जो उनके दैनिक काम के समय में इस तरह के बदलाव को समायोजित करने के लिए पर्याप्त लचीला नहीं है।

२. प्रशिक्षण की जरूरतों का विश्लेषण (TNA) (ट्रेनिंग नीड्स एनालिसीस)

ऊपर दिए गये तीनों स्तरों पर विश्लेषण करना चाहिए ताकि प्रशिक्षण और कौशल का ज्यादा से ज्यादा फायदा पूरी संस्था को मिले। इसके अंतर्गत कौशल/ ज्ञान के

Source: (2)http://www.pmiralumni.co.in

मौजूदा स्तर और अपेक्षित स्तर के पीछे का अंतर परखा जाता है और उसके अनुसार इस उपर्युक्त अंतर के हेतु प्रशिक्षण का कार्यक्रम बनाया जाता है। इस तकनीक का इस्तेमाल करने के लिए स्वाट (SWOT) (ताकत, कमजोरी, अवसर या क्षमता और आशंकाऐ) तथा विश्लेषण हर एक का हर एक से मुलाकात और स्मार्ट (SMART) (विशिष्ट, मापने योग्य, प्राप्त करने योग्य, वास्तविक और समयबद्ध) इन लक्ष्यों का समावेश होता है।

३. प्रशिक्षण की योजना

प्रशिक्षण की योजना के अंतर्गत कौन प्रशिक्षण देगा तथा, कब और कहाँ प्रशिक्षण दिया जायेगा, इस सबकी रूपरेखा बनाना चाहिए प्रशिक्षण की योजना द्वारा संस्था की हर जरूरत पूरी की जा सके इसलिए योजना मेंबदलाव करने की संभावना होनी चाहिए। उसके अंतर्गत नीचे दी गयी बातों का उल्लेख होना चाहिए–

- कर्मचारियों को क्या क्षमता प्राप्त करनी चाहिए
- क्षमता प्राप्त करने के लिए निर्धारित समय सीमा
- कौन सा प्रशिक्षण
- प्रशिक्षण देने के कौन कौन से तरीके अपनाये जाये
- हर क्षमता का प्रशिक्षण कौन देगा और/या कौन उन क्षमताओं को परखेगा

४. प्रशिक्षण का कैलेन्डर

प्रशिक्षण का कैलेन्डर उन प्रशिक्षणों के लिए उपयुक्त होता है जिनकी नियमित रूप से जरूरत पड़ती है, पत्रव्यवहारिता की कला (कम्युनिकेशन), समय का अनुसरण (टाईम मैनेजमेन्ट) में व्यवहार कुशलता बनाने के लिए या पुराने दिए गये प्रशिक्षण को फिर से ताजा करने की जरूरत महसूस हो, और नये सदस्यों का प्रशिक्षण।

कर्मचारियों के शिक्षा और विकास कार्यक्रमों के फायदे का समावेश:

- संस्था को उसके लक्ष्य प्राप्ति कराने में कर्मचारी उचित तरीके से तैयार और

प्रेरित रहते है

- कर्मचारी वर्ग उत्पादकता बढ़ाते है और निरीक्षण करने की जरूरत कम पड़ती है
- जो कर्मचारी छोड़ कर जाते है,उनकी जगह लेने के लिए कर्मचारियों का समूह तैयार रहता है
- कर्मचारी वर्ग बेहतर तरीके से संस्था में बदलाव की वजह से उत्पन्न चुनौतियों का सामना कर सकने में सक्षम रहते है
- नये कार्यक्रम को बेहतर तरीके से कर्मचारी वर्ग निभा सकता है या कार्य कर सकता है
- संस्था नये कर्मचारियों को आकर्षित करने में तथा उन्हें रोक रखने में कामयाब होगी

सीखने का माहौल तैयार करना –

सीखने के लिये माहौल प्रदान करना ये संस्था की संस्कृति के अंतर्गत आता है। संस्था की संस्कृति का मतलब है, उसकी मान्यतायें, उसका नजरिया और उसके विचार आते है, और यह सब संस्था के लक्ष्य (मिशन), उद्देश्य (गोल), व्यवहार (प्रेक्टिसेस) के द्वारा दर्शाये जाते है।

संस्थायें जो शिक्षा को महत्त्व देती है और शिक्षा का माहौल देती है उनके तौर तरीके नीचे दिए गये है:

१. संस्था में जो कुछ भी किया जाता है, शिक्षा उसका एक महत्त्वपूर्ण अग है, इस बात की मान्यता देना– शिक्षा सीखने का मौका हरदम मिलता है। यह जिन संस्थाओ की संस्कृति में शामिल होता है उसकी शिक्षा कोई समय समय पर दिए जाने वाला कार्य क्रम न हो कर यह एक निरंतर चलने वाली प्रक्रिया है।

२. सीखने की कला की पूर्ति हेतु संसाधनों द्वारा समर्थन करना – संस्था जो शिक्षा को महत्तव देती है, वो अपने सालाना आय व्यय के अंतर्गत कर्मचारियों के उपर शिक्षा और विकास पर होने वाले खर्चो को शामिल करती है। आय व्यय के अंतर्गत जो कुछ भी सम्मिलित होता है, वो संस्था के प्रतिकात्मकताओं को दर्शाता

है।

३. हर स्तर पर सीखने की कला प्राप्त करने को प्रेरित करना– हर किसी को संचालकों (बोर्ड आफ डायरेक्टर) से लेकर सबसे कनिष्ठ कर्मचारियों तक, को सीखने की कला से अवगत कराया जाये।

४. गल्तियां एक सीखने की प्रक्रिया का अंग है, इस बात को पहचाने– किस तरह संस्था गल्तियों को देखती है वो संस्था का सीखने की प्रक्रिया के प्रति नजरिये को दर्शाता है। लोगों को गल्तियों से सीखने का प्रोत्साहन देना चाहिए, ना कि लोग अनुशासनात्मक कार्यवाही से डरे और अपनी गल्तियों को ना कबूल करे / स्वीकारे।

५. नयी कुशलता का काम करते हुए अभ्यास– जब क्रिया कलाप समाप्त हो जाये तो भी सीखने की प्रक्रिया नहीं थमनी चाहिए। जो यह सुनिश्चित करेंगे कि ज्ञान और कौशल जो उन्होने प्राप्त किया है उसके अवसर उन्हे प्राप्त होने चाहिए ताकि उन्होंने जो सीखा है वो याद रहे।[3]

पेशेवर राह (करियर पाथ) क्या है।

कोई भी इंसान अपनी पेशेवर राह पर चलने के दौरान जो कोई भी पद हासिल करता है या किरदार निभाता है उससे व्यवसाय की कार्य प्रणाली (करियर पाथ) कहते है। व्यवसायिक कार्य प्रणाली योजना बद्ध या अनियोजित हो सकता है और उसमें कई श्रेणी सम्मिलित हो सकती है। वे ऊपर की ओर या पार्श्व या नीचे की ओर स्थानांतरित हो सकता है (पद या वेतन द्वारा परिभाषित होता है)। या तो यह एक ही संस्था के अंतर्गत हो सकती है (जो कि ज्यादातर असामान्य हो गया है) या फिर कई संस्थाओं में, या तो एक ही उद्योग में या कई उद्योगो में या फिर कई प्रकार के व्यवसाय सें फैली हो सकती है।

अपनी व्यवसायिक राह पर अग्रसर होने से पूर्व एक कर्मचारी को ईमानदारी से अपने ध्येय को, अपनी क्षमताओं को, अपने ज्ञान को अपने अनुभवको तथा अपने व्यक्तित्व को देखना चाहिए। अपनी मंजिल पाने के लिये क्षमताओं को समझते हुए व्यवसायिक परियोजमाओं में बदलाव की तैयारी रखनी चाहिए और उस तरह ही वो

Source: (3)http://hrcouncil.ca/hr-toolkit/learnini-ready.cfm

अपने व्यवसायिक उद्देश्य को पा सकने तथा अपने व्यवसाय में तरक्की के अवसर और संस्था के अंदर खोज पायेगें और अपने सपनो को वास्तविकता का रुप प्रदान कर पायेगें या जामा पहना पायेगें ।

व्यवसायिक राह तथा कर्मचारियों को रोक पाना

सोसायटी फार ह्युमेन रिसोर्स मैनेजमेंट (एसएचआरएम) तथा करियर जनरल. काम द्वारा आयोजित एक ताजा सर्वेक्षण प्रकाशित मे पाया गया कि कर्मचारियों के काम छोडने के तीन मुख्य कारण होते है–५०% से ज्यादा अच्छा मुआवज़ा और सुविधा के कारण छोड़ते है, ३५% लोग अपने मौजूदा व्यवसायिक क्षेत्र में प्रगति की राह में आने वाली अड़चनों के कारण छोड़ते है, और बाकी ३२% के काम छोड़ने का कारण उन्हे नयी नयी चुनौतियाँ होती है ।

आज की नौकरी के बाजार में अधिक से अधिक प्रतिस्पर्धात्मक वातावरण बन गया है । अगर आप चाहते है कि कर्मचारी आप के साथ लम्बे समय के लिए जुड़े, तो उन्हें ये यकीन दिलाना जरूरी होता है कि उनकी संस्था उनके व्यवसायिक उद्देश्य को महत्व देती है और उसे हासिल करने में उनकी मदद करेगी।

व्यवसायिक प्रगति में विवेचनात्मक धारण करने की शक्ति का नियोजन

करीब करीब हर संस्थायें इस बातसे भलीभाति परिचित है कि प्रतिभा को आरक्षित करने के लिए और कर्मचारियों को छोड़ने से रोक पाने में सिर्फ अच्छा मुआवज़ा और सुविधायें ही पर्याप्त नहीं है, बल्कि अच्छे कर्मचारी स्पष्ट तरीके के रास्ते या व्यवसायिक राह दिखाने से ज्यादा प्रभावित होते है । एक स्पष्ट व्यवसायिक राह ये दर्शाती है कि आप उनमें निवेश कर रहे हो और आप उनके विकास को महत्व देते हो। ये कर्मचारियों तथा संस्था के बीच एक मजबूत संबंध बनाने में मदद करते है । ये कर्मचारी संस्था का नाम बढ़ाने में राजदूत की भूमिका निभाते है ।

तीन प्रकार की पेशेवर राहें; (थ्री टाइप्स ऑफ केरीयर पाथ)

१. सीध की ओर पेशेवर राह (वर्टीकल करियर पाथ)

व्यवसायिक क्षेत्र में पदोन्नति और पदो का महत्व होता है (उपर की ओर बढ़ोत्तरी) और इस बात मे कोई शक नही है, कि आप के कर्मचारी पदोन्नति और पदों तथा जिम्मेदारियों में बढ़ोत्तरी और साथ में बढ़ते मुआवजे से प्रेरित होंगे।

२. बराबरी की ओर पेशेवर राह (हॉंरीजोन्टल करियर पाथ)

अलग विभागों में या उसी संस्था के अलग क्षेत्रों में उसी श्रेणी में तुलनीय जिम्मेदारियों के बदलाव को बराबरी की ओर व्यवसायिक राह गिना जाता है-ये बदलाव बराबरी की दिशा में होता है। उदाहरण; संस्था के दूसरे क्षेत्रों में स्थान्तरण, या मार्केटिंग से सेल्स में स्थान्तरण।

३. पार्श्वीय/पार्श्व की ओर पेशेवर राह (लेटरल करियर पाथ)

बगल की ओर व्यवसायिक राह के अंतर्गत नई जिम्मेदारियों के साथ काम में बदलाव, जबकि पद वही रहता है। जिम्मेदारी नई व्यवस्था में वैसे ही रहती है जैसे पिछली व्यवस्था में इस तरह के बदलाव का फायदा यह होता है कि नये हुनर सीखने को मिलता है, नये अनुभव होते है तथा व्यवसायिक ज्ञान होता है और नये लोगों का पारस्परिक प्रभाव पड़ता है।

नेतृत्व का विकास (लीडरशिप डेवलपमेन्ट)

हर स्तर पर काबिल वारिस की जरूरत होती है। वारिस पैदा नही होते, उन्हें विकसित करना पड़ता है। अगली पीढ़ी के नेतृत्व को विकसित करना एक आवश्यक कर्तव्य होता है। संस्था को अच्छे कार्य करने वाले कर्मचारियों को पहचानना चाहिए और उनके विकास के लिए एक रूप रेखा रचनी चाहिए।

मेरी सलाह है, कि संस्था के अंदर ही नेतृत्व का विकास करे। ऐसे कार्यक्रम (लीडरशिप डेव्लपमेंट प्रोग्राम) शुरू करने चाहिए और उसके अंतर्गत जिन कर्मचारियों में आगे बढ़ने की संभावना हो उन्हें पहचान कर, उन्हें अलग से उनके

लिए अलग से बहुवर्षीय कार्यक्रम चलाना चाहिए और उन्हें इस कार्यक्रम के अंतर्गत संरक्षण देने का कार्यक्रम हो, संचालन की शिक्षा की कक्षा चलाये ऐसे कार्यभार सौपा जाये जिससे उन्हें अनेक स्थितियों से गुजरना पड़े और कोचींग दें । इन सबका मकसद है कि उम्मीदवारों को एक ही तरह के कार्य से उठ करके कई तरह के कार्य सिखाए जाये और उन्हें संस्था के व्यापक रूप के दीदार कराये जाये ।

कुछ निम्नलिखित तरीके है जो नेतृत्व के विकास में इस्तेमाल किये जाते है

१. लोगो को अलग अलग कार्यों के लिए घुमाओ (जॉब रोटेशन)
२. जो कार्य उन्होने नहीं किये हैं ऐसे कार्य को करने के लिये चुनौती का अवसर दो ।
३. लगातार उन्हें उनके काम और उनके बारे में जानकारी देते रहो और उन्हें कोचीगं दो।
४. उन्हें अंतर्राष्ट्रीय कार्यक्रमों में भेजो

पेशेवर मुलाकातें (करियर इंटरव्यू)

कर्मचारी और सिर्फ एच आर प्रबंधक के साथ मुलाकात को व्यवसायिक मुलाकात कहते है । इन मुलाकातों का मकसद होता है संस्था तथा कर्मचारियों की जरूरत तथा योग्यताओं को श्रेणीबद्ध करना और इस तरह प्रतिभाओं का विकास करना । इसमें सिर्फ काम का बदलाव नहीं आता है ।

पेशेवर मुलाकातों का उद्देश्य होता है;

- कर्मचारियों की मौजूदा तथा पहले की गतविघियों की और व्यवसायिक कुशलताओं की समीक्षा करना
- व्यक्ति की ताकतों को और जिन क्षेत्रों में सुधार की जरूरत हो उन दोनों को समझे
- व्यक्ति के व्यवसायिक निपुणता की किस दिशा की ओर वृद्धि हो सकती है उसे पहचानना
- व्यक्ति के पसन्द को ध्यान में रखते हुए और संस्था की ओर से क्या संभावनाऐं दी जा सकती है, दोनों के मद्देनज़र व्यक्तिगत विकास की योजना की संभावना को जाँचना

- कर्मचारियों की वचनबद्‌ता का स्तर जाँचना चाहिए और उससे काम के प्रति प्रतिपुष्टि (फीडबैक) समय समय पर मुहैया करानी चाहिए, उसके साथ उसके विकास के लिए सहायता प्रदान करें, जो कि प्रतिभा विकसित करने की योजना का हिस्सा है।

प्रतिभा प्रबंधन (टेलेटं मैनेजमेंट) (T)

आपको याद होगा, हमने समीकरण को उत्पन्न किया था, 't' + 't' = 'T'
ये 'T' प्रतिभा प्रबंधन (टेलेटं मैनेजमेंट) को दर्शाता है।

प्रतिभा प्रबंधन (टेलेटं मैनेजमेंट) संस्था में रहने वाले कर्मचारी के व्यवसायिक जीवन काल का शुरू से लेकर अंत तक निरन्तर चलने वाली प्रक्रिया है, और उसके अंतर्गत योजना बनाना, नये सदस्यों की नियुक्ति, उनका विकास उनका प्रबंधन, उनका मुआवज़ा और प्रतिभावान कर्मचारियों को संस्था में रोके रखना, ये सब आता है। कर्मचारी सिर्फ उनके अनुकूल काम हेतु ही नही नियुक्त किए जाते है, बल्कि उन्हें तालीम देना, तथा उनके कार्य का निरन्तर निरक्षण और प्रशिक्षण भी उनके कार्य का हिस्सा है। एच आर की नीति का ये एक बहुत ही चुनौतिपूर्ण हिस्सा है।

आप अभी तक ये समझ गये होगें, कि प्रतिभा एक ज़ेवर है जिससे संस्थायें अपने आप को इससे सजाती है। ये कहना अनावश्यक होगा कि उसका उसी तरह से सम्मान करना चाहिए।

स्पष्ट इवीपी – सही लोगों को सही कार्य के लिए नियुक्त करना– प्रतिभा का संकलन (टेलेन्ट एक्वीजीशन)

स्पष्ट व्यवसायिक उद्देश्य – प्रशिक्षण, आजीवीका के पथ – प्रतिभा का विकास (टेलेन्ट डेवलपमेन्ट)

संस्था की रणनीति – कर्मचारियों को संस्था में बनाये रखने की योजना – प्रतिभा का व्यवस्थापन (टेलेन्ट मेनेजमेन्ट)

प्रतिभा का व्यवस्थापन एक प्रक्रिया है, जिसके अंतर्गत कर्मचारियों की नियुक्ति, विकास तथा अच्छे कर्मचारियों को संस्था में बनायो रखने का निश्चय (वचन) संस्थाऐ लेती है । श्रेष्ठ श्रमिकों की नियुक्ति, विकास तथा रोकने की प्रक्रिया और तरीके प्रतिभा के व्यवस्थापन का हिस्सा है ।

प्रतिभा का व्यवस्थापन एक व्यवसायिक रणनीति है और ये एकीकरण पूर्णत: संस्था में कर्मचारियों से जुड़ी हर प्रक्रिया के साथ एकीकृत होना चाहिए । प्रतिभा का व्यवस्थापन संस्था के हर सदस्य का कर्तव्य होता है, ना कि सिर्फ उन्हीं प्रबंधकों का कर्तव्य, जिन्हें कर्मचारी प्रतिवेदन करते है। प्रतिभा के व्यवस्थापन की एक कारगर रणनीति के अंतर्गत प्रतिभावान कर्मचारियों की जानकारी पूरी संस्था में उपलब्ध कराई जाये और उनके संभावित व्यवसायिक तरीके के रास्ते ता कि जब कभी भी मौका मिले तो उपलब्ध प्रतिभा का इस्तेमाल किया जाये ।

संभावित प्रतिभा का आंकलन

प्रतिभा के व्यवस्थापन के अंतर्गत सबसे पहले ये जानना जरूरी होता है कि कौन कर्मचारी प्रतिभावान है और किन्हें विकसित किया जा सकता है तथा संस्था के व्यवसायिक उद्देश्य के हेतु रोका जा सकता है । यहाँ पर सबसे महत्वपूर्ण कदम यह है कि संभावित प्रतिभा का आंकलन । इसके लिए साधारण परन्तु अति कारगर साधन जो सामान्य रूप से इस्तेमाल किया जाता है, उसे ''नाइन बाक्स मॉडल'' के नाम से जाना जाता है ।

९ बॉक्स परफोरमेन्स – पोटेन्शियल मेट्रिक्स

नेतृत्व की संभावनाऐं (लीडरशिप पोटेन्शियल)

	विकास की जरूरत (नीड्स डेव्लपमेन्ट)	उम्मीद के मुताबिक (मीट्स एक्सपेक्टेशन)	उम्मीद से ज्यादा (ऐक्सीड ऐक्सपेक्टेशन)
उत्तम (हाई)	१ सी खराब उपलब्धि (पुअर पर्फामिन्स) उत्तम संभावना (हाई पोटेंशियल)	१ बी अच्छी उपलब्धि (गुड पर्फार्मेन्स) उत्तम संभावना (हाई पोटेंन्शियल)	१ ए उत्कृष्ट उपलब्धि (आउटस्टेन्डिंग पर्फामेन्स) उत्तम संभावना (हाई पोटेंशियल)
मध्यम (मोडरेट)	२ सी खराब उपलब्धि (पुअर पर्फामिन्स) मध्यम संभावना (मोडरेट पोटेंशियल) नया कार्य (न्यू रोल)	२ बी अच्छी उपलब्धि (गुड पर्फार्मेन्स) मध्यम संभावना (मध्यम पोटेंन्शियल)	२ ऐ उत्कृष्ट उपलब्धि (आउटस्टैन्डिंग पर्फामेन्स) मध्यम संभावना (मध्यम पोटेंशियल)
सीमित (लिमिटेड)	३ सी खराब उपलब्धि (पुअर पर्फामिन्स) सीमित संभावना (सीमित पोटेंशियल)	३ बी अच्छी उपलब्धि (गुड पर्फार्मेन्स) सीमित संभावना (सीमित पोटेंशियल)	३ ए उत्कृष्ट उपलब्धि (आउटस्टैन्डिंग पर्फामेन्स) सीमित संभावना (सीमित पोटेंशियल)
	खराब (पूअर)	अच्छा (गुड)	उत्कृष्ट (आउटस्टैन्डिंग)

उपलब्धि (पर्फामेन्स)

उपलब्धि – तकनीकी क्षमता, कौशल, कार्य(नौकरी) से संबंधित विषय का ज्ञान, डीएचओआर के सिद्धान्तों के संयुक्त आपसी ताल्लुक बनाये रखने तथा बढ़ने का कौशल

संभावना – नायक (लीडर) के रूप में वृद्धि और विकास की क्षमता या काबिलियत

नायक – जो कि दूसरो को मार्ग दिखाए, संचालन करें, असर डाले, पथप्रदर्शक बने डीओएचआर (ऊजक्ठ)

DOHR

उत्तराधिकारी की योजना और विकास में इसका काफी उपयोग होता है । ये हर व्यक्ति को दो पैमानो पर आंकता है – उनके 'पिछले उपलब्धियों 'को और उनके 'भावी संभावनाओं' को । एक्स – एक्सिस नेतृत्व की उपलब्धियों को आंकती है, जबकि वाई – एक्सिस नेतृत्व की संभावना को आंकता है । एक्स तथा वाई एक्सिस का संयोग एक चौकोर स्वरूप का जाल (ग्रीड) तैयार करता है, और उसके भीतर उस व्यक्ति जिसके नेतृत्व का आंकलन किया जा रहा है उसे रखा जाता है । ये जाल (मैट्रीक्स) कर्मचारियों का विभिन्न कक्षों में निर्धारित करने में मदद करता है। ३ए(3A) – अच्छी उपलब्धि / अच्छी संभावना, ३ सी (3C) – निम्न उपलब्धि / निम्न संभावना।[4]

प्रतिभा के व्यवस्थापन अच्छी संभावनाओ को निखारने की ओर केन्द्रित होना चाहिए ।

अच्छी संभावना वाली प्रतिभाऐं
यह भविष्य के नेतृत्व के लिए प्रतिभाओं का समूह है। उनमें आगे बढ़ने के लिए और संस्था में अच्छे पदों पर पहुँचने में सफल होने के लिए काबिलियत, प्रतिबद्धता तथा प्रेरणा होती है और उनमें तेजी से व्यवसाय में प्रगति का ध्येय भी होता है । वो ज्यादातर तेजी से बढ़ते है और कम उम्र में ही सफल हो जाते है ।

उत्तराधिकारी की योजना (सक्सेशन प्लानिंग)
चलो कुछ सवालों के उत्तर देने की कोशिश करते है
- संस्था, किस तरह अपनी श्रमशक्ति को विकसित व परवरिश कर सकती है?
- आप किस तरह सुनिश्चित कर सकते है, कि जब मौजूदा प्रबंधक तथा महत्वपूर्ण लोग अवकाश लेंगे या छोड़ कर चले जायेंगे, तो महत्वपूर्ण पदों पर योग्य लोगों की नियुक्ति हो ?
- आप बिना इन सबके बारे में आश्वासन के, किस तरह संस्था का भविष्य तय कर सकते है?

Source: (4) http://www.greatleadershipbydan.com/2012/01/performance-and-potential-matrix-9-box.html

इन सबके जवाब को उत्तराधिकारी की योजना कहते है । उत्तराधिकारी की योजना एक निरंतर प्रक्रिया है, उसके अंतर्गत संस्था सुनिश्चित करती है कि जो कर्मचारी नियुक्त हो उसे संस्था में महत्वपूर्ण पद के हिसाब से विकसित कराया जाय । संस्थायें विस्तार के चक्र से गुजरती है जिसमें आयतन की बढोत्तरी, व्यवसाय में तरक्की के अवसर प्रदान मिलते है, उससे नये पदों का सृजन होता है–कर्मचारियों की पदोन्नति, स्थानांतरण, संस्था का नूतनीकरण और प्रतिद्वन्दियों में कर्मचारियों का जाना – इन सब के बावजूद अगर संस्था में उत्तराधिकारी की सशक्त और अग्रसक्रिय (प्रोएक्टिव) योजना कारगर हो, तो महत्वपूर्ण पदों की नियुक्ति के लिए प्रतिभाशाली क्षमताओं की कमी कभी भी नहीं होगी ।

उत्तराधिकारी नियोजना प्रक्रिया के अंतर्गत उच्च कोटि के कर्मचारी नियुक्त किये जाते है, और उनकी क्षमता तथा विशेषताओं का और विकास कराया जाता है और उनको चुनौती भरे कार्यों के हेतु तैयार किया जाता है ।लोगों की ऐसी कल्पना हो सकती है कि उत्तराधिकारी की योजना सिर्फ बड़े संघटन का या पारिवारिक व्यवसायों के लिए ही लागू होती है, परन्तु ये प्रक्रिया हर संस्था के रणनीति की योजना का हिस्सा होना चाहिए ।

हमने अब तक ये जाना कि हमारी उत्तराधिकारी योजना के हेतु हमे उत्तम संभावनाओं वाले कर्मचारियों की जरूरत तो होगी परन्तु उसके साथ साथ उन्हें विकसित तथा तैयार करना पड़ेगा। ये प्रक्रिया निम्नलिखित सुपरिचित कार्यप्रणाली के अंतर्गत की जा सकती है ।

क) बगल में स्थानातरंण (लेटरल मूव)

ख) खास परियोजना में नियुक्ति (स्पेशल प्रोजेक्ट असाइनमेन्ट)

ग) अंदरूनी तथा बाहरी प्रशिक्षण और विकास के अवसर

आप की संस्था में उत्तराधिकारी योजना को प्रभावकारी बनाने के लिए क्या करें

१. संस्था के दीर्घ कालीन उद्देश्य को पहचाने

२. योग्य तथा प्रतिभावान लोगों की नियुक्ति करें

३. आपके कर्मचारियों के विकास की जरूरत को पहचाने और समझे

४. सुनिश्चित करें की मुख्य कर्मचारी अपने व्यवसाय पथ की जानकारी रखते है और आगे समय में उन्हें क्या जिम्मेदारी के पद ग्रहण करने होंगे और उसकी तैयारी भी करायी जा रही है

५. खास कर्मचारियों को संस्था में बनाये रखने के लिए अपने संसाधन लगाये

६. अपने उद्योग में रोजगार के प्रवाह को पहचाने और कौन कौन से रिक्त पदों को भरने के लिए नये कर्मचारियों का मिलना मुश्किल हो सकता है

उत्तराधिकारी योजना की विधि

कुछ लोगों की यह सोच हो सकती है, कि उत्तराधिकारी योजनायें सिर्फ सीईओ (CEO's) के लिए ही होता है, परन्तु ये जानना चाहिए कि हर मुख्य पदों के लिए उत्तराधिकारी योजना जरूरी है। एक बार मेरे सहकर्मी ने ये कहा था कि ''अगर आप संस्था के लिए अनिवार्य बन जाते है तो आपके पदोन्नति की कोई गुनंजाइश नहीं है'' वह सही था। अगर कोई कर्मचारी की पदोन्नति होना है, तो ये अनिवार्य होता है कि उसकी जगह एक प्रशिक्षित कर्मचारी तैयार होना चाहिए जो उसकी जगह ले सके। उत्तराधिकारी योजना को प्रभावकारी रूप से लागू करने के लिए, आपको निम्नलिखित बातों का ध्यान रखना चाहिए।

१. संस्था के लम्बे समय (दीर्घ समय) की दिशा

२. मुख्य कार्य तथा पद जिसके लिए विकास की जरूरत है

३. योग्य प्रतिभा जिनको आपको भविष्य के लिए विकसित करना है

४. संस्था की रणनीति – क्या आपकी उत्तराधिकारी की योजना उन क्षेत्रों में मददगार हो रही है, जिनमें मुनाफा ज्यादा है

५. आपके उत्तराधिकारी योजना को सक्रिय होना चाहिए, वो उपयोगी साबित हो, इसलिए लोगों के कौशल, योग्यता, काबिलियत तथा लोगों के जरूरत के अनुरूप हो

६. सक्रिय योजना तैयार करनी चाहिए (जरूरत पड़े उससे पहले ही लोगों को सिखाना तथा विकास करना शुरू करना चाहिए) ना कि प्रतिक्रियात्मक योजना होनी चाहिए (आखिर समय में उम्मीदवारों की खोज)

उत्तराधिकारी योजना की रणनीति

सर्व प्रथम हमें यह समझना होगा कि एक ही तरह की योजना सबके लिये उपयुक्त नहीं होती। किसी तरह एक संस्था अपनी उत्तराधिकारी योजना बनाती है, यह कई बिन्दुओं पर निर्भर करता है जैसे:

१. संस्था की संस्कृती (कल्चर) और कार्यपद्धती (प्रोसेसेज)

२. संस्था की रचना (स्ट्रक्चर) और संचालन पद्धती (आपरेशन)

३. व्यक्तिगत क्षमताएँ (केपेबिलिटीज), योग्यता (काम्पीटेन्सीज) उन लोगों की जिनको आप तैयार करना चाहते हैं।

४. मुख्य लोगोंकी क्षमता और दक्षता (जो वर्तमान में खास भूमिका निभा रहे हों) और उनको किस लिए तैयार करना है।

हर पदों के लिए आप उत्तराधिकारी योजना भले ही न बनाये, परन्तु मुख्य पदों के लिए तो जरूरी होता है। यह आवश्यक है कि सभी मुख्य कार्य के लिए पदों को साल में कम से कम एक बार तो निर्धारित किया जाय, और अगर हो सके तो साल में एक बार से ज्यादा ऐसा जरूर करें।

उत्तराधिकारी योजना के फायदे

*   यह सुनिश्चित करता है कि प्रशिक्षित, प्रेरित तथा सस्था से जुड़े हुए कर्मचारियों की निरन्तर पूर्ति हो सके, और जरूरत पड़ने पर जिनकी नियुक्ति की जा सके। यह सुनिश्चित करता है कि अगे आने वाले समय में संस्था की जरूरत की पूर्ति हो।

- ये सिर्फ दक्ष/योग्य ही नहीं होते है, बल्कि सस्था की संस्कृति से भी पूरी तरह से जुड़े हुए होते है।
- कर्मचारियों को उनके व्यवसायिक प्रगति की राह निर्धारित करने से प्रतिभावान तथा योग्य कर्मचारियों को संस्था में रोके रखने में मदद मिलती है।
- संस्था की एक चुनौतीपूर्ण, प्रेरक काम करने की जगह के रूप में प्रतिष्ठा बढ़ाती है, और इससे अच्छे लोग संस्था की ओर आकर्षित होते है।
- कर्मचारियों के लिए, यह प्रेरित करनेवाला तथा संम्बन्ध स्थापित करनेवाला बन जाता है।

उत्तराधिकारी योजना की कठिनाई (पिट फाल्स)

१. मुख्य कर्मचारियों या पदों हेतु विधिवत लिखित योजना का न होना।

२. एक दृढ़, अटल योजना जो कि इससे जुड़े हुए कर्मचारियों की जरूरतों तथा प्रतिभाओं के अनुरूप नहीं ढाली जाती है।

३. पदोन्नति में कितना समय लगेगा, उसकी अनिश्चितता की वजह से अच्छे कर्मचारी काम छोड़ सकते है।

४. जो कर्मचारी उत्तराधिकारी योजना प्रक्रिया के अंतर्गत चुने जाते है, वो इतने प्रेरित ना हो और उनकी अपनी योजना बन जाये।

विचार हेतु मुद्दे

- हर संस्था या व्यक्ति के लिए कोई एक सी उत्तराधिकारी योजना क्री राह नहीं होती है। हर स्थिति का विश्लेषण करना चाहिए और संस्था या व्यक्ति के अनुसार अनुकूल बनाना चाहिए्।
- उत्तराधिकारियों को तैयार करने के लिए पर्याप्त समय देना चाहिए।
- उत्तराधिकारियों को तथा मुख्य उम्मीदवार के अलावा संभावित दूसरे उम्मीदवार का नामोदृष्टि जल्दी जल्दी कर देना चाहिए। इससे उन उम्मीदवारों से स्पष्ट संवाद स्थापित किया जा सकता है और जो मुख्य उम्मीदवार है, जिनको इस प्रक्रिया की जानकारी नहीं होती है उनको मायूस होने की संभावनाओं से बचाया जा सकता है और उनको खोना नहीं पड़ेगा।

उत्तराधिकारी योजना को कामयाब होने के लिए उत्कृष्ट उम्मीदवार नियुक्त होना अति आवश्यक है।

प्रतिभा को रोके रखना (टलेन्ट रिटेन्शन)

मुख्य तथा योग्य प्रतिभा रोके रखना एक महत्वपूर्ण काम होता है, जिसकी वजह से संस्था को प्रतिस्पर्धात्मक लाभ होता है और लगातार बढ़त बनाये/बढ़ोतरी रख सकता है क्योंकि:

अ) लगातार लोगों का नौकरी छोड़ना (योग्य लोगों को बदलने की कीमत चुकनी पडती है, रिक्त पदों के कारण अवसर खो जाने की कीमत चुकानी पडती है – समय को गवाना, उत्पादकता तथा व्यवसायिक कार्य का नुकसान) मँहगा पड़ता है।

ब) कुशल लोगों के अभियान की वजह से संस्था में व्यवसायिक उन्नति की उपलब्धि होती है।

Mckinsey के ''वार फार टैलेन्ट'' के एक अध्ययन में वरिष्ठ अधिकारियों का अनुमान है कि, संचालन (ऑपरेशन्श) के कार्य में उत्तम निर्वाहक उत्पादकता ४०% तक बढ़ा सकते है प्रबंधन के कार्य में मुनाफा ४९% तक बढ़ा सकते है, तथा सेल के कार्य में वो ६७% से ज्यादा आय प्राप्त कर सकते है।

रोके रखने की रणनीतियाँ (रिटेन्शन स्ट्रेटेजीस)

प्रतिभा प्रबंधन की रणनीतियाँ सीधे तौर पर प्रतिभाओं को रोकने की, खर्चों पर काबू रखने की तथा उत्पादकता बढ़ाने की जरूरतों को संबोधित करती है। जबकि हर संस्था में कर्मचारियों को रोकने के लिए रणनीति होती है और उससे रणनीति के समविभाग हो सकते है जिससे की मुआवज़ा तथा पुरस्कार, सुविधाऐं, घर से कार्य करने का विकल्प (टेलीकम्प्यूटिंग ऑपशन), काम और जिन्दगी जीने के बीच के तालमेल की पहल, कर्मचारियों को सीखने और आगे बढ़ाने के लिए निवेश में मदद करना आदि, परन्तु संचालकों को ये अंदांजा लगाना पड़ता है कि उनके संस्था के संदर्भ में कौन सी कार्य प्रणाली अपनायी जा सकती है और किस पर उन्हें ध्यान केंद्रित करना चाहिए।

रोकने का नुस्खा

र) सही भर्ती

- कार्य और उम्मीदवार का एकदम सही जोड़ मिलाना ।
- योग्यता पर आधारित स्वचालित मिलान
- सबसे बढ़िया उम्मीदवार की नियुक्ति का लक्ष्य/उद्देश्य रखना ।
- भर्ती की कार्य प्रक्रिया को स्वचालित करें
- अग्रसक्रिय तौर पर योग्यता के अनुसार उपयुक्त उम्मीदवारों की सूची बनाये
- योग्यता के अनुसार उम्मीदवारों के डाटाबेस बनाये और उसमें से उम्मीदवारों की छटनी करें
- नये कर्मचारी जितनी जल्दी हो सके उत्पादक बने
- संस्था में नये लोगों की औपचारिक समायोजन करे

ल) प्रबंधक तंत्र (लाइन मेनेजमेन्ट) की क्षमता को बढ़ाये

एक बार नियुक्ति के बाद उस कर्मचारी को रोके रखने की जिम्मेदारी उसके प्रबंधक की ओर चली जाती है । कर्मचारी को निर्देश देना, मार्गदर्शन करना और उसका मूल्यांकन करना ये सब प्रबंधक का कर्तव्य है । एक प्रबंधक को उसके कार्य में सशक्त बनाने के लिए, साहस संबन्धित प्रतिभावान व्यक्ति के संचालन का काम उसके रोज़ के व्यवसाय के संचालन प्रक्रिया में शामिल होना चाहिए । इसलिए प्रबंधक को व्यवसाय के उद्देश्य की जानकारी होनी चाहिए ताकि वह उसे अपने कार्य और परियोजना का एकत्रिकरण कर सके, उसके साथ ही कर्मचारियों के गुजरे हुए तथा अपेक्षित उपलब्धियों का भी, ताकि वो सक्रिय व्यवसायिक वातावरण में सफलतापूर्वक संचालन कर सके ।

उ) प्रबंधक की उत्कृष्टता (मेनेजर एक्सीलेंस)

- लोगों का संचालन तथ्य तथा आंकड़ों के आधार पर करें
- प्रतिभा प्रबंधन के हर पहलू के लिए एक ही प्रणाली
- प्रबंधकों को प्रतिभावान व्यक्तियों के संचालन के लिए सहज बुद्धिसे ज्ञात

उपयोगी तरीके उपलब्ध कराये

- निर्णय लेने के लिए उपयुक्त सामग्री उपलब्ध कराये[5]

रोकने के लिए मुलाकात (स्टे इन्टरव्यूस)

रोकने के लिए मुलाकात एक कर्मचारी को रोके रखने की रणनीति का उपाय है। रोकने के लिए मुलाकात में आपको यह बताया जाता है कि संस्था किस तरह से बेहतर हो सकती है और आप किस तरह से अपने कर्मचारियों को रोक सकेगें। आपके कर्मचारी आपको बताते है कि आप क्या सही कर रहे है। कर्मचारियों को रोकने के लिए, उनके साथ विश्वास स्थापित करने के लिए मुलाकात करना काफी मदद करता है तथा आप कर्मचारियों की संतुष्टि और जुड़ाव को भी आंक सकते है। इस मुलाकात से दो तरफा बातचीत का मौका, और सवाल पूछने के लिए तथा सुझाव पर आगे चलने के लिए भी मौका मिलता है।

वित्तीय और गैर वित्तीय अवधारण (रिटेन्शन) के तरीके:

१) वित्तीय पद्धति– इस नियमित तरीकों के अलावा जैसे बोनस, पुरस्कार, स्टॉक ऑपशन (शेयर्स) आदि की तरह संगठनों में प्रतिभा को बनाए रखने के लिए नई वित्तिय प्रक्रियाओं (इनोवेटिव) विधियों के साथ अपना सकते हैं। उदाहरण के लिए, एक शिपिंग कंपनी अपने शीर्ष प्रतिभा को रोकने की नवीनतम तरीके से चेष्टा करती है। यह अपने कर्मचारियों के साथ हर चार महीने एक नये अनुबंध पर हस्ताक्षर करते है। हर चार महीनों में, कर्मचारी छुट्टी लाभ उठा कर और वापस आकर और फिर एक नए अनुबंध पर हस्ताक्षर सकते हैं। हालांकि, वहाँ कुशल कर्मचारियों का उनके अनुबंध का नवीकरण न होने की आशंका रहती है कि वो कहीं अन्यत्र रोजगार न लेले। इस समस्या पर अंकुश लगाने के लिए, कंपनी ने यह घोषणा की कि शीर्ष कर्मचारियों के लिए हर बार एक नए अनुबंध पर हस्ताक्षर करते समय उनके वेतन में वृद्धि की जायेगी। इस नीति की मदद से उन्हें अनुभवी प्रतिभा को प्रतिस्थापित करने में बहुत ही सफलता मिली।

Source: (5) www.oracle.com

२) गैर वित्तीय पद्धति – इनमें से, घर से काम का अवसर, जन्मदिन की छुट्टी, कार्य स्थल (ऑन साइट)पर व्यायामशालाएं/व्यायाम क्लास या लचीला काम के घंटे, बच्चे की देखभाल की सहायता, विकास, शिक्षा और कैरियर के अवसरों आदि का समावेश होता है।

दूसरा आसान तरीका है कि संस्था कर्मचारियों की अच्छी देख-भाल करें। काइनेटिक होंडा के मामले में, कंपनी ने कर्मचारियों के देख-भाल के लिए एक अच्छा प्रयास किया है। उनके एच आर मैनेजर ने व्यक्तिगत रूप से कर्मचारियों से जो अस्वस्थ थे उनके स्वास्थ्य के बारे में पूछने के लिए मुलाकात की। उन्होंने कर्मचारियों के बच्चों के लिए भी छात्र ऋण की व्यवस्था की ताकि उन्हें एक अच्छी शिक्षा मिल सके। इन सभी प्रयासों से कर्मचारी प्रतिधारण (रिटेन्शन) सुनिश्चित करने में काफी सफलता प्राप्त हुई।[6]

> "You can't expect people to be committed, to be loyal to be an organisation, to be engaged in an organisation, [or] to want to stay in an organisation if the company does not care about them"
>
> \- David Sirota

पहले अध्याय में, हम कर्मचारी मूल्य प्रस्ताव की अवधारणा – ईवीपी, समझ गए है। वहाँ ईवीपी और एक संस्था के प्रतिभा प्रबंधन के तरीकों के बीच पारस्परिक संबंध है। यह एक पूरा चक्र है। ईवीपी प्रतिभाशाली को अर्जित करने में एक प्रमुख भूमिका निभाता है जबकि एक कंपनी प्रतिभा के विकास का अधिग्रहण करने में (प्रतिभा अधिग्रहण) और कंपनी के प्रतिधारण रणनीति निर्धारित करेगा कि क्या कंपनी एक आकर्षक कर्मचारी मूल्य प्रस्ताव – ईवीपी या कर्मचारी योगदान करने के लिए नहीं है तथा संस्था के साथ रहने के लिए है।

Source: (6) Innovation on Two Wheels by Arun Firodia.

केसलेट

दशक की चुनौती: भारतीय बैंकिंग उद्योग

Mckinsey (मेकेन्सी) ने बैंकिंग ढ़ांचे पर अपनी एक रिपोर्ट में ये बताया है कि ८७% मुख्य प्रबंधक (जनरल मैनेजर) अब से दो साल में (२०१६-१७), सेवा निवृत्त हो जायेगें; इससे नीति को कार्यान्वित करने वाले लोगों की एक बहुत बड़ी कमी हो जायेगी। लता व्यंकटेंश, जो कि सीएनबीसी टीवी १८ की बैंकिग संपादक है, उन्होंने एक साक्षातकार में बताया की कई निजी बैंक चल रहे है/उन लोगों के द्वारा जो सरकारी क्षेत्रीय बैंक से उठाये गये है। इसलिए सरकारी क्षेत्रीय बैंक को ये स्वीकारना होगा, कि वह पूरे राष्ट्र के लिये गुणवान है, और उन्हें उनका मूल्य देना होगा जो उन्होंने ही बनाया है।

बॉस्टन कन्सल्टिंग ग्रुप, एफआईसीसीएआई (FICCI) और आईबीए (IBA), ''इंडियन बैंकिंग २०२०'' पर बनाई रिपोर्ट में ये बताया गया है – कि अगले दशक में सरकारी क्षेत्रीय बैंक उसी उम्मीद से आगे बढ़ेगें जैसे उनके निजी क्षेत्र के साथी बैंक, परन्तु मानव संसाधन के क्षेत्र में अपने आप को वो बड़े ही प्रतिकूल परिस्थिति में पायेंगे।

सरकारी क्षेत्र के बैंक मानव संसाधन की चुनौती के आखिरी सिरे तक पहुँच चुके है। कई बरसों के विरासत का नतीजा है कि अगले कुछ सालों में सरकारी क्षेत्र के बैंकों में वरिष्ठ तथा मध्यम वर्ग के प्रबंधक अधिकारी सेवा निवृत्त होने के कारण एक अभूतपूर्व स्तर की योग्यता तथा क्षमता का नुकसान देखने को मिलेगा। इसके साथ साथ एक बड़े पैमाने पर नए सिरे से प्रशिक्षित करने की जरूरत पड़ेगी, नयी योग्यता को आकर्षित करने की तथा उन्हें बनाये रखने की, कर्मचारियों पर बढ़ते खर्चे को तथा कार्य निष्पंदन में सुधार, ये सब एक महत्तवपूर्ण चुनौतियाँ होगी।

सरकारी क्षेत्र के बैंक के सामने निम्नलिखित चुनौतियाँ होगी:

१. जनसंख्या से संबधित चुनौती: अगले दस सालों में करीब करीब ८०% मध्यवर्गीय ५०% कनिष्ठ पदाधिकारी सेवानिवृत्ति के कारण खो दिए जायेंगे। अत्यन्त महत्वपूर्ण समर्थ क्षमताऐं खो जायेगी। नई पीढी की बैंक में नियुक्ति से एक लाक्षणिक पीढ़ी (जनरेशन गेप) का अंतराल होगा। ये आने वाले श्रमशक्ति की रूपरेखा, पुराने अनुभवी कर्मचारियों तथा नये नियुक्ति नवयुवकों के दल के बीच में एक पीढ़ी का अंतराल छोड़ देगी, और उन अनुभवी कर्मचारियों को नवयुवको को प्रतिवेदन करना होगा। ये अंतराल दोनों पक्षों के बीच में अलगाव पैदा करता है, जो कि नये कर्मचारियों से समावेश तथा उन्हें रोक पाने में क्षति पहुँचाता है।

२. नई क्षमताओं को आकर्षित करने तथा उनका अनुगम: सरकारी स्तर के बैकों को नयी क्षमताओं को भरती करना पड़ता है और उन्हें रोके रखना पड़ता है। क्योंकि, निजी बैकों के मुकाबले में सरकारी बैंकों के कर्मचारियों की तन्ख्वाहें काफी कम होती है, तो नयी क्षमता को आकर्षित करना सरकारी स्तरों के बैकों के लिए बहुत बड़ी चुनौती होगी।

३. कार्य क्षमता में अनुशासन: निजी क्षेत्रों के बैकों के कर्मचारियों की उत्पादकता सरकारी क्षेत्रों के बैकों के मुकाबले काफी ज्यादा होती है। इस कारण सरकारी क्षेत्रों के बैकों की चुनौती, ना सिर्फ नये कर्मचारियों को आकर्षित करना, बल्कि उनके उपर कम खर्च करते हुए उनकी उत्पादकता को बढ़ाना। कर्मचारियों के उपल्ब्धियों को बढ़ा पाना एक चुनौती साबित होगा।

४. अनलर्निंग (unlearning) इसका मतलब होता है, लम्बें समय की कार्य प्रणाली के तरीके जो कि जब उत्तम तरीके नहीं माने जाते, उन्हें भुला देना और नये तरीकों को अपनाना। कर्मचारियों को नयी विचारधारा तथा कार्यप्रणाली के तरीकों में प्रवीणता दिलाना एक बहुत ही बड़ी चुनौती होगी।

जब सरकारी स्तर के बैंक (पीएसबी) इन चुनौतियों को झेल रहे है, निजी स्तर के बैंक कर्मचारियों को रोके रखने के लिए कई कदम उठा रहे है। निजी स्तर के बैंक मनमोहक मुआवजा देते है। निजी स्तर के बैंक कर्मचारियों को रोके रखने के लिए उन्हें कई चीजों का सम्मिश्रण राशि जैसे की पारितोषिक, परिवर्तित राशि, के साथ ईएसओपी (ESOP's) और आकर्षक पदों का लोभ तथा व्यवसाय में तरक्की का वादा देते है। निजी क्षेत्र के बैंक खास कर्मचारियों की शिनाख्त करते है और रोकने के लिए उन्हें बड़े पदों पर नियुक्ति और प्रतिधारण राशि मुहैया कराते है।

आप को किन चीजों पर काम करना है:

१. सरकारी क्षेत्र के बैकों को कर्मचारियों की प्राप्ति के लिए किन मानव संसाधन कार्य प्रणालियों पर काम करना होगा?
२. निजी क्षेत्रों के बैक किस तरह से क्षमताओं को रोकने की चेष्टा करते है?
३. ऊपर दी गयी चुनौतियों के मद्देनज़र, सरकारी क्षेत्रों के बैको में योग्यता को बढ़ावा देने के लिए तथा प्रबंधन हेतु किस तरह तथा मानव संसाधन तरीकों में किस तरह का परिवर्तन करना होगा?

संदर्भ (रेफरेन्सेज)–

१. ''इंडियन बैंकिंग २०२०'' एक रपोर्ट बोस्टन कंन्सलटिंग ग्रुप, फिक्की (FICCI) और आई बी ए (IBA)
2. http : //www.governancenow.com /news/regular-story / 80-brass-set-retire-psu-banks-look-dry-days.
3. http : // www.moneycontrol.com/news / business / retair-bank-psu-talent-or-face-national-calamity-rbi-rajan_1062854.html

३

सक्षमताओं
के विषय में
[ऑल एबाउट कॉम्पीटेन्सी]

हम मानव हैं......

हम मशीनों के साथ काम करते हैं लेकिन असली प्रेरणा शक्ति मनुष्य है.......

संस्था में सफलता का कारण मानव संसाधन की क्षमता का प्रमुख घटक है!

> एक संगठन तब सफल होता है जब लोग अपने कौशल का हर संभव उपयोग करने के लिए लगा देते है –अर्थात्, जब यह लोग सक्षम होते है।

बार– बार मानव संसाधन में संकल्पना का प्रयोग किया जाता है, सक्षमता का मतलब है आवश्यक ग्रहणशक्ति, ज्ञान, दृष्टिकोण, व्यवहार और महारत जो एक सफलतापूर्वक काम करने के लिये जरूरी है। क्षमताएँ सामान्य हो यानि संज्ञानात्मक और सामाजिक क्षमताओं को जैसे इस समस्या को सुलझाने और अंतर्वैयक्तिक कौशल हो, या वह व्यवसायिक हो–जो विशिष्ट ज्ञान का जिक्र करे और जिसमे नौकरी के लिए कौशल जरूरी है।

आपको एक उदाहरण देते हैं, परिवर्तनात्मक क्षमता/रचनात्मकता का मतलब होगा कि एक क्षमता के रूप में कर्मचारी दायरे से हट कर सोचता है, जो यहां तक अनुभवहीन विचारों को उत्पन्न कर, सिस्टम की प्रक्रियाओं में सुधार कर काम करता है, और नवोन्मेष को प्रोत्साहित करता है आदि । अंतर्वैयक्तिक कौशल उसकी योग्यता हैं, इसका मतलब यह होगा कि उनके सहयोगियों के साथ अच्छे संबंध है (साथियों, वरिष्ठ अधिकारियों, अधिनस्त्त और भी लोग जो संस्था के लिए बाहरी है) और उनमें आत्मविश्वास को मन में बिठाना, भरोसा और प्रतिष्ठा पैदा कर सकते है, जिस भूमिका के लिए वह प्रदर्शन करेगें।

नौकरी में सक्षमताओं को परिभाषित करना:

अक्षर आप सेल्स टीम का एक उदाहरण लेते हैं, तो आपको नौकरी क्षमता से मिलेगी पर एक सेल्स एक्जक्यूटिव का स्तर और एक टीम लीडर का अलग होगा । एक सेल्स एक्जक्यूटिव को महत्वाकांक्षी, अपने लक्ष्य को पा लेने वाला व्यक्ति, एक

दूसरे को प्रभावित करना, नेटवर्किंग, दृढ़–संकल्प और इस तरह होने की जरूरत है।

बस टीम लीडर एक कदम आगे होता है।, सभी उपरोक्त, गुणों के अतिरिक्त यह भी कि लोगों को एक ऐसे व्यक्ति की आवश्यकता है जो घटिया, औसत, अच्छा तथा उत्कृष्ट प्रदर्शन करने वाली एक टीम को संभाल सके । इसलिए जब एक दल का लीडर सेल्स एक्जक्यूटिव काम करने में सक्षम है, एक सेल्स एक्जक्यूटिव दल का लीडर की क्षमता सिर्फ तभी काम करने के लिए नहीं हो सकती है । इस योग्यता को समय के साथ सेल्स एक्जक्यूटिव में विकसित किया जा सकता है।

क्रम में सही काम के लिए सही व्यक्ति, एक संस्था (आप एक एचआर मैनेजर के रूप में) प्रत्येक व्यक्ति के लिए जरूरी क्षमताओं को परिभाषित करता है । क्रम में प्रशिक्षण और विकास ऐसे है कि अत्यधिक कुशल जनशक्ति में परिणाम को संरेखित कर, संस्थाऐ कोई एक दिशा में महत्वपूर्ण क्षमताओं को आज की भूमिका निभाने में परिभाषित करने की कोशिश कर रही हैं्।

परिभाषित सक्षमताओं में मदद मिलेगी:

१. एक संस्था परिभाषित करे कि अपने कर्मचारियों को क्या 'अवरय करना चाहिए' वांछित परिणाम का उत्पादन करने के लिए ।

२. कर्मचारियों को स्पष्ट रूप से समझना होगा कि 'उत्पादक' होने के लिये क्या आवश्यकता होती है।

३. संगठनों को अपने कर्मचारियों के कौशल, दृष्टिकोण और व्यवहार और उनकी खामियों का आकलन करना ।

४. कौशल की कमी को पहचान कर और संसाधनों का परिनियोजन / कर्मचारियों द्वारा अधिग्रहण करने के लिए आवश्यक निविष्टियां उन दक्षताओं का विकास करने की जरूरत है ।

५. अब तक आप समझ गए होंगे, कि सक्षमता की पहचान लीडर के लिए एक महत्वपूर्ण काम है । प्रत्येक व्यक्ति अद्वितिय/अनुपम है और अलग अलग तरह की

योग्यताएँ रखता है। किसी भी महत्वपूर्ण कार्यों का निष्पादन करने के लिए लीडर को अपनी टीम के प्रत्येक सदस्य का एक पूरा 'स्वोट' विश्लेषण (SWOT Analysis) करना चाहिए। इस तरह के कार्यों में अलग आमूल परिवर्तन और कर्मचारी की सक्षमताओं का संयोजन करना अंतिम आउटपुट के लिए आवश्यकता होगी। इस के लिए, एक संरचित पद्धति एक टीम की प्रतिभा को संभालने के लिए आवश्यक है। इस सक्षमता को मानचित्रण (काम्पीटेन्सी मैपिंग) कहा जाता है।

क्षमताएँ संपूर्ण वैयक्तिक मूल्यांकन कर व्यक्ति के दृष्टिकोण को प्रस्तुत करती है।

सक्षमता के मानचित्रण (काम्पीटेन्सी मैपिंग) का दायरा क्या है?
प्रत्येक व्यक्ति कुछ शक्तियों और कमजोरियों का एक संयोजन होता है। सफल होने के लिए, एक संगठन को अपने कर्मचारियों की ताकत को भुनाने की आवश्यकता है जिससे कि अधिक से अधिक उसका उपयोग किया जा सके और जिससे उनकी कमजोरियों पर काबू कर सकते है।

मानचित्रण (काम्पीटेन्सी मैपिंग) का मतलब है मूल्यांकन उसको पहचानना, एक कर्मचारी संगठन की ताकत, कमजोरी, नौकरी में कुशलता और अपने मौजूदा कर्मचारियों की कर्य कुशलता का मूल्यांकन करना। यहाँ एक एच आर प्रबंधक को एक महत्वपूर्ण भूमिका निभानी होगी।

प्रत्येक कर्मचारी में एक विशेष गुण (शाइन/ग्लो) होता है। एक एच आर प्रबंधक वहाँ एक जौहरी की तरह काम कर सकता है। वह कर्मचारियों को सही ढंग से तराश कर उन्हें हीरा बना कर, तथा उनके विशेष गुणों को निखार कर संस्था के लिए उन्हें रत्न बना सकता है।

मानचित्रण (काम्पीटेन्सी मैपिंग) आपकी मदद करेगा समझने में कि किस तरह कर्मचारी एक दूसरे की ताकत का उपयोग या विभिन्न कर्मचारियों की ताकत को जोड़

दे, तो वे एक दूसरे की कमजोरियों को काबू करके अपने उच्चतम गुण वाली उत्पादक मात्रा उत्पन्न कर सकते हैं। आपने अंधें आदमी की और लंगड़े आदमी की कहानी तो सुनी ही होगी। अपनी विकलांगता के कारण, वे खुद से कहीं भी नहीं जा सकते थे। लेकिन जब वे एक साथ आए, अंधे दोस्त ने लंगड़े आदमी को अपने कंधों पर उठा लिया, और अंधा आदमी चलने लगा, क्योंकि लंगड़ा आदमी देख सकता था, यह उच्चतम उदाहरण है – काम और लोगों की ताकत का जब संयोजन हो तो काम आसान हो जाता हैं। .

साधारण जनता की रूचि के संदर्भ में, कि भुवन (अमीर खान) एक हिट बॉलीवुड फिल्म 'लगान' में ठीक यही काम करता है। उसने लोगों के साथ एक जीतने वाली ऐसी क्रिकेट टीम का निर्माण किया, जिन्होंने पहले कभी क्रिकेट खेला ही नहीं था। पहली बार उन सक्षमताओं की पहचाना जिनकी उसे टीम में आवश्यकता होगी, अर्थात, उन खिलाड़ियों को जो वायु की तरह दौड़ सकता था, उनमें अपार दम-खम। सहनशक्ति थी, और मजबूत बाहों के साथ भारी ताक़त से गेंद को हिट करने के लिए किया था आदि

उसने ध्यान से प्रत्येक टीम के सदस्य को उनकी दक्षताओं के आधार पर चुना है। यहाँ तक कि उसने एक बहिष्कृत अपंग व्यक्ति को भी अपने अपंग हाथ से घुमावदार गेंद फेंकने की योग्यता के आधार पर चुना।उनकी क्षमता के अनुसार भूमिकाओं में (बल्लेबाजी, गेंदबाजी, क्षेत्ररक्षण आदि) सदस्यों को इस टीम में डाला गया, और उनके कौशल को सुधार कर निखारने के लिए, तथा उनकी अगुवाई कर, आश्चर्य की बात है पर उन्हें शक्तिशाली अंग्रेजी क्रिकेट टीम के खिलाफ चकित करने वाली जीत के लिए उन्हें प्रोत्साहित किया।

व्यक्तिगत स्तर पर, सक्षमता मैपिंग (मानचित्रण) मदद करता है कर्मचारियों के सवालों के जवाब देने में कि 'मेरी मुख्य्य ताकत क्या है?' यह कर्मचारियों की

योजना में मदद करता है और एक कैरियर परिवर्तन या उन्नति के लिए तैयार करता हैं । सर्वाधिक सक्षमता मैपिंग के मॉडल ताकत को कार्यात्मक और व्यवहार कुशलता में विभाजित करती है ।

प्रयोजनमूलक कर्तव्य (फंक्शनल) का मतलब है – ऐसा कौशल जो वास्तव में काम को क्रियान्वित करने के लिये जरूरी है। इनको मापा जा सकता है जो यह संकेत कर सकते हैं कि क्या लोग वास्तव में काम कर सकते हैं! एक एकाउंटेंट के काम के लिए किन योग्यताओं की जरूरत होगी? हम लोगों के विषय में सोच सकते हैं जैसे वाणिज्य स्नातक, कंप्यूटर साक्षर, लेखांकन (एकाउन्टेन्सी), सॉफ्टवेयर संचालित करने की क्षमता की हैसियत से जो अच्छा रिकॉर्ड रखते है आदि ।

व्यवहार कौशलता सॉफ्ट कौशल है जिसको मापना मुश्किल हैं । आप कैसे कौशल को मापेगें जैसे अच्छा संचार, भाषा प्रवीणता, नेटवर्किंग कौशल, टीम भावना आदि? आपको एक मानव संसाधन प्रबंधक के रूप में उन का विश्लेषण करने हेतु सटीक प्रश्नों एवं जांच की रूप रेखा तैयार करनी होगी जो बिल्कुल सही तोर से व्यवहारिक शक्तियों और कमजोरियों को पहचानेगी । आप इन पर ध्यान केन्द्रित करना चाहेंगे कि व्यति कैसे अपने लक्ष्य निर्धारित करता है या परिवर्तन के अनुकूल बनता है अथवा असफलता से निपटता है । इस प्रकार की जांच एक व्यति के कौशल समुच्य की मुकम्मल तस्वीर प्राप्त करने की लिए महत्त्वपूर्ण है ।

क्षमता मानचित्रण के स्टेपस् (सोपान)

१. सबसे पहले, एक नौकरी (जॉब) के विश्लेषण का प्रबन्ध करें। एक प्रश्नावली की रचना करे और एक सुनिश्रि्चत कर्मचारियों के समूह से ही नमूने भरवायें। इरादा उन्हें समझने का है कि वो क्या महसूस करते है उन्हें नौकरी में निष्पादन के लिए किस मुख्य व्यवहार की आवश्यकता हैं।

⬇

२.नौकरी(जाँब)विश्लेषण पर आधारित और प्रश्नावली की प्रतिक्रियाएं, एक क्षमता के विकास पर आधरित नौकरी (जाँब) विवरण तैय्यार करें।

⬇

३. क्षमताओं को रेखाकिंत (मैप) कर एक सक्षमता पर आधारित जाँब विवरण का उपयोग करें। सक्षमताओं को व्युपत्रित (derive) कर निष्पादन (परफोरमन्स) का आंकलन करने के लिए आधारित होगा

⬇

४. निष्पादन (परफोरमन्स) के द्वारा आकलन कर, उन क्षेत्रों को पहचाने जहाँ प्रशिक्षण द्वारा दक्षताओं को विकसित करने की आवश्यकता है।

कंपनियाँ सक्षमताओं का मानचित्र कैसे तैय्यार करे?

सक्षमता मानचित्रण आम तौर पर विभिन्न पद्धतियों के द्वारा आरंभ किया जाता है, जैसे आकलन केंद्र, समालोचनात्मक तकनीकी घटनायें, सिमुलेशन साक्षात्कार / भूमिका निभाना, प्रश्नावली, समूह चर्चा, साइकोमेट्रिक परीक्षण, केस अध्ययन का विश्लेषण करना, आदि। प्रक्रिया दक्षताओं की पहचान के द्वारा शुरू होती है जो कि विशिष्ट पद के लिए सबसे अधिक महत्वपूर्ण हैं। उदाहरण के लिए, अगर प्रबंधक के पद को आंतरिक तौर पर भरा जा रहा है, तो भृत्य प्रबंधक के पद के लिये वांद्दित कार्य कौशल और आदर्श स्वभावजन्य लक्षण को सूचीबद्ध करना होगा जो उस पद के लिये आवश्यक है।

इस सूची में, एक प्रश्नावली मानचित्रण से वांछित एरिया में प्रत्येक उम्मीदवार की, दक्षताओं को निर्मित किया जा सकता है । सभी उम्मीदवारों के प्रश्नावली के उत्तर के बाद, एच आर के साथ– साथ भृत्य (हायरिंग) प्रबंधक पदोन्नति के लिए कम्पिटैंसी स्कोर का उपयोग कर तथा परिणामों की तुलना कर सर्व श्रेष्ठव्यक्ति क्र निर्धारण कर सकते हैं ।

जाहिर है, इस के लिए, ध्यान से सवालों को व्यक्त करें जो, जॉब के लिए आवश्यक है कि अनिश्चित अस्पष्ट जवाब को निकाल दे । अनेकार्थी, संदिग्ध सवाल मत पूछे, जैसे आप टाइम मैनेज़मेंट में कितने अच्छे हैं इसका जवाब हमेशा आपेक्षित होगा । इसके बजाय, ऐसे सवाल करे जैसे कि, कितने प्रोजैक्ट आपने समय सीमा से पहले पूरा किया है? इतना ही नहीं इस प्रश्न का उत्तर वस्तुनिष्ठ (आबजेक्टिव) है, परन्तु सत्यापित कर सकते हैं ।

क्षमता मानचित्रण के लाभ– [बेनेफिट्स ऑफ कॉम्पीटेन्सीज]
अ. संस्था के लिए:
१. यह कर्मचारी के कर्य निष्पादन को बेहतर बनाने में मदद करता है।
२. हायरिंग और पदोन्नती के निर्णय में मदद करता है और
३. मौजूदा कार्यबल को एक गंभीर और विश्लेषण संबंधी नजरिया प्रदान करता है।

ब. व्यक्ति के लिए:
कम्पिटैंसी मानचित्रण व्यक्तिगत रूप में अपने चेहरे को आईने में देखने जैसा है और अपने सर्वोत्तम स्ट्रेन्थ (फीचर) को समझना । अगर वह जानता है कि समस्या का हल और सूचनाओं का आदान–प्रदान उसकी ताकत है तो वह साक्षात्कार में उस महत्त्व पर ज़ोर दे सकता हैं । एक कंपनी जो इन कौशल की तलाश में है ऐसा दूसरों से अधिक एक कर्मचारी को अहमियत देगा ।
यद्यपी हम सब ३–४ क्षेत्रों में पूरी तरह से सक्षम हो सकते है, अपनी प्रवीणता कुछ क्षेत्रों में अन्य लोगों से कम हो सकती है । क्षमता मानचित्रण हमारी मदद करेगा इसका

एहसास करायेगा और हम जिन क्षेत्रों को विकसित करना चाहते हैं उस पर जोर देगा । यह कार्य योजनाएं उन दक्षताओं को तैयार कर विकसित करने के लिये अपेक्षित स्पष्ट सूची पत्र दे सकते हैं । तदनुसार, हम महसूस करते हैं कि कितनी दूर तक हमें जाने की जरूरत है या हमें परिवर्तन की आवश्यकता हैं जिस तरह का काम हम करते है/ व्यवहार, हम अच्छे काम के प्रदर्शन के लिए करते हैं।

क्षमता मानचित्रण की चुनौती– [चैलेंजेस ऑफ कॉम्पीटेन्सी मैपिंग]

अ. संस्थाओ के लिए:

१. प्रक्रिया (प्रोसेस): संगठनों को प्रतिबद्ध होने की जरूरत है और आवश्यक समय लगाने के लिए तैयार रहना तथा सक्षमता मानचित्रण की प्रक्रिया के लिए प्रयास अपेक्षित है। यदि पर्याप्त समय नहीं दिया जाता है, तो परिणाम बहुत उपयोगी नहीं हो सकता । कुछ एक बाह्य परामर्श टीम को विशेष प्रयोजन के लिए उनकी कंपनियों के मॉडलिंग, परीक्षण और विश्लेषण की प्रक्रिया को संभालने के लिए चुनते हैं ।

२.कार्यान्वयन (इम्प्लीमेंटेशन): बेशक, वहाँ सक्षमता मानचित्रण का परिणाम के साथ आने में कोई मतलब नहीं है अगर उसे कार्यान्वित नहीं किया जा रहा है । इसका परिणाम नौकरी के विवरण, क्षेत्र में बदलाव, उत्तरदायित्व का परिवर्तन, विभागों का बँटवारा या विलय हो सकता है। प्रशिक्षण और प्रोत्साहन कार्यक्रम की आवश्यकता हो सकती है । आम तौर पर, लोग असुरक्षित महसूस कर रहे होते है और आईने में स्पष्ट तस्वीर को स्वीकार करने में संकोच कर सकते हैं और परिवर्तन और प्रशिक्षण की आवश्यकता को स्वीकार करते हैं, लेकिन यह चुनौती है । एक एच आर प्रबंधक को यह काम सुचारू रूप से उत्पादकता में सुधार और बेहतर कर्मचारी मनोबल को क्रियान्वित करना है ।

ब. व्यक्ति के लिए:

आपको जानकर आश्चर्य होगा कि कई लोगों को स्वंय के बारे में कई अनुमान होते है । वे महसूस कर सकते हैं कि वे कम से कम 'एक्स' से बहुत अच्छे नहीं हैं लेकिन

'वाई' से सर्वश्रेष्ठ हैं । क्षमता मानचित्रण (मैपिंग) में उनका विश्वास टूटकर बिखर सकता है और उनकी भावनाओं को बदल सकता है । इसलिए, क्रम में अपनी उपयोगिता और परिणाम की स्वीकृति बनाए रखने के लिए, लोगों को परीक्षा के वक्त एक खुले दिमाग के साथ ऐसा करने की जरूरत है ।

क्षमता का आकलन: (कॉम्पीटेन्सी एसेसमेन्ट)

> " If you think you can do it, that's Confidence; if you do it that's Competence."
>
> - Morris Code.

विशिष्ट नौकरी के कौशल की व्यापक सूची नौकरी के लिए आवश्यक है, जो सक्षमता मानचित्रण से व्युत्पन्न हैं और एक सक्षमता आकलन का आधार बनाता है । यह प्रतिभा प्रबंधन के महत्वपूर्ण मुद्दों में से एक है। सक्षमता आकलन दो मापदंडों पर कर्मचारी के कार्यक्षमता की तुलना करता है––आवश्यक नौकरी कौशल और निश्चित निष्पादन मानकों की ।

सक्षमता आकलन लोगों को आँकने की कुंजी है जो वे काम पर अपने ज्ञान और कौशल का उपयोग करने के लिए है । यह ज्ञान के निर्माण का एक तरीका है और कर्मचारियों के आवश्यक कौशल को अपने वर्तमान नौकरी में क्रियान्वित करने के लिए मुहैया कराता है । हमने प्रतिभा प्रबंधन के उत्तराधिकार की योजना को देखा है (अध्याय २ में देखें) । सक्षमता आँकलन उत्तराधिकार योजना प्रक्रिया का एक प्रमुख तत्व है, क्योंकि यह उनके भविष्य के लिए कर्मचारियों के विकास का एक तरीका मुहैया कराता है ।

क्षमता आंकलन की प्रक्रिया: (प्रोसेस ऑफ कॉम्पीटेन्सी एसेसमेन्ट)

इसमें दक्षताओं का आँकलन करने के लिए कई अलग अलग तरीके हैं । जानी–मानी पद्धति को नीचे दिया गया है जिससे एक विषयनिष्ठ मूल्यांकन और उच्चस्तर का परिणाम प्राप्त होता है ।

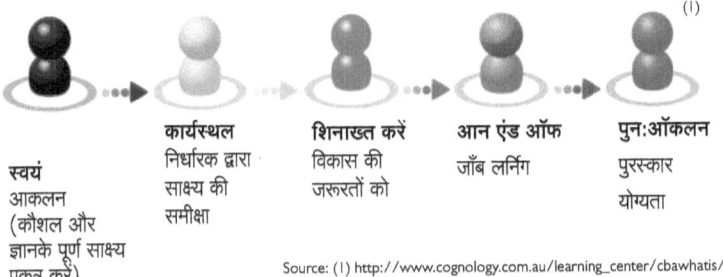

स्वयं आकलन (कौशल और ज्ञानके पूर्ण साक्ष्य एकत्र करें)

कार्यस्थल निर्धारक द्वारा साक्ष्य की समीक्षा

शिनाख्त करें विकास की जरूरतों को

आन एंड ऑफ जॉब लर्निंग

पुन:ऑकलन पुरस्कार योग्यता

Source: (1) http://www.cognology.com.au/learning_center/cbawhatis/

१. प्रक्रिया कर्मचारियों द्वारा स्वतः निर्धारण के साथ दक्षताओं को एक सेट की तुलना से शुरू होता है। वे साक्ष्य संकलन करते हैं जो दिखाता है कि वे सक्षम हैं।

२. एक कार्यस्थल निर्धारक साक्ष्य की समीक्षा और निष्पादन को सत्यापित करता है।

३. विकास की आवश्यकताओं की पहचान करना।

४. कर्मचारियों को दोनों ''काम पर'' और ''काम के बाद'' का उपयोग कर क्षेत्रों की पहचान कर विकसित करने के लिए सीखना।

५. एक विशिष्ट अवधि के बाद, कर्मचारी के कौशल के प्रदर्शन का आकलन कर निर्धारित करना, कि वे इसमें सक्षम हैं।

क्षमता का आकलन (कॉम्पीटेन्सी एसेसमेन्ट)

अ. संस्थाओ के लिए:

- उन्हें उनकी क्षमता के द्वारा उद्देश्य को पूरा करने के लिये सशक्त बना कर कर्मचारी की उत्पादकता बढ़ाने में मदद करें। इसके बदले संगठन का मुनाफा बढ़ जाता है।
- उत्तराधिकार की योजना में एक बहुत ही महत्वपूर्ण भूमिका निभाते हैं।
- यह आकलन की वस्तुपरक विधि है।
- उन क्षेत्रों को दिखाना जहां कर्मचारियों को प्रशिक्षण की जरूरत है जिसे ऑन दी जॉब अंजाम दे सकते है।
- एक परियोजना को निष्पादित करने के लिए एक संगठन संपूरक कौशल को टीमों में एक साथ ला सकते हैं।

ब.कर्मचारियों के लिए:

- यह कर्मचारियों के ऑकलन की वस्तुपरक विधि है।
- कर्मचारी अपने स्वयं के रफ्तार में और काम पर (ऑन दी जॉब) सीख सकते हैं।
- इसे मौजूदा कौशल के खाते में लिया जाता है।
- वर्तमान और भविष्य की भूमिकाओं में मदद मिलेगी। ऐसा कौशल प्राप्त कर सकता है।

क्षमता के ऑकलन का लाभ:

क्षमता आकलन एक सतत प्रक्रिया है जो दायित्व लेकर कॉरपोरेट जगत में क्रमबद्ध तरीके से एक कर्मचारी की क्षमताओं के विकास और कौशल में सुधार की नियमित रूप से जानकारी रखी जाये।

कौशल जाँच सूची क्षमता आकलन का काम करता है जो कर्मचारियों और नियोक्ताओं के अधिसमय को नोट करके कर्मचारी के प्रदर्शन के साथ रख सकते हैं। वे संगठन में प्रदर्शन को मापने के मानकों के मुकाबले एक बेंचमार्क बनाने में मदद, प्रदर्शन का आकलन करने के लिए एक उपकरण का काम करते हैं, प्रदर्शन में कमी पर रोशनी डालना, कम कुशल क्षेत्रों को क्रम में लाने के लिए प्रशिक्षण आवश्यकताओं की पहचान करना, जो कर्मचारियों के लिए निरंतर कोचिंग प्रदान करते हैं और संगठन में क्षमता के मानकों को स्थापित करने के लिए मदद करते हैं। संगठन केवल लाभ प्राप्त करने के बारे में नहीं हैं। वे महत्वाकांक्षी, आकांक्षाओं और अपने कर्मचारियों के सपनों की पूर्ति के लिए एक स्रोत हैं। कर्मचारी की सक्षमता बढ़ाना क्या हकीकत में इन सपनों को बदल सकता है!

केसलेट

क्षमता के मॉडल का विकास @JiBABA

जिबाबा एक विश्व ई कामर्स संस्था है। जो कि चहती है कि एक अनौपचारिक तरक्की के रास्ते संस्था के खास प्रबंधन पदों के लिए अनुक्रमण किया जा सके। मानव संसाधन गुट को संस्था के अंदर उपयुक्त, योग्य तथा दिलचस्पी रखनेवाला उम्मीदवार खोजने में काफी कठिनाईहो रही थी। क्योकि, संस्था काफी तेजी से विस्तार कर रही थी, एच आर गुट को निम्नलिखित चुनौतियो का सामना करना पड़ रहा था।

- आवश्यक योग्यता की सूची तैयार करना तथा हर पद अनुसार प्रमुख हुनर/कौशलता और उनके कार्य क्षेत्र के बारे में जानकारी मुहैया कराना।
- अंदरूनी उँचे पदों के लिए उम्मीदवारों को आकर्षित कर पाना।
- विभिन्न देशों तथा व्यवसायी विभागों की श्रेणी और किरदारों में सांमजस्य बनाना ।
- कुछ ही महिनों में ई– कामर्स के योग्यताओं को निर्धारित करना।

एच आर गुट ने औद्योगिक तथा संघटनात्मक मनोवैज्ञानिक विशेषज्ञो के परामर्श से निम्नलिखित उपक्रम शुरू किया:

१. डेटा को एकत्रित्र करना: विश्व प्रबंधन संचार को संगठित करने हेतु तथा ज्यादा से ज्यादा प्रक्रिया के प्रति अंत:क्रय प्राप्त हो सके, इस लिए एच आर गुट ने बारीक से बारीक काम काज के बारे में जानकारी इकट्ठा की–दोनों, तकनीकी योग्यता तथा व्यवहारिक विशेषताऐं, इसमें तीन भिन्न तरीकों से:

* वैयक्तिक रूप से मुद्दे पर बातचीत करने हेतु ग्रुप (in-person focus group)
* वेब बेस्ड मुद्दे पर बातचीत करने हेतु ग्रुप (web-based focus group)
* व्यक्तिगत रूप से दूरध्वनी के द्वारा मुलाकात (one-on-one telephone interviews)

तीन सनरूप के इस्तेमाल से आकारों को एकत्रित करने में लोच तथा शीघ्रता प्रदान होती है। एच आर गुट को कर्मचारियों के बारे में सीधे रूप से कर्मचारियों के जरिये ही महत्वपूर्ण जानकारी प्राप्त हुई। हर किरदार के बारे में एच आर गुट ने कार्य से जुडी जानकारी, पदाधिकारी के प्रबंधनों से प्राप्त किया और वर्तमान (तथा भविष्य) योग्यता के विवरण को पक्का कराया।

२. व्यवहार का क्षमता में रूपांतरण: विशिष्ट रूप से निर्मित क्षमता के प्रतिरूप व्यवस्थापन के पदों को बनाने के लिए गुणात्मक मॉडल का इस्तेमाल किया गया। क्षमता के प्रतिरूप के लिए यह आवश्यक है कि वो उन मुख्य अंश जो कि संस्था के लिए विशेष महत्व रखते है, उन पर प्रकाश डाले क्योंकि हर व्यवस्थापन की संस्कृति एक दूसरे से भिन्न होती है। व्यवहार से संबंधित योग्यताऐ जो कि लगातार बदलाव व तबदीली को संबोधित करते है, उद्योग के महत्व पूर्ण प्रचलन, प्रतिद्वन्द्वी पर निगरानी रखना तथा अन्य व्यवहार जो कि साधरणता योग्यता के प्रतिरूप में पाये जाते है उन्हें उसमें शामिल किया गया।

३. अंतर्वस्तु विषय की पुष्टता (कोन्टेन्ट वेलिडिटी): योग्यता के प्रतिरूप को तैयार करने के पश्चात, उससे वर्तमान प्रबंधन लोगों के बीच परखने की जरूरत है ताकि उसकी प्रासंगिकता तथा उपयोगिता को जांचा जा सके। योग्यता के प्रतिरूप का प्रालेख विकसित करने के पश्चात उद्योग के विशेषज्ञों को प्रस्तुत किया गया, जिन्हें संस्था ने किराये पर लिया था, ताकि उनसे और ज्यादा विशिष्ट शब्दावली और शब्द कोष की जानकारी इकट्ठी की जा सके।

इसकी जानकारी एच आर गुट तथा विभागीय प्रबंधकों को मुहैया कराई गई, ताकि इसका इस्तेमाल भी कर्मचारियों का कृत्रिम आंकलन करने में उपयोग करें तथा यह निर्धारित करे कि उनके व्यवहार परिभाषित नमूने के यथोचित है। इस नमूने को बोर्ड आफ डायरेक्टर के आखिरी समीक्षा के लिए प्रस्तुत किया गया।

उपर दिए गये योग्यता के प्रतिरूप की सहायता से यह पहचानना कि किन किन विशिष्ट तकनीकी कौशल तथा व्यवहारिक गुणवत्ता (योग्यता) की आवश्यकता मुख्य पदों के लिए जिबाबा को सफलता के लिए चाहिए जो कि विकसित हो रहे उद्योग का हिस्सा है । एच आर टीम ने सबसे पहले यह प्रचुरता के प्रतिरूप का इस्तेमाल वर्तमान प्रबंधकों के कार्य संपदा को मापने के लिए किया और उसके मुनासिब प्रशिक्षण परियोजना तथा कार्यक्रम तैयार किये ताकि मौजूदा प्रबंधकों को आगे आने वाले जरूरत के मुताबिक मुख्य पदों के लिए तैयार किया जा सके ।

एक साल के पश्चात, जब जिबाबा की एच आर गुट ने पूरा प्रचुरता के प्रतिरूप को लागू किया, उससे श्रेष्ठ संभावित उम्मीदवारों को प्रत्यक्ष रूप से समझ आया कि मुख्य पदों के लिए क्या क्या योग्यताओ की जरूरत है और इन पदों के कार्य क्षेत्र में क्या क्या आता है । एच आर गुट इस तरह उन प्रबंधको के लिए एक परिभाषित तरक्की का प्रतिरूप तैयार कर सका । इस प्रर्तिरूप की मदद से संस्था के अनुरूप दर्जे तथा उम्मीद के मुताबिक विभिन्न पदो को निर्धारित कर सके और यह विभिन्न विभागों तथा देशों के लिए उपयुक्त हो सके ।

संरचित प्रचुरता के प्रतिरूप की वजह से संस्था के अंदर से ही बेहतरीन उम्मीद्वारों को चुनौतिपूर्ण पदों के लिए आरक्षित करने में मदद मिली। सीखने के सुअवसर कर्मचारियों को मुहैया कराये जा सके है ताकि वह कर्मचारी संस्था में ही में अपने व्यवसाय में तरक्की कर सके ।

आपको किन चीजों पर काम करना होगा:

१. क्या जिबाबा को सही माने में प्रचुरता के प्रतिरूप बनाने की आवश्यकता है? उचित सिद्ध करें ।

२. जिबाबा की टीम ने कैसे इस प्रचुरता के प्रतिरूप को मुख्य पदों के लिए तैयार किया?

३. प्रचुरता के प्रतिरूप को बनाने से, क्या फायदा व्युत्पत हुआ?

४

मुआवज़ा और लाभ

[कम्पनसेशन और बेनिफिट्स]

बहुत पहले जब मैं भी एक युवा कार्यकारी था, उत्सुकता से मेरे बॉस ने मुआवजे पर मेरे विचारों के बारे में पूछा।

मैंने जवाब दिया, ''प्रथमतः मुआवजा ऐसा होना चाहिए जिसमें एक कर्मचारी के लिए गुंजाइश हो कि 'वह कम खर्च करें, थोड़ा बचाएं और यह प्रक्रिया लम्बे समय तक चलायें।' दूसरे, मुआवजे में कर्मचारी के योगदान करने के हिसाब से पूर्ण अनुपात में वृद्धि करनी चाहिए।''

उसने मुझे विस्तृत जानकीरी देने को कहा और मैंने कहा, कि ''मुआवजा ऐसा हो कि कर्मचारी अपनी बुनियादी जरूरतों को पूरा कर सके है, और भविष्य के लिए भी एक छोटी सी रकम एक तरफ रख सके और फिर भी वो अधिक कमाई के लिए काम करे। जबकि बुनियादी जरूरतों की पूर्ति और बचत उसे संतुष्ट रखेगी तथापि अधिक कमाने की आवश्यकता का क्रम जैसे अधिक लाभ, बेहतर प्रोत्साहन एवं पदोन्नति उस को बेहतर कार्य निष्पादने के लिए प्रोत्साहित करेगी आदि। परन्तु यह कारगर सिद्ध हो इसके लिए आवश्यक है कि एक कर्मचारी को उस के योगदान के लिए मुआवजा सीधे और सही अनुपात में मिले।

> अच्छा मुआवजा और लाभ एक संगठन में नियोक्ता मूल्य प्रस्ताव को बढाता है। कर्मचारीयोंको मुआवजा और लाभ देने की पेशकश का प्रतिभा अधिग्रहण और प्रतिधारण के बीच एक सीधा संबंध है।

क्षतिपूर्ति को परिभाषित करना

एक कर्मचारी उसके अपने कौशल और समय के उपयोग के द्वारा संगठन के विकास के लिए योगदान देता है। मुआवजे मे न केवल वेतन शामिल है, बल्कि प्रत्यक्ष और अप्रत्यक्ष रूप से पुरस्कार और लाभ शामिल है, जो उनके एक कर्मचारी को उसके योगदान के लिए संगठन द्वारा दिया गया है। यह संगठन द्वारा इस्तेमाल के लिए होनेवाला एक उपकरण है जिसके द्वारा मूल्यों का पोषण, संस्कृति (प्रशिक्षण एवं

अनुभव), व्यवहार/आचरण का विकास हो सके। यह संस्था / संगठन के लियें एक प्रकार का उपकरण है जो उसके लक्ष्योंको हासिल करने में समुचित साधन मुहैया कराता है।

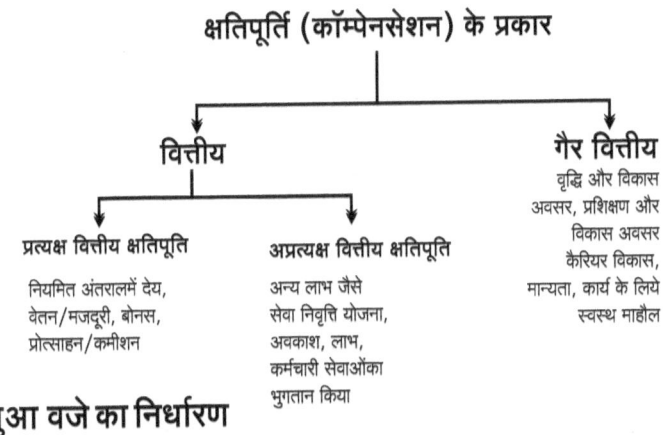

क्षतिपूर्ति (कॉम्पेनसेशन) के प्रकार

वित्तीय

प्रत्यक्ष वित्तीय क्षतिपूर्ति

नियमित अंतरालमें देय, वेतन/मजदूरी, बोनस, प्रोत्साहन/कमीशन

अप्रत्यक्ष वित्तीय क्षतिपूर्ति

अन्य लाभ जैसे सेवा निवृत्ति योजना, अवकाश, लाभ, कर्मचारी सेवाओंका भुगतान किया

गैर वित्तीय

वृद्धि और विकास अवसर, प्रशिक्षण और विकास अवसर कैरियर विकास, मान्यता, कार्य के लिये स्वस्थ माहौल

मुआ वजे का निर्धारण

जबकि मुआवजे का निर्धारण करे, संगठन को याद रखना चाहिए कि उनका सबसे अच्छा निवेश उनके लोग हैं। संस्था के सफल परिणाम   लोगों में उनके निवेश के सीधे समानुपाती होता हैं

आदर्श रूप में संगठनों को क्षति पूर्ति और पुरस्कार कार्यक्रम के लिए न्यायसंगत प्रक्रिया, रूपरेखा निर्धारण हेतु विकसित करना चाहिए। मजदूरी, लाभ, और पुरस्कार का संयोजन सही संतुलन में आज एक प्रतिस्पर्धा में बढ़त और कल के लिए एक धारणीय रणनीति को सुनिश्चित करेगा। आप को एक एच आर प्रबंधक के रूप में निम्नलिखित स्थिति में क्षतिपूर्ति का निर्धारण करना होगा:

- नई नियुक्ति
- अपेक्षित बढ़ेतरी के लिए मौजूदा कर्मचारी(वार्षिक वेतन वृद्धि)
- एक कर्मचारी को एक नई भूमिका अदा करना
- बहुमूल्य प्रतिभा जो शायद क्षतिपूर्ति की संभावना अनिश्चितता के चलते छोड़ रहा है
- बाजार की स्थितियां
- क्रिटिकल / दुर्लभ कौशल या विशेषज्ञता

मुआवजे का निर्धारण करते समय, यह सुनिश्चित करें कि आपका सन्निकर्ष/प्रस्ताव आप के संगठन के तत्व विचार (फिलोसोफी) से मार्गदर्शित है और अनुरूपता से लागू किया जाता है । सुनिश्चित करें कि स्थापित सिद्धांतों/दिशानिर्देशों का पालन करे। इस से आपको इष्टतम मुआवजा संरचना पर पहुंचने हेतु संगठनात्मक आवश्यकताओं और वैयक्तिक विचारों के बीच समीक्षात्मक/महत्वपूर्ण संतुलन बनाये रखने में मदद मिलेगी।

मूल वेतन का निर्धारण कैसे करना – दृष्टिकोण और तकनीक

मूल वेतन कर्तव्यों और उनकी भूमिका में उत्तरदायित्व के प्रदर्शन के बदले में कर्मचारी के लिए किया गया एक तय नियमित भुगतान है ।

मूल वेतन = आधारभूत + भत्तें

आप कैसे तय करेंगे कि मूल वेतन आप के मुआवजे के तत्त्व विचार (कॉम्पेनसेशन फिलोसोफी) पर संपूर्ण रूप से आश्रित है । याद रखें आप की पहुंच का परिणाम होना चाहिए एक ओर तो आप का संगठन बाजार में अपनी प्रतिस्पर्धा बनाये रखे दूसरी ओर उसकी साख, विश्वसनीयता, एवं निरन्तरता सदैव कायम रहे । मूल वेतन निर्धारण हेतु एक एच.आर. प्रबंधक को निम्न घटको पर कार्य करने की आवश्यकता है।

मूल वेतन एक निश्चित, नियमित भुगतान है जो निर्वहन के बदले दिया जाता है।१) संगठन में पद की भूमिका २) सौंपे गये कार्यों की जटिलताएं एवं जिम्मेदारियां ३) बाजार और व्यक्ति समूह के आंकडे ।

वेतन वृद्धि

वृद्धि मूल वेतन में किया जाता है जब वेतन वृद्धि होती हैं । वेतन वृद्धि का निर्धारण करने के लिये कई कारण और तरीके है।

जीवन यापन खर्चों में वृद्धि

जीवन यापन के खर्चों में वृद्धि होने के कारण यह बढ़ोतरी की जाती है। यह निष्पादन की परवाह किए बिना एक निर्धारित प्रतिशत (परसेन्टेज में) वेतन के पैमाने पर प्रत्येक भूमिका के मूल वेतन मे वृद्धि के उद्देश से की जाती है। यह वृद्धि आम तौर पर सालाना स्तर पर होती हैं, तथा सभी मौजूदा कर्मचारियों को दी जाती है। यह संगठन की समग्र वित्तीय स्थिरता पर निर्भर है। छोटे संगठनों के बीच नया चलन है कि प्रस्ताव से जीवन यापन लागत में बढोतरी को बाजार समायोजन (मार्केट एड्जस्टमेंन्ट) की आडमे टालने का कार्य करते है।

पूर्व स्थापित मानदंडों के विरुद्ध मुआवजे की समीक्षा करने के बाद बाजार समायोजन!

मुआवजे पर बाजार सर्वेक्षण आंकडों के आधार पर बाजार समायोजन बनाये जाते हैं। यह डाटा आमतौर पर कथित हैं कि या तो वित्तीय या कैलेंडर ईयर के अंत में प्राप्त होता है और इसका मूल्यांकन किया जाता है। संगठन अपने बाजार डाटा के विरुद्ध वेतन का मूल्यांकन और भूमिकाओं पर आधारित वेतन समायोजित करते हैं जो बाजार डाटा से नीचे हैं। इसके विपरीत, अगर पोजीशन की तुलना में बाजार डाटा से अधिक वेतन दिया है, तो कुछ एक कंपनियाँ इस बारे में कर्मचारियों को अधिसूचित कर उन्हें वेतन वृद्धि मुहैया नहीं करते। तथा उन, कर्मचारियों के आगे 'रेड गोला' लगा दिया जाता है, (वेतन वृद्धि के लिए अर्हता प्राप्त करने में असमर्थ जब तक उनके वेतन बाजार के हिसाब से इन लाइन तुलनात्मक हों)।

तरक्की संबंधी वृद्धि (प्रमोशनल इन्क्रीज)

पदोन्नति एक कर्मचारी की उन्नति है जो उसकी मौजूदा स्थिति से उच्च स्तर का उत्तरदायित्व है। पदोन्नति साधारणतया कार्यक्षमता और अवसरों की उपलब्धता के आधार पर की जाते हैं। आम तौर पर, प्रदर्शन का मूल्यांकन करके पदोन्नति की घोषणा एक वर्ष में एक बार होती है।

योग्यता की वृद्धि (मेरिट इन्क्रीज)

जैसा कि नाम से पता चलता है, कर्मचारी के गुण योग्यता के योगदान से उसकी पहचान को बढ़ाता है और उन्हें एक उच्च स्तर के प्रदर्शन के लिए मुआवजा देता है। कर्य निष्पादन एक योग्यता वृद्धि में मुख्य्य कारक होता है।

बोनस भुगतान

एक बोनस का भुगतान निर्दिष्ट मजदूरी या वेतन के अलावा किया जाता है और यह केवल संगठन की भुगतान क्षमता या रोजगार अनुबंध के अनुसार वितरित किया जाता हैं। यह कर्मचारी को बेहतर बनाने में, प्रेरणा, नैतिक और उत्पादकता में उसकी मदद करता है या हो सकता है कर्मचारियों को महत्वपूर्ण लक्ष्य को हासिल करने के लिए मान्यता के रूप में भुगतान किया।

ज्यादातर कंपनियों में कर्मचारियों को(जिन्होने संगठन के साथ एक साल से भी अधिक पूरा कर लिया है) कर्य निष्पादन के मूल्यांकन वर्ष की समाप्ति पर एक बोनस का भुगतान किया गया। नीले कॉलर कर्मकार के लिए, अर्धकुशल और मजदूर कामगारों को आम तौर पर बोनस त्योहार के महीने में भुगतान किया जाता है (दीवाली / दुर्गा पूजा)।

प्रोत्साहन की योजनायें (इन्सेन्टिव प्लान)

वे कर्मचारियों को, सुधार प्रतिबद्धता और उत्तम कर्य निष्पादन के लिए पुरस्कृत करती है और प्रेरणा का ज़रिया है। वे मूल वेतन के पूरक और मामूली लाभ के लिए डिजाइन किया जाता हैं। वित्तीय प्रोत्साहन योजनाओं के आधार पर वेतन या नकद बोनस का एक प्रतिशत प्रस्ताव प्रदान करती हैं। गैर वित्तीय प्रोत्साहन की योजना ऐसे अतिरिक्त भुगतान के साथ छुट्टियाँ, पेशेवर विकास की वृद्धि जैसे गैर वित्तीय लाभों की पेशकश करते है (शिक्षा प्रयोजन आदि)।

संचार (कम्यूनिकेशन)

कर्मचारियों से उनके मुआवजे के विषय में प्रभावी संवाद की आवश्यकता को नगण्य रूप से नहीं लिया जा सकता है। कर्मचारी जो मुआवजा योजना और इसका मूल्य समझते हैं, आश्वस्त हो सकते हैं कि उन्हें निष्पक्ष रूप से मुआवजा दिया जा रहा है अंततः इसका परिणाम वृहत्तर अभिप्रेरणा और स्थायीत्व होगा। (कॉस्ट टू कंम्पनी – CTC)

इस संचार का मूल बिंदु उनके मुआवजा योजना के 'मूल्य' से उन्हें अवगत कराता है। मुआवजे के बारे में कर्मचारियों के साथ संवाद स्थापित कर संस्था की एच आर रणनीति के साथ संरेखित होना चाहिए और इसमें प्रबंधन का समर्थन होना चाहिए।

पारदर्शिता का एक उच्च स्तर, संगठनके लिये एक प्लस पॉइन्ट है जो, वास्तव में संस्था की संस्कृति पर निर्भर करेगा। संचारण द्वारा उनके वेतन के बारे में, जॉब ग्रेड / स्तर, उनका वेतन उनसे संबंधित नौकरी ग्रेड / स्तर के हिसाब से हो, प्रगति वरिष्ठता या प्रदर्शन के आधार पर, और वार्षिक वेतन समायोजन (अगर कोई है) कर्मचारियों को इस बारे में सलाह, जानकारी देते रहना चाहिए।

संचार के लिए प्रारूपों की विभिन्न किस्म का इस्तेमाल किया जा सकता है। मुद्रित सामग्री जैसे बयान, पुस्तिकाएं, पत्र, समाचार पत्र, और मेमो कर्मचारियों को बाद में सामग्री को संदर्भित करने की अनुमति देते हैं। रू–रूबरू बैठकों के माध्यम से बातचीत, कार्यशालाओं और जारी समर्थन व्यक्तिगत सवालों और मुद्दों को तुरंत संबोधित करने की अनुमति देता है। याद रखें, यह सुनिश्चित करना महत्वपूर्ण है कि अपने कर्मचारियों को उनके मुआवजा योजनाओं / संरचना के बारे में यह जानकारी दे और यह उन्हें स्पष्ट और संक्षिप्त भाषा में उपलब्ध कराया जाये। इसके आंतरिक उपयोग के अलावा, संप्रेषण मुआवजा योजना से बाह्य संभावित कर्मचारियों को आकर्षित करने में मदद मिलती हैं (जैसे. इंजीनियरिंग में पूर्व प्लेसमेंट वार्ता /प्रबंधन संस्थान)।

मुआवजा और लाभ के फायदे:

१.नियोक्ता मूल्य प्रस्ताव: एक अच्छी तरह से तैयार मुआवजा और लाभ की रणनीति से मूल्य को बढ़ा कर नियोक्ता मूल्य प्रस्ताव को आकर्षित, प्रेरित और प्रतिभा को बनाए रखने में मदद कर रहा हैं। यह कर्मचारी मूल्य प्रस्ताव में भी वृद्धि करेंगे जिसके तहत कर्मचारी अपने काम के माध्यम से संगठन में बेहतर मूल्य जोड़ देगा।

२. नौकरी से संतुष्टि (जॉब सेटिसफेक्शन): अगर आपने कर्मचारियों को संतुष्ट रखा हैं तो वे आपके लिए मन लगा कर काम करना पसंद करेंगे और जब भी आपको आवश्यकता होगी उसमें थोड़ा अतिरिक्त समय डालकर आपके लिए काम करेंगे।

३. अभिप्रेरणा (मोटिवेशन): हम सभी हमारी जरूरतों की पूर्ति से अभिप्रेरित हैं। एक मुआवजा योजना जो कर्मचारी की जरूरतों को पूरा करे उससे उन्हें प्रोत्साहन मिलता है, इच्छित परिणाम की ओर दीर्घकालिक कर्मचारी संलग्नता में योगदान देने के लिए।

४. निम्न अनुपस्थिति (लोएबसेन्टिज्म): अगर कर्मचारी अपने किये काम से प्यार करता है और मुआवजे से संतुष्ट हैं, वहाँ निम्न अनुपस्थिति होना स्वाभाविक है।

५. कम विक्रय राशि (लो टर्न ओवर): कहने की जरूरत नहीं, ठोस सिद्धान्तों पर आधारित मुआवजा और लाभ कर्मचारियों के स्थायित्व की सर्वोत्तम नीतियों में से एक है जो एक संगठन अपना सके।

६. मन की शांति (पीस ऑफ माइन्ड): आपकी प्रतिपूर्ति और लाभों की योजना कर्मचारियों के लिए एक आश्वासन का काम करता है और उन्हें असुरक्षा से राहत

मिलती है, इसलिए वह मन मे शांति रखकर काम करेंगे और अपने लक्ष्यों को प्राप्त कर सकेंगें।

७. आत्मविश्वास में वृद्धि (इनक्रीसेज सेल्फ कोन्फीडेन्स): एक अच्छा मुआवजा और लाभ की योजना कर्मचारी का आत्मविश्वास बढ़ा देता है और ये मनोदृष्टि उनके चित्त में बैठ जाती है कि--हम कर सकते है।

कर्मचारियों को पुरस्कृत करना

स्वाति की कंपनी एक दिन के कार्यक्रम के लिए एक एंकर ढूँढ रही थी। जब उन्हे कोई नहीं मिला, तो स्वाति ने स्वयं सेवक की भाँती वो अच्छा काम किया और उसके मालिक ने तुरंत उसके लिए एक नकद इनाम की घोषणा कर दी। वह हैरान और मायूस थी। उसे लगा कि उसके लिए प्रशंसा का एक सरल शब्द ही पर्याप्त होता। नकद इनाम से उसने ऐसा महसूस किया कि प्रबंधन ने सोचा है कि उसने इनाम की उम्मीद के साथ स्वयं को इस काम के लिये समर्पित कि या था।

सुहास, एक सॉफ्टवेयर कंपनी के साथ जुड़ा एक वफादार कर्मचारी था वह आश्चर्यचकित था, जब उसे उसकी १० साल की सेवा का पुरस्कार पैकेज उसे नकद के तौर पर पेश किया गया। हालांकि, थोड़े अतिरिक्त पैसे से वह वह बहुत कुछ कर सकता था, पर तथ्य यह है कि उसके नियोक्ता ने उसके जीवन के दस साल की मेहनत पर एक कीमत क्र मूल्य लगा दिया था, जिससे उसे बहुत चोट पहुँची थी।

आपको समझना होगा कि एक कर्मचारी के लिए, इनाम एक सम्मान की बात होती है। एक कर्मचारी को सम्मानित करने की भावना एच आर की नीति में प्रतिबिंबित होना चाहिए। कैसे एक कर्मचारी को पुरस्कृत किया और जिस तरह से उन्हें संचारित करेगें, इनाम के बारे में उनकी/उनके दृष्टिकोण को बहुत लम्बे समय तक निर्धारित करता है।

यद्यपि यह एक आम धारणा है कि कर्मचारी नकद में पुरस्कृत होना चाहते हैं या अधिकांश पैसे से अभिप्रेरित हैं, अनुसंधान दिखाता है कि यह मान्यता बहुत ही कम कारगर रूप में है। कर्मचारी क्यों अपमानित, भ्रमित या यहाँ तक कि ठेस महसूस करते हैं, जब नकद या पैसे को इनाम के रूप में उन्हें दिया जाता है?
जवाब है, जैसे कि, आप अपने दोस्त से पूछ रहे है कि वह अपने जन्मदिन के लिए क्या चाहता है! इसका अर्थ होता है कि आप नहीं जानते और आप इच्छा से नहीं बल्कि कर्तव्य निभाने के लिए उपहार खरीद रहे हैं। तो वैसा ही कर्मचारियों के लिए भी होता है। अगर उन्हें परोक्ष संकेत भी मिलता है कि आप उन्हें मुद्रा पुरस्कार प्रदान कर उनके साथ चतुराई कर रहे हैं तो यह बात उनके मन को ठेस पहुंचायेगी और वे भावनात्मक रूप से अस्वस्थ होंगे और वे इससे अपने आप को अपमानित भी महसूस कर सकते हैं।

यह आपको एहसास होना चाहिए कि एक कर्मचारी के लिए, इनाम एक सम्मान की बात है। सम्मान कर्मचारी को दिए गए पुरस्कार में और एच आर नीतियों में भी अच्छी तरह से परिलक्षित (रिफ्लेक्ट) होना चाहिए। कैसे एक कर्मचारी को पुरस्कृत किया और जिस तरह से उन्हें संचारित करेगें, उनकी/उनके इनाम के बारे में ग्रहणबोध को बहुत लम्बे समय तक निर्धारित करता है।

किर्लोस्कर ऑयल इंजन का उदाहरण इस संबंध में अति प्रभावशाली है। उनके पास है एक बेहद शानदार पुरस्कार की नीति कर्मचारियों के लिए ऊपर के स्तर से मध्य प्रबंधन स्तर तक यानी, एजीएम, जीएम, वाइस प्रेसिडेंट और इससे ऊपर भी। उन्हें पुरस्कार की घोषणा वाले दिन उनसे यह कहा जाता है कि उन्हें नियमित रूप से दिये गये लाभों के अतिरिक्त उन्हे दिन के अंत में एक बहुत बड़ा सरप्राइज दिया जायेगा। उन्हे क्या मिलेगा, इससे कर्मचारियों के मन में एक उत्सुकता पैदा होती है।

जब वो कर्मचारी घर के लिए निकलता है तो उसके हाथ में एक चाभी थमा दी जाती है। ये चाभी एक काली गाड़ी की होती है जो कि संस्था अपने कर्मचारी को तोहफे के

रूप में दी है। इससे कर्मचारी बिलकुल आश्चर्यचकित रह जाता है। संस्था अपने उच्च कर्मचारियों को काले रंग की गाड़ी मुहैया कराती है जो एक प्रकार का औपचारिक नियम है। कर्मचारियों के बीच समानता बनाने की एक कोशिश है । कर्मचारियों को कार तोहफे में देना, ऊपर से काली गाड़ी देना, एक तरीके का कर्मचारियों के लिए संदेश है कि वो भी उस मुकाम पर पहुँच चुके है। वो कर्मचारी अब एक खास तथा मूल्यवान वरिष्ठ प्रबंधन के समूह का हिस्सा है । कौन सा तोहफा दिया जाय इस बारे में संस्था में बड़ी बारीकी से विचार किया गया है ।

अप भी ये अन्दाजा लगायें कि इसका क्या प्रभाव कंपनी के नियोक्ता मूल्य प्रस्ताव पर पड़ा होगा?

मान्यता/पहचान प्रबंधन का शक्तिशाली उपकरण है और संगठनों और कर्मचारियों के लाभ के लिए इसका अच्छी तरह से इस्तेमाल किया जाना चाहिए । यह केवल ईमानदार भावनात्मक रूपसे जाननेके प्रयास के माध्यम से जो कि अपने वित्तीय / गैर–वित्तीय पुरस्कार आपको एक नपा तुला, विनियोजनीय, आरओआई (ROI) देने में मदद करेगा ।

यहाँ, मैं जॉन शेफ़र के द्वारा चार आधारशिला के दृष्टिकोण की अनुशंसा करना चाहूँगी:

१. संचार (कम्यूनिकेशन): लोगों को पहचान कैसे देना है यह जानने की आवश्यकता है बजाय इसके कि सिर्फ उन्हें पुरस्कार दिया जाय ।

२. प्रशिक्षण (ट्रेनिंग): ''कैसे करना है'' इस पर ध्यान केंद्रित करें और यह समग्र प्रदर्शन में सुधार के लिए महत्वपूर्ण है । पहचान हेतु देय प्रभावी प्रशिक्षण आप के सर्वोत्तम इरादों को 'हड्डी के समान फेंके जाने योग्य' समझने से बचाता है ।

३. सुदृढीकरण (रिनफोर्समेन्ट): एक स्तर पर पहचान, यह घटना नहीं है, यह एक प्रक्रिया है। कर्मचारियों को व्यापार के लक्ष्यों को प्राप्त करने की ''चाहत'' होनी चाहिए, लेकिन भावनात्मक वचनबद्धता को कैसे हासिल किया जाये? यह प्रामाणिकता से किया जा सकता है। कर्मचारियों को महत्वपूर्ण महसूस कराये तथा उनकी सराहना करे, जब वे अतिरिक्त काम करते हैं।

४. मापना (मेजरमेन्ट): आपने प्रसिद्ध कहावत तो सुनी ही होगी कि ''जो चीजें मापी जाती है वो सुधार करने के लिए।'' कहने का तात्पर्य यह है कि सुधारने के लिए उसे मापना एक प्रवृत्ति हैं। प्रदर्शन को माप कर उजागर करना चाहिए। अच्छे प्रदर्शन को अवश्य पहचान देनी चाहिए।[1]

मान्यता/पहचान का सही तरीका है बजटीय खर्चे को लाभ में बदल कर एक अवसर प्रस्तुत करना है। यह कर्मचारी संलग्नता का एक शानदार तरीका है जो उत्पादकता में सुधार, लाभ में बढ़त, परिष्कृत, मनोबल एवं टीम वर्क और ज्यादा टर्न ओवर, भर्ती और सुरक्षा से संबंधित खर्चों में में कटौती जैसे परिणाम ला सकते हैं।

निष्पादन प्रबंधन प्रणाली (पीएमएस) [परफोरमेन्स मेनेजमेन्ट सिस्टम]

यह एक प्रक्रिया है जो को प्रतिभा का (व्यक्तिगत और टीमों) प्रभावी प्रबंधन करने मे योगदान देता है इस प्रकार कर्मचारी और संगठनात्मक प्रदर्शन में सुधार और विकास के उच्च स्तरों को प्राप्त करता है।

निष्पादन प्रबंधन प्रणाली क्यों?

जैसा कि हमने देखा, प्रतिभा प्रबंधन संगठन के रणनीतिक लक्ष्य को प्राप्त करने की एक सतत प्रक्रिया है। जबकि प्रतिभा प्रबंधन कौशल को काम में लाना, और उपलब्ध प्रतिभा के ज्ञान को नियंत्रित प्रयोग में लाना है वहीं, प्रदर्शन प्रबंधन की एक प्रक्रिया

Source: (1) www.schaeferrecognitiongroup.com

है, इसको निरिक्षण एवं नियंत्रित करने, मापने और सामरिक लक्ष्यों के खिलाफ प्रदर्शन का मूल्यांकन करना है।

एक निष्पादन प्रबंधन प्रणाली विकसित करने के लिए दिशा निर्देश / रूपरेखा

निष्पादन प्रबंधन एक कर्मचारी के लिए एक वार्षिक समीक्षा करने के लिए उससे बढ़ कर भी आगे चला जाता है। उसके बारे में लगातार कर्मचारी के साथ मिलकर उनकी ताकत और विकास के क्षेत्रों को पहचान कर और उनकी मदद करते है, और अधिक उत्पादक और प्रभावी कामगार बनाने के लिए काम कर रहे है। एक एच आर प्रबंधक को पता होना चाहिए कि किस तरह विकसित करे/प्रभावी रूप से लागू करे निष्पादन प्रबंधन प्रणाली को जिससे कि संस्था में वो सभी की मदद कर सके ताकि संस्था में प्रत्येक व्यक्ति अपनी पूरी क्षमता के साथ काम करे।

१. शुरू से करते हैं निष्पादन मूल्यांकन प्रक्रिया का आकलन द्वारा जो कि वर्तमान समय में फिलहाल अपनी जगह पर है। फीडबैक के प्रारूप का विश्लेषण करिये कर्मचारियों के माध्यम से जो इस प्रक्रिया का उपार्जन कर रहे है। क्या उसे बदलने की जरूरत है या उसमें संयोजन कर मूल्यांकन करने की प्रक्रिया करें? या जो आपके पास पहले से है क्या उस पर निर्माण करना पर्याप्त होगा? या वहाँ पूरी तरह से एक नई प्रणाली विकसित करने की आवश्यकता है।

२. संगठनात्मक लक्ष्य स्पष्ट रूप से पहचानें। एक प्रदर्शन प्रबंधन प्रणाली कर्मचारियों की मदद कर संगठनात्मक लक्ष्य को हासिल करने के लिए अभिकल्पित की जानी चाहिए, इसलिए देखें कि नैतिक दृष्टि से ये लक्ष्य क्या है? इस प्रक्रिया में लक्ष्यों की पहचान की प्रक्रिया में समझदारी यह होगी कि अपनी बिक्री के लक्ष्यों का इस्तेमाल बंद करके, साथ ही साथ नए उत्पादों / सेवाओं को जो आप विकसित करना चाहेंगे उन्हे नियत कर दें। प्रक्रियाओं को पहचाने या प्रक्रियाओं को

सरलीकृत करे ताकि उसे अधिक प्रभावपूर्ण ढंग से किया जा सके। विभाग और स्टाफ के सदस्यों के बीच बेहतर संचार के लिए आपकी अपेक्षा को साझा करें।

३. संगठन की अपेक्षाओं के लिए प्रत्येक कर्मचारी से स्पष्ट रूप से संवाद करें। उनके प्रदर्शन को स्वीकार करें। यह उन्हें और प्रोत्साहित करेंगा। आपको भी साझा करने की जरूरत है ''सुधार हेतु क्षेत्र'' कौनसा है और कैसे उनका सुधार होगा। उन विशिष्ट लक्ष्यों की ओर इशारा करे जिन्हें आप सम्पादित करना चाहते हैं। इन्हें प्राथमिकता दें ताकि कर्मचारी इससे वाकिफ हो कि इस सूची में शीर्षस्थ क्या है और प्रत्येक लक्ष्य के लिए क्या समय सीमा तय की गयी है। उसके बाद आता है पूरे साल भर उनके प्रदर्शन की निगरानी का काम। यदि वे प्रदर्शन को पूरा करने के लिए संघर्ष करते दिखाई देते हैं, तो यह समझने के लिए उन से बात करो कि क्या समस्या है और देखो अगर उन्हें समर्थन या कोचिंग की आवश्यकता है।

४. परफॉर्मेंस का आकलन करें। प्रत्येक नियमित आवधि में औपचारिक प्रदर्शन की समीक्षा के दौरान, कर्मचारियों को पता करावें कि वे कैसा काम कर रहे हैं। उनके प्रदर्शन पर अपनी विशिष्ट प्रतिक्रिया दें। उन लोगों को पता हैं कि वे कहां खड़े हैं। उन्हें यह भी जानकारी करावें कि उन लोगों के उत्तमतासूचक प्रदर्शन को बढ़ावा मिलेगा और खराब प्रदर्शन पर दंड दिया जायेगा। पता लगाएं, यदि किसी की भी शिकायतों या समस्याओं को संबोधित करने की जरूरत है।

विशेष तया संगठनों में, औपचारिक प्रदर्शन की समीक्षा एक वर्ष में दो बार होती है– मध्याह्न वर्ष की समीक्षा और वार्षिक वर्ष की समीक्षा के (वर्ष के अंत में)। हालांकि, यह भूमिका और नौकरी धारक की जरूरत पर निर्भर करता है – अनौपचारिक समीक्षा को एक सतत प्रक्रिया के रूप में अधिक बार किया जा सकता है।

लोगों के हितैषी प्रबंधक की चेकलिस्ट –

• सुनिश्चित करें कि कर्मचारियों को स्पष्ट रूप से लक्ष्यों और उद्देश्यों को परिभाषित किया है।

- व्यक्तिगत प्रदर्शन पर स्पष्टवादी प्रतिक्रिया प्रदान करना
- उद्देश्यों की प्राप्ती हेतु अवधि निर्दिष्ट करें।
- प्रभावी व्यक्तिगत प्रदर्शन के लिए सही दृष्टिकोण, ज्ञान और कौशल को परिभाषित करें।
- प्रशिक्षण द्वारा कर्मचारी के लिए एक शिक्षा और विकास की योजना का निर्धारण करें।
- उपयुक्त समय पर मूल्यांकन और कर्मचारी के प्रदर्शन का निष्पक्ष आँकलन आरंभ करें।
- प्रदर्शन प्रबंधन के माध्यम से घाटे को पहचानें, उन्हें कर्मचारी के ध्यान में लावें और प्रशिक्षण के जरिये उन्हें संबोधित करें और कार्यस्थल पर समर्थन देवें; तथा
- कार्य निष्पादन की समीक्षा के दौरान कर्मचारी के साथ सभी सहभागिताओं (इंटरएक्शन) के दस्तावेज़ तैयार करें।

प्रदर्शन प्रबंधन चक्र (परफोरमेन्स मेनेजमेन्ट सायकल)

यह कि वार्षिक कार्य करने की योग्यता की समीक्षा बैठक की तुलना में प्रदर्शन प्रबंधन की सीमा बहुत ज्यादा है। प्रदर्शन प्रबंधन तीन चरणों की सतत प्रक्रिया है:

१. नियोजन (प्लानिंग),

२. निगरानी (मोनिटरिंग) और

३. कर्मचारी प्रदर्शन की समीक्षा (रिव्यू एम्पलोयी परफोरमेंस)।

आइये समझते हैं प्रत्येक अवस्था में क्या होता है।[(2)]

Source: (2)http://hrcouncil.ca/hr-toolkit/keeping-people-performance-management.cfm

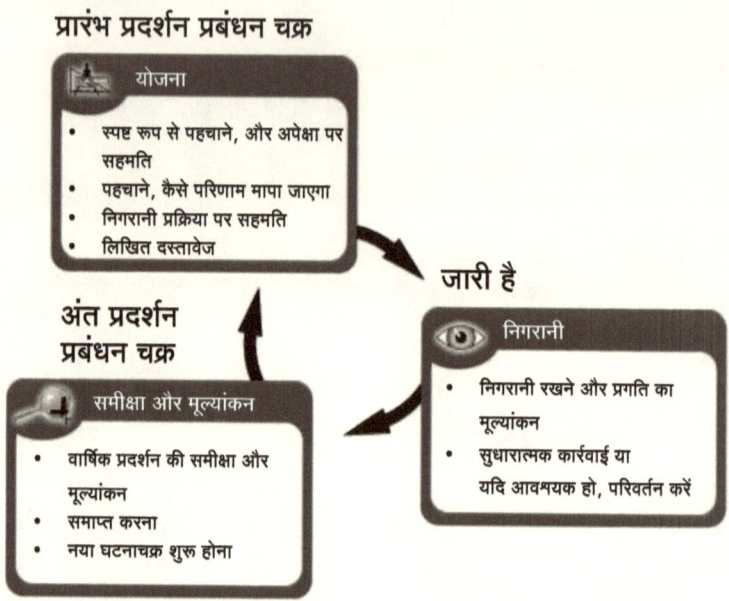

चरण १ – योजना (प्लानिंग)

पहले चरण में एक संयुक्त रूप से दोनों का, प्रबंधकों और कर्मचारियों का प्रयास शामिल है, जो इस चरण में दिया है:

- समीक्षा के द्वारा विशेष रूप से कर्मचारी के कार्य (जॉब) का विवरण निर्धारित करने के लिए अगर यह प्रतिबिंबित है कि कर्मचारी वर्तमान में क्या कर रहा है। इस दशा में नई / अतिरिक्त जिम्मेदारियों या नौकरी बदलने, नौकरी का विवरण में अंकित किया जाता है।

- एक बार नौकरी के विवरण का अंतिम निर्णय ले लिया जाता है, तो कर्मचारी की कार्य योजना की समीक्षा की जाती है और मिलान किया जाता है कि वह संस्था के लक्ष्यों और उद्देश्यों के लिए कार्यसम्पादन करता है।

- एक काम की समयरेखा में प्रदर्शन का मूल्यांकन करने के साथ–साथ वितरणयोग्य, अपेक्षित परिणाम की योजना का समावेश कर अंतिम रूप दिया जाता है।

- अगले, तीन या पांच क्षेत्रों के बीच को पहचाना जायेगा जो प्रमुख उद्देश्यों के लिए होगा (लक्ष्य पत्र / मुख्य निष्पादन संकेतक – केपीआई) जो कर्मचारी को उस वर्ष में प्राप्त करना होगा जो इन क्षेत्रों से निर्धारित किया जाएगा।

अ. संस्था की रणनीतिक योजना,
ब. एक विशेष क्षेत्र में बेहतर प्रदर्शन करने के लिए कर्मचारियों की आकांक्षाओं, या
क. एक विशेष समय पर नौकरी के एक विशिष्ट पहलू को उजागर करने की जरूरत है।

- कर्मचारी को समझना होगा कि यह विषयाश्रित उनके समग्र सफलता के लिए समालोचना संबंधी हैं। अगर इन समालोचना संबंधी विषयाश्रित को पूरा नहीं किया, तो उनके समग्र प्रदर्शन को असंतोषजनक रूप में मूल्यांकन किया जाएगा।
- प्रशिक्षण और कैरियर के विकास के विषयाश्रित को पहचानें क्योकि जिससे कर्मचारी को अपने कौशल, ज्ञान और योग्यता में सुधार में मदद मिलेगी और जो काम से संबंधित है और दीर्घकालिक पेशेवर योजना का एक हिस्सा हैं।

दोनों, कर्मचारी और प्रबंधक को प्रस्तावित कार्य आँकलन की योजना पर हस्ताक्षर करने की जरूरत है। योजना की एक प्रति अपने रिकॉर्ड के लिए कर्मचारी के साथ होना चाहिए और एक अन्य अपने व्यक्तिगत फ़ाइल / फ़ोल्डर में दर्ज किया जाना चाहिए।

उद्देश्यों और माप निर्धारण (सेटिंग ऑबजेक्टिव एन्ड मेनेजमेन्ट)

प्रबंधकों को सुनिश्र्चित करने की जरूरत है कि प्रदर्शन के उद्देश्यों और मानक या सफलता के सूचक प्रतिनिधि, कर्तव्यों को क्रमबद्ध करें जो कर्मचारी के द्वारा किया जाता हैं, खासकर रोजमर्रा के उन कार्यों को जिन को पूरा करने के लिए उनको समय लगेगा, लेकिन अक्सर नगण्य परिपूर्ति के रूप में अनदेखी कर दिये जाते हैं।

अधिकांश प्रदर्शन प्रबंधन प्रणाली में भारिता (%)(वेटेज) प्रत्येक लक्ष्य और अंतिम मूल्यांकन के लिए एक समग्र दर्ज़ा पैमाने के लिए आवंटित किया है।

यह एक तथ्य है जो आमतौर पर जाना जाता है कि उद्देश्यों को स्मार्ट (SMART) होना चाहिए अर्थात।

विशिष्ट (स्पेसिफिक)
स्पष्ट रूप से उल्लेख करें क्या, कब, कौन और कितना सफलता पूर्वक पूरा किया जा रहा है।

औसत देर्जा (मेजरेबल)
उद्देश्य इतना है कि सवालों के जवाबों का ऑकलन (माप) हो सके कि कितना है, कितनी संख्यामे है? मुझे कैसे पता चलेगा कब यह पूरा होगा? विभिन्न उपायों को यदि संभव हो तो इस्तेमाल किया जाना चाहिए, उदाहरण के लिए, मात्रा, गुणवत्ता, समय सीमा और लागत।

प्राप्य (अटेनेबल)
खुद को विश्वास दिलाएं कि उद्देश्य प्राप्त होने के योग्य हैं।

यथार्थवादी (रियलिस्टिक)
उद्देश्य की जटिलता का स्तर कर्मचारी के कौशल, अनुभव और क्षमता से मेल खाना चाहिए।

समय सीमा (टाइम बाउन्ड)
स्पष्ट रहिये तकरीबन समय सीमा के बारे में जिसमें प्रदर्शन के उद्देश्यों को प्राप्त किया जाना हैं।

चरण २ – निगरानी (मोनिटरिंग)

यह कि सिर्फ योजनाओं का रेखाचित्र बनाना पर्याप्त नहीं है । दैनिक प्रदर्शन की निगरानी का मतलब है प्रबंधकों को कर्मचारियों द्वारा प्राप्त परिणामों, व्यक्तिगत व्यवहार और टीम की गतिशीलता पर ध्यान केन्द्रित करना चाहिए । प्रबंधक के साथ कर्मचारी की नियमित बैठक होनी चाहिए ताकि

- उद्देश्यों की दिशा में प्रगति का मूल्यांकन करें
- बाधाओं को पहचानें और समस्याओं का निवारण करें।
- प्रगति पर प्रतिक्रियाएं साझा करें
- कर्मचारी की नई जिम्मेदारियों के लिए या संगठन की प्राथमिकताओं में परिवर्तन के पहलू को कार्य योजना में आवश्यक परिवर्तन की पहचान
- अवधारित करना कि क्या अतिरिक्त समर्थन अथवा मार्गदर्शन कर्मचारी को दिया जाना है।

निरंतर प्रशिक्षण

प्रशिक्षण प्रदर्शन प्रबंधन की एक आवश्यकता के रूप में यह प्रतिपुष्टि और निष्पादन संबंधी समस्याओं का हल है। प्रशिक्षक, कर्मचारी को दिशा, मार्गदर्शन, और जहाँ कहीं भी समर्थन की आवश्यकता हो वह उसे उपलब्ध कराता है । कर्मचारीयों के प्रशिक्षक क्रम में प्रबंधकों को कर्मचारियों के शक्तियों और कमजोरियों को पहचाना और उन लोगों के साथ काम करके उनकी अपनी शक्तियों का फायदा उठाना और विकास के क्षेत्रों को सुधार के नजदीक लाना है ।

प्रतिपुष्टि उपलब्ध कराना (फीडबेक)

समय पर, विशिष्ट और बारंबार होने वाली प्रतिपुष्टि एक कर्मचारी में सकारात्मक अंतर ला सकता हैं । सकारात्मक प्रतिपुष्टि एक अच्छा काम करने वाले कर्मचारी के मनोबल पर बहुत बड़ा फर्क कर सकता हैं ।

रचनात्मक प्रतिपुष्टि एक क्षेत्र के लिए कर्मचारी को सचेत करता है, जहां प्रदर्शन में सुधार करने की जरूरत है । यह वर्णनात्मक होना चाहिये (उन्हें जातीय भेदक

उदाहरण दे) और कार्रवाई के लिए निर्देशित करे, व्यक्ति को नहीं। यह लोगों को समझने में मदद करता है कि वे किस स्थान पर है जैसे कि अपेक्षित प्रदर्शन के मानकों की तुलना में उनकी स्थिति क्या है।

यद्यपि सकारात्मक प्रतिपुष्टि आसानी से साझा कर सकते है, एक प्रदर्शन के मुद्दे को संबोधित करने के लिए रचना संबंधी प्रतिपुष्टि को उपलब्ध कराना मुश्किल हो सकता है। लेकिन ऐसा करना आवश्यक है, इससे पहले कि यह एक बड़ी समस्या का रूप लेले। यहाँ कुछ रचना संबंधी प्रतिपुष्टि दे रहे है, जिसे करे:

१. संचार के दौरान एक तर्कसंगत दृष्टिकोण हो।
२. व्यक्तिगत होने से बचना चाहिए।
३. उन्हें सहमति लक्ष्यों के बारे और प्रदर्शन के अंतराल में स्पष्टता दे।
४. धैर्यपूर्वक कहानी के दूसरे पक्ष को सुने।
५.वे अपने समाधान के साथ उपलब्ध हों।
६. कार्य योजना को लिखित रूप प्रदान करें।
७. समय समय पर परिणाम की निगरानी। अगर समस्या का समाधान नहीं हो रहा है, तो शब्द–विन्यास द्वारा परिणामों / सुधारात्मक कार्रवाई करें।

चरण ३ – समीक्षा (रिव्यूइंग)

प्रदर्शन मूल्यांकन समीक्षा के लिए एक अवसर प्रदान करता है, तथा सारांशित और समीक्षाधीन अवधि में कर्मचारी के प्रदर्शन पर प्रकाश डालता है।

स्व – आँकलन (सेल्फ असेसमेन्ट) ज्यादातर प्रदर्शन मूल्यांकन का एक महत्वपूर्ण हिस्सा है। यहाँ, एक कर्मचारी प्रदर्शन की योजना और एक मार्गदर्शक के रूप में मूल्यांकन फार्म का प्रयोग कर, और अपने खुद के प्रदर्शन का आकलन वह मूल्यांकन बैठक से पहले करता है।

पिछले वित्त वर्ष में सफलतापूर्वक पूर्ण किये कार्यों की समीक्षा पिछले वर्ष के लक्ष्यों की तुलना में जाती है। अपने मुख्य्य उपलब्धियों और खामियों की पहचान की जाती है। जो कमजोरियों को शिक्षण या प्रशिक्षण की जरूरत है उन्हें विशिष्ट रूप से दर्शाया जाता है।

यदि, प्रतिपुष्टि के साथ वहाँ साझा या रेटिंग में असहमति है, तो प्रबंधक को इसे अपने स्तर पर सुलझाना है अन्यथा कर्मचारी चाहे तो उसे हक है बढ्ने का अपने प्रबंधक से एक कदम आगे N + २ (प्रबंधक का प्रबंधक)। एच आर प्रबंधक के रूप में, आप बारीकी से पूरी प्रक्रिया में शामिल हो कर इन मुद्दो के संतोषजनक समाधान को सुनिश्र्चित करे ताकि नए प्रदर्शन चक्र में शिकायतों को आगे बढ़ाने की जरूरत न हो।

आँकलन फार्म पर दोनों, कर्मचारी और प्रबंधक के हस्ताक्षर होने चाहिए। अंततः यह कर्मचारी के कार्मिक फ़ाइल का हिस्सा बन जाता है।

निष्पादन प्रबंधन एक निरंतर चलने वाली प्रक्रिया है और जो तीसरा चरण पूरा होने के बाद संस्था आगे बढ जाती है और निष्पादन प्रबंधन अपने एक नए या अगले चक्र पर आगे बढ़ जाता है।

एक संस्था के लिए कर्मचारी सर्वाधिक रणनीतिक संसाधन हैं। वे संगठनात्मक लक्ष्यों की प्राप्ति के लिए वो काम में अपने दिल और आत्मा यानी पूरी श्रद्धा से इस दिशा में योगदान करते हैं। इसलिए, कर्मचारियों की पर्याप्त प्रेरणा एवं उत्पादकता को सुनिश्चित करने के लिए आप की क्षतिपूर्ति एवं लाभ की रणनीति उन्हें मुआवजा दें और पुरस्कृत करें।

केसलेट्

क्षतिपूर्ति का मामला

गीता सेल्स और सर्विसेज पूरे भारत में रसोई के उपकरणों की मार्केटिंग और सेल्स व्यापार में थी। गीता सेल्स के दक्षिण विभाग (डिवीजन) में श्री गणेशन १०० सेल्स कर्मचारी वर्ग की एक टीम के प्रबंध के लिए जिम्मेदार प्रबंधक थे। वह हर महीने बिक्री की समीक्षा बैठक को संचालित करते थे। उनका स्वभाव दोस्ताना होने की वजह से उन्हें अपने सभी बिक्री कर्मियों का हमेशा साथ मिलता था। वे हमेशा प्रबंधकों की बात सुनते थे और उनके सुझाव को स्वीकार करते थे। दक्षिण डिवीजन के सक्रिय सहयोग के कारण नीता सेल्स ने साल दर साल अपने लक्ष्य से अधिक प्राप्त किया।

एक बैठक (मीटिंग) में सेल्स कर्मचारी श्री भावेश शाह ने एक मुद्दा उठाया कि गीता सेल्स द्वारा एक समान क्षति पूर्ति प्रणाली अपनाई जा रही है। उन्होंने इस बात की चर्चा उनसे की कि लक्ष्य को प्राप्त करने के बावजूद भी, उसको गैर प्रदर्शन (नॉन परफोर्मर) टीम के सदस्यों की उनकी तुलना में अच्छी तरह से मुआवजा नहीं दिया जा रहा था। टीम के सभी सदस्यों की द्वारा प्राप्त प्रोत्साहन (इन्सेन्टिव) भी समान थे। भावेश ने उल्लेख किया कि टीम के अन्य सदस्यों की तुलना में उसने कईबार दुगनी बिक्री अर्जित की परन्तु इसके लिए उसे पुरस्कृत नहीं किया गया। भावेश के लिए हताश करने वाली बात यह थी कि गैर प्रदर्शन टीम के सदस्यों को भी प्रोत्साहन उसी रूप में मिल रहा था जैसे की उसे मिल रहा था। टीम के अन्य सदस्यों में से कुछ लोगो ने भी इस मुद्दे पर चिंता जताई थी।

मिस्टर गणेशन ने तब उन्हे बताया कि वह इस समस्या का समाधान करने में असमर्थ थे, क्योंकि यह एक प्रबंधन का निर्णय और एक संगठनात्मक मुद्दा था। उसने कर्मचारियों के साथ यह बात साझा किया और कहा कि उसने प्रबंधन को यह

सुझाव दिया था कि प्रदर्शन के आधार पर परिवर्ती राशि (वेरियेबल पे) के रूप में वेतन प्रदान करे, लेकिन उन्होंने इस पर विचार नहीं किया। मिस्टर गणेशन ने उनको बताया कि कंपनी ने भुगतान की विधि का मानकीकरण (स्टेन्डर्डाइज्ड) किया हुआ था, कि जो कर्मचारी जितने दिनों काम किया है उसके हिसाब से ही भुगतान किया जायेगा। हालांकि, उसने भावेश तथा अन्य कर्मचारियों को भरोसा दिलाया कि वह एक बार फिर से शीर्ष प्रबंधन के साथ इन मुद्दों को उठाएंगे और बात करेंगे।

अक्षले महीने होने वाली मीटिंग में, मिस्टर गणेशन कर्मचारियों के साथ हमेशा की तरह वो स्वयं नहीं थे यह बताने में कि प्रबंधन ने प्रदर्शन के आधार पर वेतन की परिवर्ती राशि देने के उनके सुझाव को स्वीकार नहीं किया था। इसके विपरीत, मिस्टर गणेशन कर्मचारियों को यह यकीन दिलाने की कोशिश कर रहे थे कि प्रबंधन इस मामले को देख रहा है और समाधान के साथ आकर तथा जल्द ही मुद्दों को हल करने के लिए कोशिश की जायेगी। दो महीने बाद भी, जब भावेश और अन्य अच्छे प्रदर्शन टीम के सदस्यों को मुआवजे के मुद्दे के लिए कोई समाधान नहीं मिला तो उसके बाद, दक्षिण डिवीजन से काफी कुछ अच्छे प्रदर्शन करने वाले कर्मचारियों ने, जिसमें भावेश भी शामिल थे, यह संगठन को छोड़ दिया।

मिस्टर गणेशन ज्यादातर गैर प्रदर्शन टीम के सदस्यों के साथ रह गया था और उनके पिछले छह महीने के प्रदर्शन की तुलना में दक्षिण डिवीजन के गीता सेल्स की बिक्री का प्रदर्शन निराशाजनक था। मिस्टर गणेशन से दक्षिण डिवीजन के गैर प्रदर्शन के लिए प्रबंधन ने पूछताछ की। इस बार, उन्होंने एक बार फिर से प्रदर्शन आधारित प्रोत्साहन परिवर्ती राशि प्रणाली को लागू करने की जरूरत के बारे में विस्तार से बताया। अन्य संभागों में भी गीता सेल्स की बिक्री दर नीचे रही थी। उसी महीने में, प्रबंधन ने मिस्टर गणेशन से एक प्रदर्शन आधारित परिवर्ती राशि भुगतान प्रणाली शुरू करने की योजना को प्रस्तुत करने के लिए कहा।

आपको इन चीजों पर काम करना होगा:

१. गीता सेल्स की बिक्री पर वर्तमान मुआवजा प्रणाली क्या थी? ऐसा क्यों है कि अच्छे प्रदर्शन के बीच असंतोष पैदा किया?

२. क्यों गीता सेल्स की बिक्री ने दक्षिण एवं अन्य प्रभागों में भी निराशाजनक प्रदर्शन का सामना किया?

३. मिस्टर गणेशन प्रदर्शन आधारित परिवर्ती वेतन प्रस्तावित करने पर क्यों जोर दे रहा था? यह संगठन की कैसे मदद करेगी।

४.अगर आप गीता सेल्स में मानव संसाधन प्रबन्धक होते तो प्रदर्शन आधारित परिवर्ती वेतन प्रणाली में क्या महत्त्वपूर्ण कारक प्रस्तावित करते। क्या आप स्वयं इसे अपने दम पर तैयार करेंगे या श्री गणेशन के साथ इस पर काम करेंगे।

५

संस्था का विकास
[ऑरगेनॉयज़ेशन डेवलपमेन्ट]

ओ + डी = ओडी (O + D = OD)

संस्था क्या है (ओ) ?

आप सोच रहे होगें कि यह प्रश्न मैने यहाँ क्यों उठाया है। क्यों पर राह पर चलने की बजाय इसका उत्तर देने की कोशिश करते है। एक संस्था व्यक्तियो का समूह तथा उपयोगी वस्तुएं जो कि सामूहिक उद्देश्य की पूर्ति के लिए एक साथ में आते हैं।

विकास क्या है (डी) ?

ये परिवर्तन की प्रक्रिया है। जो कि उन्नति तथा सुधार की और ले जाती है।

अब, अगर इन दोनो को एक साथ जोड़े,

'O' + 'D' = संस्था का विकास (ऑरगेनॉयज़ेशन डेवलपमेन्ट)

हर संस्था में अपनी व्यवस्था तथा प्रक्रिया लागू (इन प्लेस) होती है। परन्तु, आज के सक्रिय माहौल में व्यवसाय को चलाने के लिए सिर्फ यही काफी नही है। ये जाँचना जरूरी होता है कि व्यवस्था तथा प्रक्रिया सफलतापूर्वक चल रही है कि नहीं और जिस इरादे से इसे लागू किया गया था वह पूरा हो रहा है या नहीं? उसके साथ संस्था के प्रक्रिया में गुणन खंड़ करना महत्त्व पूर्ण है कि क्या नये सुधार, उन्नति तथा बदलाव बाजार की ताकतों की वजह से हुए है। इसका मतलब ये है कि लम्बें समय के अंतराल पर, संस्थानों को जरूरी है वे बदले, विकसित हो, सुधार हो तथा और ज्यादा प्रभावशाली बने। इस प्रक्रिया को संस्था का विकास (ऑर्गनाइज़ेशन डेव्लपमेंट) कहा जाता है।

संस्था का विकास (ओडी) ये प्रक्रिया सामाजिक विज्ञान तथा व्यवहारिक विज्ञान पर आधारित है और जिसमें ज्ञान, कौशल, निपुणता, उत्पादकता, समाधान, आमदनी

तथा अंतरव्यक्तिक सम्बन्ध, को बढ़ाने का सामर्थ्य है और इन सबका फायदा व्यक्ति, गुट, संस्था, समाज, राष्ट्र, प्रदेश, क्षेत्र या संम्पूर्ण मानव जाति को मिल सकता है। संस्था का विकास ये एक अंतर्विषयक (इंटर डिसीप्लीनरी) ताल्लुकात क्षेत्र है, जो कि व्यवसाय, के साथ सामाजिक विज्ञान तथा व्यवहारिक विज्ञान जैसे कि औद्योगिक – व्यवसायिक मनोविज्ञान, मानव संसाधन, संचार तथा और भी कई विनियम के योगदान पर निर्भर करता है।

संस्था का विकास (ओडी) बदलाव की प्रक्रिया को सुगम बनाता है। संस्था के विकास के द्वारा संस्था हर एक समय, जो कि मौजूदा तरीकों के कारण होती है, इसको संबोधित कर सकती है।

मौजूदा तरीको को ध्यान पूर्वक समझने के बाद, उप्युक्त मध्यवर्तन या बदलाव व्यक्तिगत व्यवहार में किया जाता है, और उसके साथ संस्था की संरचना, तौर तरीके, प्रक्रिया तथा सामाजिक कायदे में किया जा सकता है। इन सबको करते वक्त, संस्था का विकास इस बात का ध्यान रखता है कि मानव व्यवहारवाद ही गतिशील होता है जो कि ना सिर्फ तर्क शक्ति से प्रेरित होता है बल्कि इसके अलावा जज्बाती (संवेदनात्मक)तत्व जैसे कि अंहकार तथा संबंध जैसे तत्व भी उसे प्रेरणा देते है।

संस्था के विकास (ओडी) को कार्यान्वित करने का कौन सा उपयुक्त समय है?

आजकल बड़े ही सक्रिय व्यवसाय के माहौल के कारण संस्थायें कई चुनौतियो को झेलती हैं। इस परिदृश्य में एक कर्मचारी की विश्वसनीयता और और इसके साथ उसकी संन्तुष्टि को लगातार बनाये रखना अति आवश्यक है।

कर्मचारियों के मुद्दो को तथा उनके द्वन्दों को बड़ी गंभीरता से लेना चाहिए। कर्मचारियों के साथ यथोचित उपाय ढूंढना चाहिए ताकि उन्हें यह महसूस हो कि

उपाय निकालने में उनका भी योगदान है । इसके साथ ही जब कभी भी इन समस्याओं तथा मुद्दों का समाधान हो जाये तब व्यवस्था के उद्देश्य को पाने में ध्यान केन्द्रित कर सकेगें ।

संस्था को संस्था का विकास (ओडी) प्रयोग में लाना चाहिए, जब इसकी जरूरत हो

- संस्था के लक्ष्य या उद्देश्य का विवरण विकसित किया जाये या सुधारा जाये
- सभी व्यवहारिक और उपयोगी कार्य एक साथ काम कर सकें संस्था के लक्ष्य को पाने के लिये
- संस्था के भविष्य के लिए राह तैयार की जाये और उसका निर्णय लेने के लिए कूटनीति योजना तैयार करे
- योजना बद्ध तरीके से सुधार करें
- लोगों के बीच या गुटों के बीच या विभिन्न कार्यो के बीच आदि के टकराव को संभाले क्योकि ये सब संस्था के तालमेल को अस्तव्यस्त कर देते है
- वर्तमान कामकाज के माहौल को आँके, उन शक्तियों को पहचाने जिनको और मजबूत किया जा सके और उन क्षेत्र को पहचाने जिनमें बदलाव तथा सुधार की जरूरत है
- वर्तमान तरीकों को, व्यवस्था को नीतियों को, तथा कार्यप्रणाली को सुधारें ताकि संस्था सुचारू रूप से चल सके
- वरिष्ठ कर्मचारियों को मदद करे समर्थन दे तथा प्रशिक्षण मुहैया कराये ताकि ये अपने कार्य बेहतर रूप से कर सके
- कार्य निष्पादन पर व्यक्तिगत प्रतिपूष्टि देने की व्यवस्था बनाये तथा इस विषय का परिक्षण करें और व्यक्तिगत विकास के लिए प्रशिक्षण मुहैया कराये।

संस्था के विकास (ओडी) मूल अभिलक्षण (कोर केरेक्टेरीस्टिक ऑफ ओडी):

- मान्यतायें, मनोभाव, कायदे तथा कार्यप्रणाली को विकसित करें ताकि संस्था में अच्छा माहौल तैयार हो जो कि अच्छे बर्ताव को पुरस्कृत करें इन सब के लिए ज्ञान आधारित पद्धति रूपांकित करनी चाहिए
- संस्था का विकास मानवादि मूल्यों से चालित है
- वो संस्था तथा व्यवसाय के उद्देश्य से संरक्षित है
- इसका उद्देश्य है कि संस्था की प्रभाविता को बढ़ाया जाये
- इसका अभिसंस्करण प्रणालीबद्ध है और परिणाम की प्राप्ति के लिए कार्यविधि को महत्व देते है
- इसका संन्निकर्ष अंतर्विष्यक तथा व्यवहार विज्ञान पर आधारित है। विभिन्न क्षेत्र जैसे कि संस्था के व्यवहार, प्रबंधन, व्यवसायिक, व्यवहारिक विज्ञान जैसे कि मनोविज्ञान, समाज शास्त्र, नव विज्ञान, अर्थशास्त्र, शिक्षण, परामर्श तथा जन शासन, सभी संस्था के विकास (ओडी) के विषय को अपना अपना योगदान देते है
- संस्था के विकास (ओडी) के लक्ष्य में बदलाव से पूरी संस्था, उसके विभिन्न महकमे, कार्य दल, कर्मचारी उससे प्रभावित तो होते है और उसके साथ समाज, देश या भू भाग भी सम्मिलित हो सकते हैं।
- संस्था के विकास (ओडी) को लागू करने के लिए ऊँचे प्रबंधन का समर्थन तथा सहभागिता जरूरी होता है
- संस्था के विकास (ओडी) के लिए बदलाव को संचालित करने के लिये एक सूक्ष्म/कुशल योजना की जरूरत होती है। यह एक लम्बे समय तथा निरंतर चलने वाली प्रक्रिया है, यद्यपि इस बात को महत्व देना चाहिए कि आज की गतिशील (डायनामिक) परिस्थिति में उसमें शीघ्रता से प्रतिक्रिया करने की क्षमता होनी चाहिए
- संस्था के विकास (ओडी) की प्रक्रिया में संस्था की कार्यविधि तथा स्वरूप में हस्तक्षेप जरूरी है और इसके साथ लोगों गुटों तथा पूरी संस्था के साथ काम करने का हुनर होना चाहिए

- ये एक बदलाव के कारक या बदलाव के गुट या एक कार्य के प्रबंधक के रूप में निर्देशित है, जिसकी भूमिका विषय विशेषज्ञ से बढ़कर एक सहजकर्ता या शिक्षक या प्रशिक्षक या सलाहकार की है।
- बदलाव को बनाये रखने के लिए एक योजनाबद्ध निरंतरता की जरूरत है

संस्था के विकास (ओडी) के फायदे:

संस्था का विकास (ओडी) एक तेजी से बढ़ता लोकप्रिय व्यापक क्षेत्र है, क्योंकि इसमें ऐसे कई मूल्यवर्धित सिद्धांत तथा साधन जोकि संस्थाओं में लागू किये गये है और इसके साथ साथ अनेक पणधारियों (स्टेक होल्डर) में भी जैसे कि ग्राहकों, हिस्सेदारों (शेयर होल्डर), कर्मचारियों, प्रबंधकों, समाज और उसके साथ देश.. में भी।

१. वह एक ऐसा माहौल स्थापित करता है जिसमें रचनात्मक, नवीनता, तथा जो नौकरी में संतुष्टि के लिए सहायक सिद्ध होता है [2]

२. वह एक सकारात्मक तथा समरसतापूर्ण अन्तरवैयक्तिक रिश्ते / सम्बन्धों को विकसित करता है

३. कर्मचारियों में उच्चस्तर की सहभागिता को बढ़ावा देता है और संस्था की योजनाओं को तथा उद्देश्य सृजन करने में तथा निर्धारित करने में मदद करता है

४. संस्था की प्रभावोत्मकता तथा कार्यक्षमता में बढ़ोत्तरी और उसकी वजह से कार्यस्थल के माहौल में सुधार, अच्छे गुणवत्ता वाले उत्पादन तथा सेवायें, मुनाफे में बढ़ोत्तरी, शेयर के मूल्यांकन में वृद्धि और नायकत्व की भूमिका अदा करने में व्यवस्थापन को समर्थन देता है। [1]

> संस्था के विकास (ओडी) का महत्त्व बढ़ा है, क्योकि वर्तमान में कार्यस्थल के मामले काफी जटिल है और आगे भी रहने वाले है। किसी एक अधिनायक के पास जादू की छड़ी नहीं है कि वो अकेले ही बदलाव संचालित कर सके। एक अधिक उत्पादक क्षमता वाली संस्था को बनाने के लिए महत्वपूर्ण घटक है, प्रयुक्त कर्मचारी तथा अधिकार देनेवाली संस्कृति।

Source: (1)Organization Development: Principles, Processes, Performance by Gray N. McLean, www.bkconnection.com

संस्था के विकास (ओडी) की प्रक्रिया (ऑरगेनॉइजेशन डेवलपमेन्ट प्रोसेस)

संस्था का विकास (ओडी) संस्था के लिए इतना ही लाभकारी है, तो इसकी प्रक्रिया को विस्तार से समझा जाये

ये एक चक्रीय प्रक्रिया है, शुरूआत जिसकी समस्या की पहचान से होती है या फिर बदलाव की जरूरत से तथा इसका अंत होता है जब वांछित विकासात्मक परिणाम प्राप्त होता है तब।

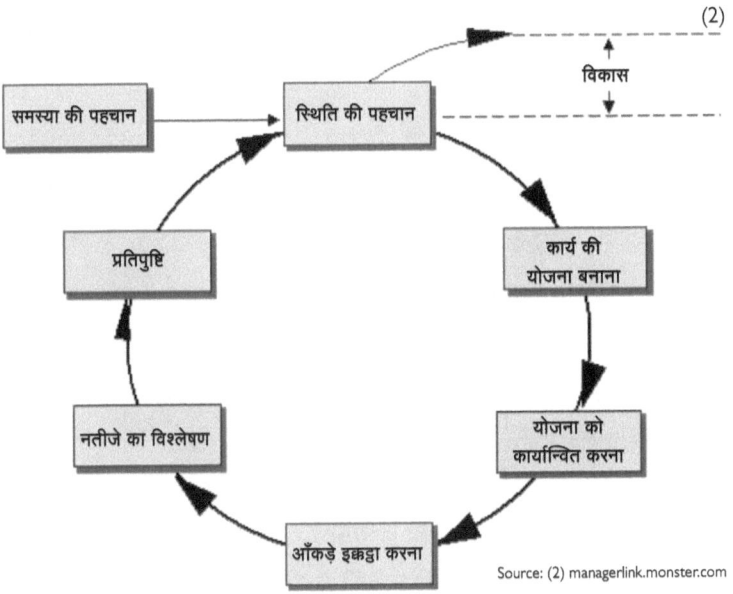

Source: (2) managerlink.monster.com

१. समस्या को पहचानना – जब भी संस्था इस बात को   स्वीकारती है कि कोई समस्या संस्था के हालात (हेल्थ) या उसके लक्ष्य को प्रभावित कर रहा है और बदलाव की जरूरत है, वहाँ से इस प्रक्रिया की शुरूआत होती है, परन्तु संस्था को हमेशा समस्या से घिरा होना जरूरी नहीं होता है संस्था के विकास (ओडी) को लागू करने के लिए। जब संस्था का नेतृत्व करनेवाले संस्था में सुधार लाने की सोचे, तब भी इसको लागू किया जा सकता है।

Source: (2)managerlink.monster.com

२. बदलाव की जरूरत को स्वीकारना – एक बार जब संस्था ने बदलाव की जरूरत को पहचान लिया तो उसे कार्यान्वित करने का निर्णय लेना चाहिए।

३. परिस्थितियों का आंकलन करना – एक बार अगर ये निश्चित हो जाये कि बदलाव को कार्यान्वित करना है तो परिस्थिति का आंकलन या तो कर्मचारियों द्वारा या फिर परामर्शदाता द्वारा या फिर विशेषज्ञ द्वारा करना चाहिए। आंकलन करने के कुछ तरीके है जैसे कि प्रलेखन की समीक्षा, संस्था द्वारा जान लेना, भाँपना किसी समस्या की परिचर्चा के लिए संकेन्द्रित गुट (फोकस ग्रुप), मुलाकात या सर्वेक्षण करना।

४. मध्यावर्तन (इन्टरवेन्शन) की योजना – परिस्थिति को आंकना, निर्धारित करना तथा स्थितीको समझने के बाद अगला कदम है हस्तक्षेप/मध्यावर्तन की योजना। किस प्रकार के मध्यावर्तन की जरूरत है, वो बदलाव का कैसा स्वरूप चाहिए और कैसा परिणाम चाहिए उन दोनो पर निर्भर करता है। मध्यावर्तन कई तरीकों का हो सकता है, जैसे कि प्रशिक्षण और विकास प्रबंधन या कर्मचारियों की टोलियों को तैयार करना या फिर बदलाव हेतु टोलियों की स्थापना करना, संचारगत मध्यावर्तन या वैयक्तिक मध्यावर्तन।

५. मध्यावर्तन (इन्टरवेन्शन) को कार्यान्वित करना – मध्यावर्तन की योजना पड़ाव के पश्चात उसके कार्यान्वित करने की शुरूआत होती है।

६. आँकड़े इकट्ठा करना – जब मध्यावर्तन क्रियान्वयन चल रहा हो और वो प्रक्रिया समाप्त होने के बाद प्रसंगोचित आँकड़े इकट्ठे किये जाते है ये जानने के लिए कि मध्यावर्तन कितना प्रभावोत्पादक रहा। आँकड़े कैसे इकट्ठा करें वो बदलाव के उद्देश्य पर निर्भर करता है। उदाहरण के तौर पर, अगर मध्यावर्तन प्रशिक्षण और विकास के रूप में हो तो आँकड़े ज्ञान, कौशल तथा योग्यता में बदलाव को मापेगें। जो भी आँकड़े इकट्ठा होते है उसके द्वारा संस्था में निर्णय लेने वाले निर्णय ले पाते है

कि मध्यावर्तन अपने लक्ष्य में खरा उतरा या नहीं। अगर हाँ, वह कामयाब हुआ तो प्रक्रिया समाप्त की जा सकती है। विकास के मानदंड को बढ़ा कर ये चित्रित किया जाता है। लेकिन किसी तरह भी यदि मध्यावर्तन अपने उद्देश्य में असफल हुआ तो उस प्रक्रिया को चलने देना है या फिर कोई और मध्यावर्तन शुरू करना है या फिर समाप्त करना इन सबके बारे में निर्णय लेना पड़ता है।

संस्था के विकास (ओड़ी) में इस्तेमाल की जाने वाली एक साधारणत: पद्धति है एक्शन रिसर्च एप्रोच, जिसमें प्रक्रिया के सात चरण है जो नीचे दिए हुए है....[3]

१. संस्था के विकास (ओड़ी) वृत्तिक (प्रेक्टिशनर) की प्रविष्टि – संस्था के विकास (ओड़ी) वृत्तिक अधिनायक (या ग्राहक/सलाहकार) के बीच के रिश्ते प्रमाणित करना। इससे वृत्तिक(व्यवसायी) तथा अधिनायक के बीच में एक कार्यकारी संबंध को स्थापित करने में मदद करता है।

२. अनुबंध करना – इसमें समावेश होता है
अ. जिस समस्या को संबोधित करना है उसका स्पष्टीकरण करना (यानि. परियोजना का विवरण तथा उसका कार्य क्षेत्र)
ब. अधिनायक (नायकों) की अपेक्षाओं का निराकरण करना, खास करके उत्पाद के संदर्भ में और उसके निर्धारित समय में।
क. प्रकल्प में व्यवसायी तथा अधिनायक की भूमिका दोनो के बीच में सहमति लाना परियोजना में
ड. कौन से संसाधनों की जरूरत है, इस पर सहमति तथा अधिनायक से सुगम्यता (एक्सेसेबिलिटी)।

३. आँकड़े को इकट्ठा करना तथा उसका विश्लेषण – जैसा कि पहले कहा गया है क्रियान्वयन प्रक्रिया के दौरान आँकड़ो को इकट्ठा करना तथा उनका विश्लेषण करने से व्यवसायी तथा अधिनायक को क्या हो रहा है और आगे कैसे बढ़ा जाये वो समझ सकते है। ये आवश्यक है कि आँकड़े इकट्ठा करना तथा उसका निदान करना,

Source: (3) www.cscollege.gov.sg

ये अपने में ही एक तरह का मध्यावर्तन है – क्योंकि आँकड़ो को इकट्ठा करते समय लोग प्रतिक्रिया करेंगें। Warner Burke ओड़ी के महान गुरूओ में से एक है, इस प्रक्रिया के तालाब में पत्थर फेंकने से तुलना करते है। पत्थर किस तरह से तरंग पैदा करता है उस बात को ध्यान देना है ना कि वो पत्थर कहाँ तक पहुँचा।

४. प्रतिपुष्टि (फ्रीड बेक) – इस चरण में निष्कर्ष/परिणाम तथा विश्लेषण को पेश किया जाता है और उसके साथ अधिनायक को अनुसंशा (सिफ़ारिश) भी पेश की जाती है। व्यवसायी को पूरे आँकड़ों का एक अर्थ निकालना पड़ता है और उससे एक सरल भाषा में रूपांतर करना पड़ता है जो कि सबके समझ में आये। व्यवसायी को प्रतिपुष्टि करते वक्त प्रतिरोध (मुकाबला)की तैयारी रखनी चाहिए। ये एक समीक्षात्मक (महत्त्वपूर्ण) बिंदु है जिसको पहले समझे उसके पश्चात आगे बढने की प्रक्रिया को निर्धारित करे।

५. बदलाव की योजना – इस चरण में विशिष्ट क्रियाविधि (मध्यावर्तन) भेदक जाति है जो कि मौजूदा परिशिष्टि को संबोधन करता है तथा कार्यान्वित करने के लिए कार्य योजना को बढ़ाता है। इस जगह पर, प्रणाली को बढ़ाने के लिए कौन से कदम उठाये जाये इस विशिष्ट शृंखला में वृत्तिका का कार्य अधिनायक को मदद करने के लिए होता है।
जब मध्यावर्तन की योजना बनाये तब तीन मुद्दों को ध्यान में रखना चाहिए:

र. समस्या का विस्तार/विषयक्षेत्र (संस्कृति, संचार की कार्यविधि, इत्यादि)
ल.ध्यान का केंद्र तत्पर रहना (व्यक्ति, गुट या फिर पूरी संस्था)
ल. मध्यावर्तन का तरीका (अनुशिक्षण कोचिंग, प्रशिक्षण तथा कृतिक दल की स्थापना)

६. मध्यावर्तन (इन्टरवेन्शन) – इसका इशारा मध्यावर्तन को कार्यान्वित करने की ओर है। इस जगह पर बदलाव के संचालन के तौर तरीके लागू होते है और वह महत्वपूर्ण है।

७. मूल्यांकन (इवेल्यूएशन) – परिणाम को आँकना तथा अगले कदम को निर्धारित करना। हालाकि, मूल्यांकन इस पद्धति का आखिरी पड़ाव है लेकिन शुरूआत में ही अधिनायक को निश्चित कर लेना चाहिए कि किस किस चीज को मापना चाहते है।

एक्शन रिसर्च एप्रोच की एक विशेषता है कि नायक सामाजिक माहौल, हालात के बारे में अवगत हो जाता है और उसके साथ उसके भाग लेने की जरूरत के बारे में भी। इस तरह संस्था के विकास (ओ डी) एक 'समन्वयक' की भूमिका अदा करता है बनिस्पत एक 'विषय वस्तु विशेषज्ञ' की। क्या हो रहा है इस बात से अधिनायक को अवगत रहना चाहिए तथा मध्यवर्तन के रूपांकन में उनका जुड़ाव अत्यन्त ही महत्वपूर्ण है।

> संस्था के विकास (ओ ड़ी) को सफल बनाने के लिए सभी हिस्सेदारों की तरफ से उच्च स्तर की सहभागिता का प्रयास आवश्यक है।

एक्शन रिसर्च एप्रोच का मुख्य मूल विषय यह है कि उन सभी को शामिल करो, जो कोई भी इस परिवर्तन की प्रक्रिया से प्रभावित होगें और उन्ही को इस परिवर्तन की प्रक्रिया का संचालन सौप दो।

चलो देखते है कि किस प्रकार करोड़ो के व्यवसाय वाली विश्वव्यापी तर्कगणित (लॉजिस्टिक) के उद्योग ने कैसे संस्था के विकास (ओ डी) का उपयोग करके बाजार में अपना वर्चस्व बनाये रखा है।

जल्दी से आगे बढ़ाते है एक करोड़ों के व्यवसाय वाली विश्वव्यापी तर्कगणित के उद्योग को जो कि तर्कगणित (लॉजिस्टिक) के व्यवसाय में प्रतिष्ठित नाम है।

उद्योग ने इस यथार्थ को सममत्र कि प्रतिस्पर्धा को प्रत्युतर देने के लिए तथा अपना वर्चस्व बनाये रखने के लिए उसे संस्था के काम धाम के तौर तरीके की संस्कृति को

परवर्तित करना होगा तथा ऐसे सशक्त दलों को तैयार करना होगा जो कि स्वतंत्रता (ओटोनोमी) से, उत्तरदायित्व से तथा तेजी से काम करने में सक्षम हो । उच्च पदाधिकारियों की इस बात में सहमति थी है कि इस परिवर्तन की जरूरत है और उसके लिए मध्यावर्तन करना पड़ेगा।

उन्होने परिस्थिति का मुआइना किया और ये स्पष्टता से समक्ता कि ऊपर से नीचे की ओर निर्णय लेने के वर्तमान तरीके में जमीन आसमान का परिवर्तन करना आवश्यक है। उच्च पदाधिकारियों को वर्तमान में निर्णय लेने की प्रक्रिया में ढील देने की आवश्यकता है। उन्होंने काम करने की संस्कृति के मध्यावर्तन की योजना तैयार की, जैसे कि विभिन्न कार्यो के बीच आपस में संवाद का जरिया खोल दिया, आई टी प्रणाली को स्थापित किया जिसकी मदद से आपस में जानकारी बाँटी जा सकती है, और शिक्षा के ऊपर अपना ध्यान केंद्रित किया, मजबूत गुटों की बुनियाद ड़ाली और उन दलों को निर्णय लेने का तथा लागू करने का अधिकार दिया़।

उसके बाद इन मध्यावर्तनों को लागू किया। इन पहलकदमी उपक्रम को प्रोत्साहन देने के लिए, संस्था में अधिनायकों के लिए कोचिंग का कार्यक्रम लागू किया। एक पेशेवर कोच ने उच्च पदाधिकारियों को कर्मचारियों को कैसे आँका जाय, किस तरह से कर्मचारी अपने उद्देश्य तय करें तथा दलों का किस तरह प्रशिक्षण करें, इन सब के बारे में शिक्षा दी। जैसे जैसे कार्यक्रम बढ़ा आँकड़े इकट्ठा किये गये ताकि निर्णय लेने वाले अधिकारियों को निर्धारित करने दिया जाये, कि मध्यावर्तन से लक्ष्य प्राप्त हुआ की नहीं।

ये पाया गया कि जब से प्रशिक्षण के कार्यक्रम को बाकी सब परिवर्तन के उपक्रम जैसे की काम के तौर तरीके (संस्कृति) में परिवर्तन के कार्यक्रम के साथ एकीकृत किया गया, इससे एक बहुत बड़ी सफलता मिली। संस्कृति में परिवर्तन की वजह से बहुत ही मजबूत गुट निकल कर आए और साथ में उच्च पदाधिकारियों को जो प्रशिक्षण दिया गया तथा गुटों के अच्छे प्रदर्शन की वजह से प्रबंधक अपने दलों का अधिक

लिए विश्वास/यकीन करने लगे और उन्हें और ज्यादा अधिकार दिया। इसका नतीजा निकला कि दल को अपने निर्णय लेने में ज्यादा आश्वस्त हो गये। क्योंकि मध्यावर्तन ने अपने प्रयोजन की पूर्ति कर ली थी, संस्था के विकास की योजना की परियोजना एक सफल तरीके पूर्ण हुई और संस्था ने एक सक्रिय बाजार में अपनी प्रतिस्पर्धात्मक धार को बनाये रखा।

संस्था के विकास (ओ डी) के संस्था के अंदर विभिन्न भूमिका

नीचे दिया रेखाचित्र ये दर्शाता है कि क्यों संस्था के लिये अपने काबिलियत को कूटनीति नतीजों के साथ पंक्तिबद्ध होना जरूरी होता है (उसके साथ उसकी प्रणाली तथा संस्कृति)

(4)

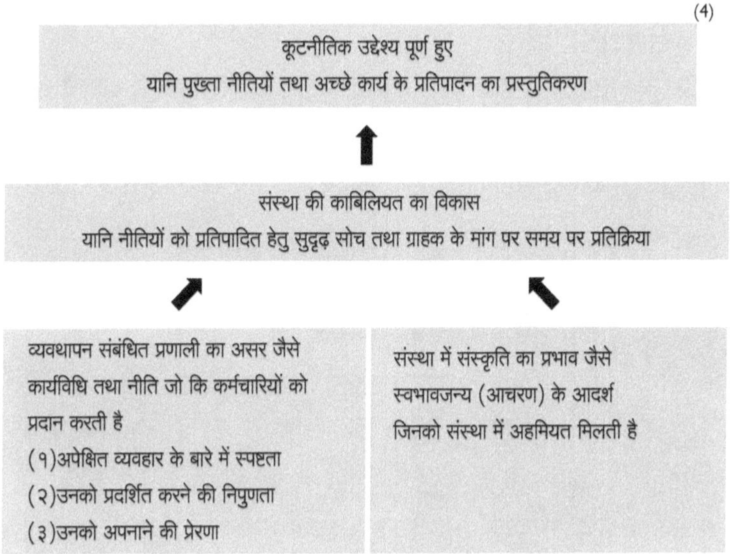

कूटनीतिक उद्देश्य पूर्ण हुए
यानि पुख्ता नीतियों तथा अच्छे कार्य के प्रतिपादन का प्रस्तुतिकरण
संस्था की काबिलियत का विकास
यानि नीतियों को प्रतिपादित हेतु सुदृढ़ सोच तथा ग्राहक के मांग पर समय पर प्रतिक्रिया
व्यवथापन संबंधित प्रणाली का असर जैसे कार्यविधि तथा नीति जो कि कर्मचारियों को प्रदान करती है
(१)अपेक्षित व्यवहार के बारे में स्पष्टता
(२)उनको प्रदर्शित करने की निपुणता
(३)उनको अपनाने की प्रेरणा
संस्था में संस्कृति का प्रभाव जैसे स्वभावजन्य (आचरण) के आदर्श जिनको संस्था में अहमियत मिलती है

१. संस्था का विकास एक ''संस्था के कोच'' के रूप में

किसी व्यक्ति या गुट को कोच (अनुशिक्षक) की जरूरत क्यों होती है? सिर्फ एक उद्देश्य निश्चित कर लेने से किसी व्यक्ति का या गुट के लिए काफी नहीं है। कोच के द्वारा सही योजना, तैयारी, मार्गदर्शन तथा प्रशिक्षण की आवश्यकता होती है ताकि वे

Source: (4) www.cscollege.gov.sg

अपने सामर्थ्य के अनुसार कार्यान्वित करे, है एक तरह से 'चक दे इंडिया' का शाहरूख खान।

संस्था का विकास उसी तरह से संस्था को 'कोचिंग'(अनुशिक्षक) की भूमिका अदा करता है जिससे संस्था अपने कूटनीतिक उद्देश्य को हासिल करने के लिए काबिल बन जाती है। यह भूमिका में मोटे तौर पर योजना बनाना उसके साथ साथ अंदरूनी परिवर्तन का लागू करना इस भूमिका में शामिल है। संक्षिप्त में ओ डी संस्था को विकसित तथा बढ़ाने में मदद करता है ताकि उसकी कूटनीतिक महत्वाकांक्षा के साथ ताल मेल बन जाय।

२. ओ डी एक 'संघटनात्मक परामर्शदाता' (ऑरगेनाइजेशनल काउन्सलर)

एक व्यक्ति अक्सर सामाजिक या मनोवैज्ञानिक द्वेश के कारण परामर्शदाता के साथ परामर्श करता है। उसी तरह से परिवर्तन के दौरान एक संस्था सामाजिक या मनोवैज्ञानिक मामले का सामना कर सकती है। इस परिदृश्य में ओ डी एक 'संघटनात्मक परामर्शदाता' की भूमिका अदा कर सकता है।

सोचने के लिए बिन्दु

१. ओ डी के व्यवसायिको की भूमिका बड़ी ही प्रभावशाली होती है।

२. व्यवसायिको को वैकल्पिक रूप अपनाना पड़ता है, कभी 'संस्थात्मक कोच' की टोपी पहननी पड़ती है – उसमें संस्था को उसके कूटनीतिक उद्देश्य को हासिल करने के लिए मार्गदर्शन करना पड़ता है तथा कभी 'परामर्शदाता' की, ताकि संस्था जो कि सामाजिक चुनौतियों के दौर से गुजर रही है उसका लक्ष्य निर्धारित कर उसे सुधारा जाये।

३. ओ डी का प्रयोग एक चुनौती है क्योकि इसमें एक संस्था – जो कि एक जटिल प्रक्रिया है उसके साथ काम करना पड़ता है।

इस तरह हम देख सकते हैं कि संस्था का विकास (ओडी) एक उभरता हुआ क्षेत्र है जो कि कई विचारों के लिए ग्रहणशील है। वर्तमान समय में मानव संसाधन के व्यवसायिकों को अपने आप को एक मजबूत परिवर्तन के कारक के रूप में विकसित करना पड़ेगा ताकि संस्था के रूपांतरणीय प्रक्रिया में सहायक बन सकें ।

केसलेट्

टीम की प्रभावशीलता के लिए ओडी के हस्तक्षेप @ 'शुभा बाजार'

शुभा बाजार देश भर में सबसे बड़ी रिटेल मॉल्स में से एक है। टीम का काम उनके समग्र संगठित प्रयत्न (टीम वर्क) सफलता के लिये अधिकतम महत्व का था। टीमों को रिटेल मॉल में विभिन्न विभागों के किसी विभाग में काम करने की जरूरत थी।

कुछ साल पहले, पर्यवेक्षकों और विभाग के प्रबंधकों के द्वारा ये पर्यवेक्षण किया गया कि कर्मचारी का मनोबल कम था और टीमों में आपस में टकराव भी बहुत थे। यह सब नकारात्मक रूप से कर्मचारियों के प्रदर्शन को प्रभावित कर रहा था तथा इसके कारण प्रत्येक रिटेल मॉल की बिक्री में तेजी से गिरावट आई है।

वरिष्ठ प्रबंधन और एचआर टीम ने एक बाहरी ओडी परामर्शदाताओं को बीच में लाकर उस पर काम करने का फैसला किया है। ओ डी परामर्शदाता ने संभागीय प्रबंधक और एच आर प्रबंधकों से पृष्ठभूमि की जानकारी प्राप्त करने के साथ ही काम शुरू कर दिया है।

ओडी परामर्शदाता के माध्यम से मानव संसाधन प्रबंधकों की सहायता से स्थिति का आकलन –
१. सर्वेक्षण प्रश्नावली को सभी कर्मचारियों के द्वारा पूरा कराना।
२. कर्मचारियों के सदस्यों के साथ साक्षात्कार।
३. एक एक करके सभी टीम लीडर्स के साथ बैठक करना।

इस के बाद, ओ डी परामर्शदाता ने वरिष्ठ प्रबंधन और एच आर टीम को निष्कर्ष प्रस्तुत किया। तो उन्होंने यह पाया कि कर्मचारियों को जो काम मिला था वो उनके पसंद का काम है। टीम के लीडर्स और पर्यवेक्षकों में से ज्यादातर एकतंत्रीय लीडर्स

में से थे और उनमें ई क्यू(EQ) कम था। उनमें सुनने का कौशल बहुत खराब था। टीम आधारित प्रोत्साहन वितरण उचित नहीं था। वहाँ कोई समुचित व्यक्तिगत काम के आवंटन और काम का दायित्व नहीं था। सामान्यतया कर्मचारी स्टोर प्रबंधको पर विश्वास करते थे।

कर्मचारियों ने इसके बाद उक्त परिणामों रूप में, एच आर मैनेजरों की मदद से ओडी परामर्शदाता ने निम्नलिखित मध्यवर्तन का आयोजन किया –

१. एक कर्मचारी के नेतृत्व में कार्य समूह का गठन किया सुझावों के साथ आगे बढ़ने के लिए तथा कार्य प्रणाली के विकास के लिए सिफारिशें दे उन परिवर्तनों को कार्यान्वित करने के लिये।

२. ओडी परामर्शदाता ने टीम लीडर के लिए व्यक्तिगत कोचिंग प्रदान किया तथा पर्यवेक्षकों को अपने नेतृत्व शैली पर काम करने के लिए और उनके ई क्यू में सुधार कर, प्रभावी ढंग से संवाद करने के लिए भी तैयार किया।

३. ओ डी परामर्शदाता ने सभी कर्मचारियों से सहयोग और टीम के सदस्यों के साथ कारगर ढंग से काम करने के लिए विभिन्न टीम के निर्माण और सत्र का आयोजन किया। यह भी संघर्ष प्रबंधन के दृष्टिकोण को कवर किया और अधिमानित कार्य शैली को प्राथमिकता दी।

४. ओडी परामर्शदाता की सहायता से मानव संसाधन प्रबंधकों ने सभी टीमों के लिए उनकी एक योग्यता के आधार पर पारदर्शी प्रोत्साहन प्रणाली तैयार की और सभी कर्मचारियों को संचारित किया गया।

उपरोक्त उपायों पर कार्य करने के बाद, एक नयी कार्य प्रणाली और प्रक्रिया को विकसित किया गया था और लागत प्रभावी और समय की बचत के तरीकों को परिणामस्वरूप कार्यान्वित किया। कर्मचारी मनोबल में और आंतरिकबल में और इंटर टीम के सहयोग में एक औसत दर्जे की वृद्धि हुई थी। सुपरवाइजर और टीम के लीडर्स ने भी अपने टीम के सदस्यों की लोकतांत्रिक नेतृत्व शैलियों प्रदर्शित करने

के साथ प्रभावी ढंग से संवाद शुरू कर दिया। कर्मचारियों को पारदर्शी प्रोत्साहन प्रणाली के बारे में पता था, इसलिए वे टीमों में काम करने और लक्ष्य को प्राप्त करने के लिए तैयार थे। प्रबंधकों और स्टाफ के सदस्यों को एक साथ काम करने में कम तनाव अनुभव हुआ और दुर्लभ (rare) आपसी टकराव में भी काम होने लगे। उपरोक्त परिणाम स्वरूप शुभा बाजार का प्रदर्शन बेहतर हुआ।

आपको किन चीजों पर काम करना होगा:

१. क्यों कर्मचारी मनोबल कुछ साल पहले शुभा बाजार में कम था?

२. पूरी प्रक्रिया में ओ डी परामर्शदाता की भूमिका क्या थी?

३. ओडी के हस्तक्षेप के एक परिणाम स्वरूप शुभा बाजार के लिए क्या नतीजे निकले?

४. क्या ओडी हस्तक्षेप सचमुच एक संस्था में इस तरह की समस्याओं केनिराकरण के लिए आवश्यक हैं?

६

परिवर्तन प्रबंधन
[चेन्ज मेनेजमेन्ट]

> The only thing constant in life is CHANGE
> - Francois de la Rochefoucould

यह सोमवार की सुबह है और मैं काम पर जाने के लिए गाड़ी चला रहा हूँ और रास्ता चॉक ए ब्लॉकहै। यकायक मुझे एक मोड़ दिखाई दिया मैं खुश हो गया, ''मुझे इसकी ही जरूरत थी।'' मैं मन ही मन बुदबुदाया। अंतत जब मैं अपने काम पर पहुँचा तो मुझे बताया गया कि कुछ तकनीकी कारणों से मेरी मेज को उसी हॉल के दूसरे छोर पर स्थानांतरित कर दिया गया है।

मै खोया खोया सा महसूस कर रहा हूँ, मैं अपनी नई जगह पर पहुंचता हूँ। यह जगह 'ठीक' है यहाँ अंदर आती हुई प्राकृतिक धूप और बेहतर ढंग के दृश्य दिखायी दे रहे है। लेकिन यहाँ मेरी पहले वाली जगह जैसी ठंडक नहीं। हो सकता है कि यहां ए.सी. पर्याप्त शक्तिशाली नहीं है। इस के अतिरिक्त, मेरा बग़लवाला कोई नया है जिससे मैंने पहले कभी बात नहीं की है और फोटोकॉपी मशीन, प्रिंटर, स्कैनर, और पानी के कूलर, ये सभी कमरे के दूसरे छोर पर हैं। मुझे घबड़ाहट हो रही है कि हे भगवान मैं ही क्यों? मैं जगह बदलना नहीं चाहता हूँ।

आपने भी इसी तरह महसूस किया होगा? आपका जवाब सबसे अधिक शायद 'हाँ' में ही होगा। सड़क में डाइवर्जन, हमें मिल सकता है। लेकिन बैठने की व्यवस्था में परिवर्तन कुछ ऐसा है जो कि हम में से अधिकांश लोगों को परेशान करेगा। क्यों?

आम तौर पर, हम परिवर्तन को नकारात्मक या उसकी आशंका से प्रतिक्रिया देते है
।
और यह अप्रत्याशित परिवर्तनहै – या इससे भी अधिक!
परिवर्तन लोगों को प्रभावित करता है और लोग मशीनों की तरह नहीं होते हैं। जैसे कि किसी मशीन को उठा कर अगर कहीं और जगह पर रख दिया जाय तो मशीन फिर भी ठीक तरह से काम करेंगी। लेकिन लोगों के साथ ऐसा नहीं होता है, लोग, संस्था, विभाग और प्रक्रियाओं के साथ अपनी पहचान बनाते हैं। वे स्वयं के लिए अपने सहयोगियों के बीच में एक जगह बनाते है। नगण्य को भी अपना ब्रांड बना लेते

है । उनके आस पास का दायरा उन का हिस्सा बन जाता है । उन्हें अपरिचित परिवेश में रहना बेचैन कर देता है। यहाँ तक कि अगर यह स्थिति हमारे व्यक्तिगत जीवन में घटित होती है तो लोगों के बीच फिर से अपनी जगह बनाने में समय लगता है । तो हम परिवर्तन का प्रतिकार करते है। लेकिन अगर हम व्यवसायिक परिवर्तन की व्यापक तस्वीर को देखे, कि लोगों को परिवर्तन की प्रक्रिया की प्रतिक्रिया कैसे लेते है? तो ज्यादातर मामलों में, इसका जवाब, आपको नकारात्मक रूप में ही मिलेगा ।

इसलिए क्या हमें परिवर्तन की जरूरत नहीं है?

नि: संदेह हम हमारे जीवन भर में लगातार इस परिवर्तन का अनुभव करते हैं । वैसा ही संस्था के साथ भी होता है, तथा उनके वातावरण, प्रतियोगिता, बाजार, उद्योग, और उनके लोगों के साथ भी। तब लाख टके का सवाल यह है कि – कैसे एक संस्था परिवर्तन को लागू कर सकती है इसके अतिरिक्त यह कैसे सुनिश्चित करें कि क्या लोग परिवर्तन स्वीकार करके और सफलतापूर्वक प्रदर्शन जारी रखेगें?

जवाब परिवर्तन प्रबंधन में ही निहित है । इस लिए यहाँ एक संस्था को स्वयं में बदलाव करने का फैसला पर्याप्त नहीं है । परिवर्तन को कुशलता पूर्वक प्रबंधित करने की आवश्यकता होती है। तो परिवर्तन प्रबंधन क्या है और यह कैसे मदद करता है?

परिवर्तन प्रबंधन एक ऐसी प्रक्रिया है जिसके माध्यम से आप एक परिवर्तन के द्वारा एक संस्था का नेतृत्व करते है, उदाहरण के लिए विलय, अधिग्रहण, रीब्रांड, पुनर्गठन, सही आकारण आदि।इस दृष्टिकोण के माध्यम से जो कुछ भी परिवर्तन आप अनुभव कर रहे है आपकी संस्था में संचालित करने में मदद के लिए उपयोग होता है ।

लेकिन इन सब से पहले, हमें यह देखने की जरूरत है कि परिप्रेक्ष्य के परिवर्तन का संचलन क्या होना चाहिए । हम जानते हैं कि परिवर्तन अपरिहार्य है और हमे इसे अपनाने की जरूरत है। लेकिन किसी भी परिवर्तन को स्वीकारने से पहले, हमे परिवर्तन को सफलतापूर्वक उसे अपनाने के लिए सही दृष्टिकोण की आवश्यकता है

। कई बार जहां यह स्थिति हो सकती है कि आपको प्रतिनिधि परिवर्तन करना पड़े । अगर आपका सही, तर्कसंगत और सकारात्मक दृष्टिकोण है तो, संस्था के दूसरों लोगों के साथ साथ आप एक प्रभावी उत्प्रेरक का नेतृत्व और परिवर्तन को संचालित कर सकते है।

परिवर्तन क्यों?

जबकि व्यावसायिक जीवन में चुनौतियों का सामना करना पड़ रहा है, जो आपको एकमात्र तर्कसंगत द्रष्टिकोण ही से जीवित रखकर आगे बढ़ा सकता हैं । चाहे आप एक नेता की भूमिका में हो या एक अधीनस्थ की भूमिका में, केवल यह द्रष्टिकोण है जो आप को अपनाना चाहिए । स्पष्ट रूप से बदलाव के कारणों को समझ कर ही, आप सीधे तौर पर खुद को सकारात्मक परिवर्तन के बदले में कुछ कर या कह सकते हैं (प्रतिक्रिया दिए बिना)।

परिवर्तन की दिशा में तर्कसंगत परिप्रेक्ष्य में आप परिवर्तन को स्वीकारने के लिए व्यावहारिक रूप में तनाव रहित ढंग से मदद कर सकते हैं । अगर आप परिवर्तन की आवेगशील प्रतिक्रिया देगे तो परिवर्तन को सम्हालना और समझना अत्यधिक मुश्किल होगा ।

दुनिया बहुत गति से बदल रही है । संस्थाओ के परिवर्तन प्रबंधन को केवल उसके अस्तित्व के लिए ही नहीं परन्तु वृद्धि के लिए भी अपनाना है। जाहिर है, काम के तरीकों में निरंतर सुधार और नई प्रौद्योगिकी के लिए बाजार में अनुकूल प्रतिस्पर्धा पूर्ण रूप से आवश्यक है ।

आइये दो प्रमुख कारणों को देखें जिसके कारण अनेक परिवर्तन प्रयास विफल होते हैं ।–

१. लेकिन हमने इसे हमेशा ऐसा ही किया है! यह वही हमारे लिए काम करता है!

इन बयानों को इससे पहले सुना है? अगर नहीं, तो आपको समझना होगा कि परिवर्तन संगठन के लोगों को प्रभावित करता है। जो लोग सोचते और महसूस करते हैं जरूरी नहीं कि वह तरीका तर्कसंगत हो। इससे मतलब नहीं कि कितना छोटा है परिवर्तन किन्तु अधिकांश कर्मचारियों को परिवर्तन से भय लगता है। लोग आश्रित जन होते हैं। वह एक सामान्य और अनुयायी वर्ग को उन्हें अपनेपन की भावना और सुरक्षा का एक भ्रांतिजनक अहसास देता है। जो यह उनका सुविधा क्षेत्र बन जाता है! परिवर्तन एक रुकावट है जो उनकी दिनचर्या में गड़बड़ियाँ और उनकी सुविधा क्षेत्र में रुकावट डालता है। और बहुत ही कम लोग है जो अपने होशहवास में सुविधा क्षेत्र तोड़ना चाहते हैं! सर्वाधिक लोग 'परिवर्तन' को अनिश्चितता के अग्रदूत के रूप में देखते हैं जो अनिश्चितता और व्यग्रता में बदल जाता है। इससे लोग गुमराह महसूस करते है।

२. अतिरिक्त समय, ऊर्जा और प्रयासों को खर्च करना –

एक परिवर्तन कर्मचारियों के लिए कई चुनौतियों की ओर ध्यान आकृष्ट करता है जो पहले से ही काम के बोझ से, उद्देश्य नियत तिथि, परियोजनाओं, और लक्ष्यों से दबे हैं । इसका मतलब यह है कि उन्हें और भी अधिक चीजों को उनके पहले से दुर्लभ संसाधनों – समय और ऊर्जा के साथ पूरा करना है ।

आपने डी.आई.सी.ई. (D.I.C.E.) कारकों का अध्ययन किया होगा जो हमें परिवर्तन संचालन का सही परिप्रेक्ष्य देते है। आइये उन्हें याद करें, दोहरा ले–
डी. आई. सी. ई. (D.I.C.E.) चार कारक हैं जो किसी भी निर्देशांक में परिवर्तन करने वाले पहल के परिणाम को निर्धारित करते हैं । प्रबंधकारी वर्ग जांच करके डीआईसीई चार कारकों का अध्ययन जरूर करें और पूर्ण जॉच करे कि उनके परिवर्तन कार्यक्रम उडान भर सकते है या भूग्रस्त हो जायेंगे।

१. 'डी ' (D)– मियाद परिवर्तन कार्यक्रम पूरा होने तक है अर्थात मील का पत्थर का आकलन करना, पूरे विस्तार के बीच का समय चाहे लंबे या छोटे हो ।

२. 'आई' (I) – परियोजना टीम के प्रदर्शन की ईमानदारी अर्थात, समय पर परिवर्तन कार्यक्रम को पूरा करने की इनकी क्षमता । यह सदस्यों के कौशल तथा इस परियोजना की जरूरतों से संबंधित विशेषताओं पर निर्भर करता है ।

३. 'सी' (C) – प्रतिबद्धता से एक तरफ शीर्ष प्रबंधन द्वारा परिवर्तन प्रदर्शित किया और दूसरी तरफ प्रभावित कर्मचारियों की परिवर्तन के लिये वचन बद्धता प्रदर्शित करना ।

४. 'ई' (E)– परिवर्तन के कारण, अपने प्रयास के बल पर कर्मचारियों को अपने रोजमरी के काम से बढ़कर काम करना है ।[1]

विश्व व्यापक दृश्ययोजक बदल रहा है (वल्डवाइड चेन्जिंग सीनेरियो):

वैश्विक बाजार की ताकते लगातार गति बोधक से संस्था के व्यापार रणनीति पर प्रभाव बना रहे हैं। विश्व व्यापक परिवर्तन की प्रतिक्रिया पर संस्थायें असाधारण प्रयास कर आगे आ रही हैं। यह मानव संसाधन की रणनीति पर भी प्रभाव डालती है। इस गत्यात्मक दृश्य योजना में हम सभी को परिवर्तन के लिए अनुकूल बनाना है। चाहे आप वरिष्ठ प्रबंधन, मध्यम प्रबंधन, या कनिष्ठ के रूप में, काम कर रहे हैं, आपको परिवर्तन के लिए सही परिप्रेक्ष्य को अनुकूलित करना होगा । अन्तत: यह मूलभूत रूप से समग्र संगठनात्मक लक्ष्य पर एक प्रभाव बनाता है जो आम लक्ष्य है जो कि हम सभी विभिन्न कार्यों के प्रदर्शन द्वारा लक्ष्य का पीछा करते है।

"The secret of change is to focuses all of your energy, not on fighting the old but on building the new".
- Socrates

Source: (1) [PDF] D.I.C.E.(Duration, Integrity, Commitment & Effort) Framework...
unpan l.un.org/intradoc/groups/public/documents/.../unpan022087.pdf

कैसे परिवर्तन को संभाले?

आपको जॉन पी कोटर के 'सफल परिवर्तन के आठ कदम' के बारे में आवश्य पता होगा। हम एक बार फिर इन निम्न चरणों को संशोधित करते हैं।

जॉन पी. कोटर एक हार्वर्ड बिजनेस स्कूल के प्रोफेसर, अग्रणी विचारक और संगठनात्मक परिवर्तन प्रबंधन के लेखक हैं। कोटर की उच्च मानककिताबें 'लीडींग चेन्ज' (१९९५) और आगे की कार्यवाही 'दि हार्ट ऑफ चेन्ज' (२००२) ज्ञान और प्रबंध परिवर्तन के लिए एक उपयोगी मॉडल का वर्णन करती है। प्रत्येक चरण में एक प्रमुख सिद्धांत से संबंधित कोटर द्वारा की गई पहचान लोगों की अनुक्रिया के संबंध में स्वीकार करते है और दृष्टिकोण का परिवर्तन करने, जिसमें लोग देखते हैं, महसूस करते हैं और उसके बाद परिवर्तित हो जाते हैं। कोटर के आठ कदम परिवर्तन मॉडल को संक्षिप्त किया जा सकता है जैसे:

१. अविलंबिता में वृद्धि (इन्क्रीज अरजेंसी) – लोगों को स्थानांतरित करने, उद्देश्यों को वास्तविक और प्रासंगिक बनाने के लिए प्रेरित करें।

२. मार्गदर्शक टीम का निर्माण – सही भावनात्मक प्रतिबद्धता, और कौशल और स्तर के सही संयोजन के साथ सही लोगों को प्राप्त करें।

३. सही दृग्विषय (विजन) पाना – एक टीम की स्थापना करने के लिए आपको साधारण दृष्टि, स्वप्न और रणनीति, भावनात्मक और रचनात्मक पहलुओं तथा सेवा और दक्षता से उसे चलाने के लिए इन आवश्यकताओं पर ध्यान दें।

४. संवाद का अंत:क्रय (कम्यूनिकेशन फॉर बाई इन) – यथासंभव, कई लोगो को शामिल करके, जीवन की साधारण आवश्यकताओं का संचार करना, और सीधे शब्दों में अपील कर और लोगों की जरूरतों के लिए प्रतिक्रिया करना। संचारों को व्यवस्थित करे, प्रौद्योगिकी को अपने अनुरूप बनाये जो कि आपके लिए काम करे बजाय आपके विरुद्ध में।

५.सशक्त कार्रवाई (एमपावर एक्शन)– बाधाओं को दूर करें, सकारात्मक प्रतिक्रिया को सक्षम करें और नेताओं से बहुत सारा समर्थन – पुरस्कारों और प्रगति तथा उपलब्धियों को पहचानना।

६. अल्पावधि जीत का सृजन – ऐसे लक्ष्य सेट करें जिसमें उद्देश्य को हासिल करना आसान है क्योंकि कार्यों को छोटे छोटे खण्ड और संख्याओं में तोड़ कर प्रबन्धनीय कार्यवाही करना हैं। कुछ नया शुरू करने से पहले वर्तमान कामों को खत्म करें।

७. छोड़ना नहीं करते रहना – दृढ़ संकल्प और दृढ़ता का पालन करे और प्रोत्साहित करें। प्रोत्साहन से प्रगति आगे की ओर बढ़ती है और जो हासिल किया है उस पर प्रकाश डाले तो भविष्य में मील के पत्थर साबित होगा।

८. परिवर्तन को दृढ़ (स्थापित) करना– भर्ती के माध्यम से सफल परिवर्तन को महत्व को अधिक शक्तिशाली बनाना, अधिनायक की पदोन्नति कर और नए परिवर्तन करना तथा संस्कृति में परिवर्तन को बुनें।[2]

यद्यपि वहाँ कोई सफल कार्यप्रणाली के संकेत नहीं है जो, हर कंपनी के लिए काम कर सकेंगे फिर भी वहाँ कुछ अभ्यास, उपकरण, और तकनीकों के द्वारा उसे विभिन्न परिस्थितियों के अनुकूलित किया जा सकता हैं।

परिवर्तन प्रबंधन के लिए एक मॉडल

इस उद्योग में अपने अनुभवों के आधार पर, मैं आगे परिवर्तन प्रबंधन के लिए एक मॉडल डालना पसंद करूँगी। किसी भी संगठनात्मक विकास के चरण को, इन दो महत्वपूर्ण चीजों की जरूरत है। सबसे पहला विचार यह है कि हमे एक कार्य योजना को डिजाइन करने से पहले स्वत्व रखना और दूसरा यह है कि परिवर्तन निष्पादित करने के लिए कार्यक्षम कर कार्य योजना को तैयार करना है। यहाँ मॉडल है,

Source: (2) www.course-iq.com

परिवर्तन को संभालने से पहले, अधिनायक को दिमाग में इन सब बातों को रखना चाहिए।

१. आप लोगों के साथ काम कर रहे हैं, जो संगठन के मानव पूंजी है। परिवर्तन केसाथ निपटते समय कृपया मानवीय दृष्टिकोण की उपेक्षा न करें। प्रतिक्रियाओं में सभी व्यावहारिक संभावनाओं के साथ ही साथ परिवर्तन के परिणामों पर विचार करें।

२. आपके कर्मचारियों और टीम की स्पष्ट समझ, टीम के किसी भी कार्य योजना के डिजाइन करने के लिए बिल्कुल जरूरी है। आपको शुरुआत से पहले एक स्पष्ट, तर्क संगत (SWOT) 'स्वोट' विश्लेषण करना चाहिए। आपकी टीम की कमजोरी को आगामी चुनौतियों से निपटने के लिए बाधक नहीं होनी चाहिए।

३. परिवर्तन संवाद करते समय, संगठन के प्रत्येक परत – शीर्ष प्रबंधन, मध्यम प्रबंधन और कर्मचारियों पर समान रूप से विचार किया जाना चाहिए। उन्हें कंपनी की दृग्विषय (विजन) से जोड़कर शामिल किया जाना चाहिए तथा परिवर्तन की प्रक्रिया में अपनी खुद की भूमिकाओं को निष्पादित करने के लिए सुसज्जित और अभिप्रेरित कर परिवर्तन किया जाना चाहिए।

४. आप के पास स्वत्व और लोगों के पूरे विश्र्वास का प्रदर्शन, परिवर्तन को संभालने की शुरुआत करने से पहले होना चाहिए। आपको स्पष्ट रूप से विचारों को अधिक शक्तिशाली करने के लिए नियमित माध्यम से समय पर कोर संदेशों का, संचार कर जो कि तर्कसंगत और एक मानवीय दृष्टिकोण के साथ–साथ व्यावहारिक रूप से तैयार किया जाना चाहिए।

५. वहाँ स्पष्ट सोच और संभावित पटरी से उतारने वाले (डिरेलर) की पहचान की जानी चाहिए।

उपरोक्त सोच के आधार पर कार्यान्वित होना:

१. शीर्ष प्रबंधन के साथ शुरू करें।

२. अभिभाषण और स्पष्ट रूप से संस्था को प्रत्येक स्तर पर शामिल करें।

३. 'स्वोट' के आधार पर एक अनुकूल कार्य योजना तैयार करें।

४. एक तर्कसंगत कार्य योजना दें जो लोगों को जिम्मेदार बनाता है और परिणाम मूलक कार्यों पर ध्यान केंद्रित करता है।

५. उनके सभी संदेहों से वाकिफ कराना।

६. वहाँ संभावित डीरेलर्स के लिए एक वैकल्पिक कार्य योजना होनी चाहिए।

७. परिवर्तन संदेश संप्रेषण एक पूरी तरह से अति महत्वपूर्ण कार्य है।

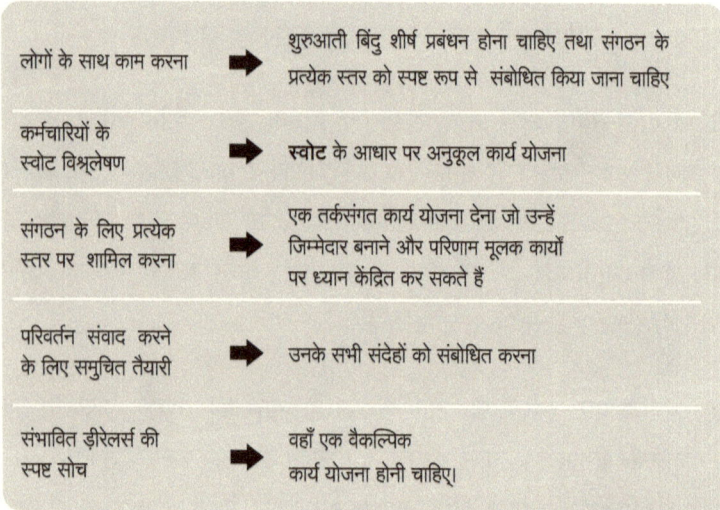

लोगों के साथ काम करना	➡	शुरुआती बिंदु शीर्ष प्रबंधन होना चाहिए तथा संगठन के प्रत्येक स्तर को स्पष्ट रूप से संबोधित किया जाना चाहिए
कर्मचारियों के स्वोट विश्लेषण	➡	**स्वोट** के आधार पर अनुकूल कार्य योजना
संगठन के लिए प्रत्येक स्तर पर शामिल करना	➡	एक तर्कसंगत कार्य योजना देना जो उन्हें जिम्मेदार बनाने और परिणाम मूलक कार्यों पर ध्यान केंद्रित कर सकते हैं
परिवर्तन संवाद करने के लिए समुचित तैयारी	➡	उनके सभी संदेहों को संबोधित करना
संभावित ड़ीरेलर्स की स्पष्ट सोच	➡	वहाँ एक वैकल्पिक कार्य योजना होनी चाहिए।

सुझाव मॉडल में उपरोक्त चरणों का उपयोग करके, कर्मचारियों को समझना होगा कि क्या अपेक्षा रख सकते हैं, तथा समग्र परिवर्तन में कैसे अपने स्वयं के व्यक्तिगत परिवर्तन का प्रबंध करें, संस्था में सभी एक दूसरे के साथ कैसे काम करे इन सबका प्रबंध करना तथा इसे परिवर्तन के अनुरूप बनाना है। यह एच आर प्रबंधक की प्रमुख जिम्मेदारी है कि वह ये सुनिश्चित करें कि कर्मचारियों के द्वारा परिवर्तन को सकारात्मक रूप से स्वीकार किया है ताकि वे व्यापार के लक्ष्यों को हासिल करने के लिए संस्था की मदद कर सकें।

अंत में, अब हमने उस परिवर्तन प्रबंधन को समझ लिया है कि, मैं एक सवाल जो अक्सर पूछा जाता है हम संबोधित करेंगे।

क्या ओ ड़ी (संस्था का विकास) परिवर्तन प्रबंधन के जैसा है?

नहीं ऐसा नहीं है। कई बार जब एक संगठन को नाटकीय परिवर्तन की आवश्यकता है तब वो नहीं करते है ओ डी का इस्तेमाल और ओ ड़ी के इस्तेमाल पर भरोसा नहीं कर सकते। कई बार, व्यवसायिक बाजार में एक संगठन को आउटसोर्सिंग जैसे त्वरित और अनियोजित कार्रवाई करने की आवश्यकता होती है, कटौती, या वेतन में घटौती या स्वास्थ्य सेवा लागत बढ़ाने जैसी कायवाही की आवश्यकता होती है। इन परिवर्तनों को यद्यपि अपने अस्तित्व के लिए बिल्कुल जरूरी हो सकता है, वे आवश्यक रूप से ओडी के प्रक्रियाओं का, सिद्धांतों, या मूल्यों का पालन नहीं करते।

एक व्यापार को दोनों, ओ डी मॉडल और परिवर्तन मॉडल उसके जीवित रहने के लिए जरूरत है। जबकि लंबी – अवधि के, प्रणाली में व्यापक योजना बनाना ताकि परिवर्तन (ओ डी मॉडल) में परिणाम किसी संगठन के लिए बहुत फायदेमंद हो सकता है, और उसके आधार–रेखा के लिये भी लेकिन जल्दी से कार्रवाई करने और तत्काल निर्णय लेने की विफलता के कारण, यहां तक कि जब उन प्रक्रियाओं में ओडी सिद्धांतों के उल्लंघन से संभव है शायद ठीक साबित करना संस्था के लिए घातक हो सकता है।[3]

> "It is not the strongest of the species that survive, nor the most intelligent, and the one most responsive to change."
>
> -charles darwin

Source: (3) Organization Development by Gary McLean

केसलेट

एशिया बैंक में परिवर्तन प्रबंधन

एशिया लिमिटेड बैंक कमला बैंक के साथ विलय कर दिया गया। एशिया बैंक आकार में कमला बैंक से लगभग तीन गुना अधिक था। एशिया बैंक के १२०० कर्मचारियों के सामने कमला बैंक के २६००कर्मचारी है। आधे से अधिक तो कमला बैंक में कर्मचारियों में क्लर्कों थे और लगभग ४०० के करीब अधीनस्थ कर्मचारी स्टाफ थे। वहां दोनों बेकों के कर्मचारियों के प्रोफ़ाइल, ग्रेड, पदनाम और कर्मचारी वर्ग के वेतन में बहुत भारी अंतर था।

इस खबर के साथ, कमला बैंक के स्टाफ ने असुरक्षित महसूस किया कि एशिया बैंकवाले अपनी उत्पादकता के अनुरूप बनाने हेतु उनको दबाव डालेंगे, आगे बढ़ायेंगे। कमला बैंक स्टाफ को यह भी डर था कि उनके पदनाम तथा पदों को प्रतिभूति जमानत के तहत किया जाएगा। वहां भी कमला बैंक की ग्रामीण शाखाओं को जारी रखने के बारे में संदेह था जैसा कि एशिया बैंक का कारोबार मुख्य रूप से शहरी उन्मुख था। कमला बैंक के कर्मचारियों की आशंकाऐं बिलकुल जायज थीं जो कि कुल मिलाकर दोनों बैंकों की संस्कृतियों और प्रबंधन शैलियों में भिन्नता थी। जबकि कमला बैंक ने अपने बैंक के संपूर्ण मुनाफे पर ध्यान केंद्रित किया; इसके विपरीत, एशिया बैंक ने प्रत्येक विभाग को लाभ केंद्र में परिवर्तित कर दिया और कर्मचारियों के लिए बोनस व्यक्तिगत लाभ केंद्र के प्रदर्शन के अनुसार उपलब्ध कराए गए पूरे बैंक का मुनाफे के बजाय।

एशिया बैंक ने तकनीकी दृष्टि से कमला बैंक की सभी शाखाओं को उन्नत बनाया और यह भी कि दो संस्कृतियों के सुचारू समाकलन कर सुविधाजनक बनाने पर विशेष ध्यान दिया गया। एशिया बैंक मुआवजा संरचना और कार्य संस्कृति को एक समान

अनुमान कर, परिवर्तन प्रबंधन की प्रक्रिया को मद्देनजर रखते हुए इससे निपटने के लिए परामर्शदाताओं की सेवाएं ली।
एशिया बैंक ने विलय के दौरान भय तथा आशंका के स्तर को कर्मचारियों के व्यवहारिक प्रतिरूप को समझने के लिए विशेष रूप से ध्यान दिया था। विवरण नीचे दी गई तालिका में वर्णित हैं।

अवधि	कर्मचारी व्यवहार
दिन १	इनकार, भय, कोई सुधार नहीं
एक महिने बाद	उदासी, मामूली सुधार
नौ महिने बाद	स्वीकृति, यथोचित सुधार
१$\frac{१}{२}$ वर्षो बाद	राहत, पसंद, संतुष्टि, व्यवसाय विकास

विलय के बाद कर्मचारी के व्यवहार पैटर्न

ऊपयुक्त को प्राप्त करने और कर्मचारी संतुष्टि में सुधार करने के लिए, कमला बैंक ने निम्नलिखित महत्वपूर्ण लीवर पर विचार किया है ---
१. सभी कर्मचारियों के डाटाबेस
२.कर्मचारी कैरियर मानचित्रों
३.संचार उपकरण
४.आई टी एकीकरण – लोगों की एकीकरण – व्यवसाय एकीकरण

ऊपर दिए गये चार बिंदुओं के लिए, एच आर समीक्षकों ने आलोचनात्मकसंचालन किया और निम्नलिखित पर ध्यान केंद्रित किया है:

- कर्मचारी संचार
- सांस्कृतिक एकीकरण
- संगठनात्मक पुनर्गठन
- भरती
- मुआवजा और नीति युक्तिकरण

- निष्पादन प्रबंधन
- प्रशिक्षण
- कर्मचारी के संबंध

कर्मचारी के प्रतिरोध के बाद के संस्करण की देखभाल करने के लिए–– ऊपयुक्त प्रयत्न एशिया बैंक द्वारा प्रयासों के प्रभावी संचार पर विशेष जोर देने के साथ शुरू किए गए थे। कर्मचारी की भागीदारी सुनिश्चित करने और परिवर्तन के लिए प्रतिरोध को न्यूनतम करने के लिए, एशिया बैंक के प्रबंधन ने स्पष्ट संचार चैनल की स्थापना किसी भी प्रकार के गलत संदेशों के आदान–प्रदान से बचने के लिए की।

ट्रेनिंग प्रोग्रामों को संचालित करके (कार्यात्मक और सॉफ्ट कौशल) कर्मचारियों के ज्ञान के महत्त्व पर ज़ोर दिया गया तथा प्रौद्योगिकी और कौशल के मनोदृष्टि को बढ़ाने के लिए उस पर बल दिया गया। प्रबंधन ने आकस्मिकता योजना पर भी काम किया तथा कमला बैंक के कर्मचारी यूनियनों के साथ अच्छे कर्मचारी संबंधों को बनाए रखने के लिए एक सीधा संवाद आरंभ किया। विलय के पहले वर्ष के अंत तक इस एशिया बैंक ने कमला बैंक की एच आर की चुनौतियों को बहुत अच्छी तरह से संभाला। उपरोक्त मानव संसाधन की पहल ने एक फायदेमंद परिस्थिति दोनों बैंक के लिए उत्पन्न की।

आपको किन चीजों पर काम करना होगा:

१. क्यों विलय के बाद कमला बैंक के कर्मचारियों को डर था?

२. क्यों एशिया बैंक ने कर्मचारी व्यवहार पैटर्न का अध्ययन किया था?

३. विलय के बाद निर्बाध सरलीकरण के लिए एशिया बैंक के द्वारा कमला बैंक के साथ किन कदमों को उठाया गया था?

४. क्या परिवर्तन प्रबंधन के लिए एक सलाहकार भाड़े पर नियुक्त करना आवश्यक है? क्या भूमिका इस मामले में परामर्शदाताओं ने अदा की?

Reference-
http://www.icmrindia.org/casestudies/catalogue/Human%20Resource%20and%20Organization%20Behavior/
Change%20Management-ICICI-Human%20Resource%20and20Organization%20Behavior%20Case%20Study.htm

७

मानव संसाधन का विश्लेषण

[एच. आर. एनालिटिक्स]

कभी भी 'उन्हें दिखाने की' जरूरत को महसूस किया, कि मानव संसाधन व्यापारिक परिणामों पर किस तरह प्रभाव रखसकता है? अगर हाँ, तो आपका समय अभी आता है!

मानव संसाधन विश्लेषणात्मक की दुनिया में प्रवेश करें !

मानव संसाधन विश्लेषण संस्थाओं के लिए आज दुनिया भर में एक अत्यधिक उत्तेजक विषय है। इसे प्रतिभा विश्लेषण भी कहा जाता है। अंतर्दृष्टि के साथ मुहैय्या कराता है यह एक संस्था को प्रभावी ढंग से अपने लोगों को प्रबंधित करने के लिए जिससे कि यह तेजी से और एक कारगर ढंग से अपने व्यापार के लक्ष्यों तक पहुँच सकता हैं। असल में, यह मतलब हुआ कि प्रक्रिया के माध्यम से, संस्था में लोगो के ऊपर निवेश पर (आर ओ आई) उन्हें एक इष्टतम प्रतिफल प्राप्त होना चाहिए । एच आर विश्लेषिकी के खनन के आकड़ें परिष्कृत तकनीकों पर लागू होता है तथा एच आर आकड़ें का विश्लेषण करने के लिए व्यापार विश्लेषणात्मक होता है ।

जरा इस पर सोचे तो ज्यादातर संगठन में एच आर विश्लेषण करने के लिए उनके पास पर्याप्त आकड़ें है जिसका वे प्रभावी ढंग से उपयोग कर सकते है । हालांकि, यह आँकड़ा सिर्फ बनाया नही गया है लेकिन यह विभिन्न स्वरूपों में विभिन्न जगहों पर संग्रहित भी किया गया है । यद्यपि एच आर विश्र्लेषिकी के सॉफ्टवेयर, काफी आसानी से उपलब्ध हैं, वर्तमान में कई कंपनियों के एच आर आकड़ें के लिए एक आँकड़ा गोदाम है तथा इस पर व्यापार आसूचना विभाग अनुप्रयोगों का लाभ उठाने के लिए उपलब्ध हैं । कुछ अन्य लोगों आँकड़ा फेडरेशन प्रौद्योगिकी का उपयोग एक आभासी (वरचुअल) डेटाबेस में विभिन्न स्रोतों से आँकड़ें जमा करने के लिए करें ।

तो वास्तव में मानव संसाधन विश्लेषणात्मक क्या है?

मानव संसाधन विश्लेषणात्मक की परिभाषा (एच आर विश्लेषणात्मक) है जो कि यह विश्लेषणात्मक क्षेत्र में एक ऐसा क्षेत्र है कि कर्मचारी के प्रदर्शन में सुधार करने की

आशा में एक संस्था के मानव संसाधन विभाग के लिए विश्लेषणात्मक प्रक्रियाओं को लागू करने को संदर्भित करता है और इसलिए निवेश पर बेहतर रिटर्न मिल रहा है। चलो मानव संसाधन विश्लेषणात्मक की कुछ विशेषताओं को देखते हैं।[1]

एच आर विश्लेषणात्मक सिर्फ आंकड़े जुटाने पर रोक नहीं करता। बल्कि...

१. आँकड़ें इकट्ठा करके, यह मानव संसाधनों की प्रत्येक प्रक्रिया के बारे में विस्तृत जानकारी देता है और इन प्रक्रियाओं में सुधार लाने पर यह प्रासंगिक निर्णय का आधार बनाया जा सकता है।

२. यह आँकड़ें दो प्रकार के सहसंबंधी है -- एक, लोगों के आँकड़ें और दूसरा व्यावसायिक आँकड़ें।

३. यह एच आर विभाग और एक संस्था के व्यापार के परिणामों के बीच एक सीधा संबंध स्थापित करता है। उसके सुधार के लिए रणनीति इस सम्बद्ध के आधार पर बनाई जा सकती हैं।

४. एच आर के कार्यों का सब से महत्वपूर्ण मुद्दा जैसे प्रतिभा अधिग्रहण, अनुकूलन, मुआवजा और प्रतिभा के विकास विश्लेषणात्मक में प्रक्रियाओं के अनुप्रयोग के साथ समृद्ध किया जा सकता हैं।

५. एच आर विश्लेषणात्मक का इन मूल कार्यों की समस्याओं के बारे में पता कर उनके समाधान के लिये प्रभावी ढंग से प्रयोग किया जा सकता है। एच आर एनालिटिक योजना को फलीभूत करने के लिये, अन्तर्द्रष्टि निर्णय लेने और कार्यान्वित करने के लिये।

पांच महत्वपूर्ण मानव संसाधन विश्लेषणात्मक

कार्नेल विश्वविद्यालय के एक अध्ययन के अनुसार, संस्थाओं में व्यापार और एच आर से संबंधित आँकड़ें आज अधिक इकट्ठा किया जाना पाया जा सकता है। हालाँकि, हैरत की बात यह है कि अभी भी प्रभावी ढंग से कार्यबल की प्रवृत्तियों का पूर्वानुमान, जोखिम को कम करने और संगठनात्मक परिणामों को जोड़ने के लिए इस्तेमाल नही किया जा रहा है।

Source: (1)http://www.techopedia.com/definition/28334/human-resources-analytics-hr-analytics

बल्कि अतीत या वर्तमान से चिपके रहने के बजाय, उनकी तुलना में, उसे प्रभावी बनाने के लिए एच आर विश्लेषणात्मक को भविष्य की ओर देखना चाहिए और संस्था की मदद कर पूर्वानुमान से और यह मूल्यांकन करना चाहिए।

इसलिए, हमे लगता है कि अधिक अहमियत में से जो एच आर विश्लेषिकी हैं वे मानव पूंजीगत मूल्य शृंखला में उत्पादित कर परिणामों पर ध्यान केंद्रित कर रहे हैं। अगर आप जानना चाहते है, कि किस विश्लेषणात्मक को आपको अपने संस्था के लिए प्रयोग करने की जरूरत हैं, तो आपका जवाब आंशिक रूप से उस पर आधारित होना चाहिए जो सभी महत्वपूर्ण सवालों का जवाब देगा, कि ''क्या प्रभाव एच आर के कार्य का व्यवसाय पर पड़ता है ?''

हालांकि, वहाँ कुछ महत्वपूर्ण क्षेत्रों पर अच्छे विश्लेषकों को ध्यान केंद्रित करना चाहिए जैसे:

- **मानव संसाधन**: एक संस्था की रणनीति लम्बी अवधि के लिये यह होनी चाहिये कि संस्था के लोगों को अपने व्यवसाय और कैरियर के लक्ष्यों को पूरा करने के लिए वे सुनिश्चित करें। उन्हें मात्र आयाम के रूप में देखने के बजाय, इन रणनीतियों को एच आर विश्लेषणात्मक के दृष्टिकोण का उपयोग करके इस प्रकार के कर्मचारियों के लिए मूल्य सिरजना कर आगे विकसित किया जा सकता है। इसलिए यदि संस्था कर्मचारी संलग्नता के माध्यम से मूल्य उत्पन्न करते हैं, तो इस तरह के लोगों की यह पहचान कर सकते हैं जो एक समूह में कार्यान्वित हों जनसांख्यिकीय (डेमोग्राफिक) या मनोवैज्ञानिक (सोशियोग्राफिक) कारकों का उपयोग करके।

- **निष्पादन**: एक संस्था में कितने कर्मचारी को नेतृत्व की स्थिति में है इसका अति विशाल डेटा होगा, जो कि कितनी अवधि के लिए, उसका विशेष कौशल का संग्रह क्या है, कितने पदोन्नतियाँ पा चुका है आदि। एनालिटिक्स का

उपयोग करके, संस्था शीर्ष के कलाकार जो है उनके गुणों की पहचान कर सकती हैं।

- **नेतृत्व निष्पादन**: मानव संसाधन विश्लेषिकी के माध्यम से, एक संस्था के कारकों का विश्लेषण कर अपने अधिनायक को प्रभावी बना सकते हैं।

- **सामाजिक पूंजी**: आज ज्यादातर संस्था में टीम कैसे काम करती है वह अधिक महत्वपूर्ण है बनिस्पत एक व्यक्ति का कौशल। इस वृत्तांत में, अपने सामाजिक नेटवर्क के एक विश्लेषण के साथ वचनबद्धता की गतिविधियों जैसे उपायों के माध्यम से, संस्था को समझ सकते है कि कौनसे कर्मचारी एक टीम में एक साथ काम कर सकते हैं।

- **मानव संसाधन में निवेश**: महत्वपूर्ण है कि एक संस्था यह विश्लेषण करे कि इनके एच आर में निवेश कितनी अच्छी तरह से हो रहा है। कॉर्नेल अध्ययन के अनुसार, जैसा कि पहले उल्लेख हैं, कि डैशबोर्ड्स का काम सूचना एकत्र करना साथ ही साथ सांझा करना हैं। हालांकि, इनके इस्तेमाल के द्वारा एच आर को भविष्य की योजना बनाना चाहिए तथा संभावित समस्याओं की पूर्व – सूचना दे कर या एच आर की प्रकियाओं के कार्यबल के प्रभाव पर नजर रखा जा सके।

आज की वास्तविकता में एच आर विश्लेषणात्मक(एनालिटिक्स)

> एच आर विश्लेषणात्मक (एनालिटिक्स) के महत्व को अब अच्छी तरह से एच आर बिरादरी भर में जाना जाता है। एच आर के अधिनायकों द्वारा ठीक ठीक ऑकलन करने के लिये रह जाता है कि अपने संस्था के फायदे के लिए इसका उपयोग कैसे करें।

से मेल बिठाना:

जैसा कि मैंने पहले उल्लेख किया है, एच आर विश्लेषणात्मक का उपयोग कर भावी प्रदर्शन की पूर्व–सूचना देना और व्यवसायों पर प्रभाव को दर्शाना एच आर की मौजूदा प्रवृत्ति रहा है। हालांकि, चुनौती यहाँ है कि अधिकांश मामलों में संस्थायें

अभी तक सुनिश्रि्चत नहीं हैं कि यह कैसे हासिल किया जा सकता है। कारण यह है कि एच आर के विश्र्लेषणात्मक का अभी तक ठीक तरह से परिभाषित नहीं किया है। एक और चुनौती है कि एच आर विश्लेषणात्मक की दृष्टिकोण को लागू, करने का लिए जो सारे तंत्र (सिस्टम) को एक दूसरे के साथ मिलाकर उन्हें समकालिक किया जाता है। आइए देखें कुछ व्यावहारिक तरीके, जिसके द्वारा एक संगठनों को विश्लेषणात्मक के आधार पर एच आर की रणनीति बना सकते हैं।

१. एक एक कदम से शुरूआत –

ज्यादातर संस्थायें पूर्वानुमान लगाने की गलती करती हैं कि उनको एच आर के सूक्ष्म विश्लेषण और महत्वपूर्ण प्रभाव के लिए एक समय में उनके पूरे एच आर आँकड़ो की पूर्णत: जाँच करनी चाहिए। लेकिन यह जरूरी नहीं है। एक संस्था कोई एकल एच आर की प्रक्रिया को पहचान कर उसके साथ काम शुरू कर सकते हैं और महत्वपूर्ण व्यवसाय के परिणाम पर इसके प्रभाव को प्रदर्शित कर सकते हैं। आपके कर्मचारी का अभिमत सर्वेक्षण (ओपीनियन सर्वे) इस का एक अच्छा उदाहरण है। इधर, कारण – प्रभाव का विश्लेषणात्मक महत्वपूर्ण परिणाम पर सीधा असर होने से उनके मनोभाव के प्रदर्शन करने में मदद मिलेगी जैसे लाभ, सुरक्षा, कारोबार, उत्पादकता आदि।

२. छोटे व्यापार के मामले मजबूत होगे –

एक लघु उद्योग के पास ''अतिरिक्त सामान'' न होने का फायदा होता है जैसे कि उनके पास अधिक आँकड़े न होना उनके लिए एक विशेष लाभकारी होता है। लघु उद्योग पुराने तथा व्यर्थ की पद्धतियों तथा अत्यधिक आँकड़ों से बच जाते है। उनके आकार के कारण, वे व्यक्तिगत प्रदर्शन पर ध्यान केंद्रित कर सकते हैं। उनके लिए, मानव संसाधन विश्लेषणात्मक की सफलता मजबूत प्रदर्शन – उन्मुख संस्कृति और प्रदर्शन प्रबंधन के उपकरण पर निर्भर करेगा।

३. विशाल संस्थाओ के लिए विश्लेषणात्मक –

विशाल संस्थाओ, में प्रासंगिक आँकड़े सर्वर या प्लेटफार्मों के विभिन्न स्थानों पर इकट्ठा किया जाता है । ऐसी स्थिति में, विश्लेषणात्मक परदे के पिद्दे के कार्यालय में विभिन्न अलग अलग मंचो के द्वारा आँकड़े एकत्र कर संचालित किए जाने की जरूरत है ।

४. विशाल विश्लेषणात्मक और बृहत समाकलन (बिग एनालिटिक और इन्टीग्रेशन) –

सभी विशाल संस्थानों के लिए मानव संसाधन के अनेक मंचों का एकीकरण करना एक विशाल कार्य है जो किसी करामात से कम नहीं समझा जा सकता है। संस्था को एक विस्तार पूर्ण प्रस्ताव को स्थापित करना चाहिए जिसमें एक तरफ विश्लेषण तथा उसके प्रभाव को रखें, और दूसरी तरफ सूचना प्रौद्धिकी (आइ टी) परिवर्तन की योजना के साथ ही साथ कार्यान्वित करना चाहिए । एक अन्य बड़ा कार्य है जो कि लोगो को विश्लेषण संबंधी कार्य के लिए उत्साहित करना तथा डेटा का एकीकरण समाप्त न हो जाये उससे उत्साह को बरकरार रख पाना चाहे इस कार्य में कितने महिने या साल लग जाये । लोगो को प्रेरित करने का सबसे बढ़िया तरीका है परदे के पीछे से कारण तथा उसके प्रभाव का विश्लेषण शुरू कर दे और उसके नतीजों को अधिनायको के सामने पेश करें ।

५. समाकलन के लिए सशक्त विश्लेषणात्मक (स्ट्राँग एनालिटिक फॉर इन्टीग्रेशन) –

एक बात सोचने के लिए प्रेरित हो सकते हैं कि संगठनात्मक लागत एकमात्र आंकड़े और तथ्य भंडारण के माध्यम से निर्मित हो सकता हैं। हालांकि, यह निश्चित रूप से अधिक उपयोगी है। चुनौती मानव संसाधन और अन्य व्यवसायिक परिणाम के बीच सहसंबंध प्रदर्शित करने के लिए अन्य कार्यों से व्यवसाय के परिणाम के अर्थ को स्पष्ट करने में निहित है।

इनमें से कोई भी व्यावहारिक राह कुशलतापूर्वक और प्रभावी ढंग से वास्तविक व्यवसाय के परिणाम पर एच आर के प्रभाव का प्रदर्शन करेंगे।

६. मुख्य आँकड़े और तथ्य (बिग डाटा) –

इसको समझने के लिए कि कैसे एच आर विश्लेषणात्मक के माध्यम से परिवर्तन संघटित होता है, हम पहले मुख्य आँकड़ों और तथ्य की अवधारणा को समझते हैं। यह एक प्रचलित शब्द है दोनों आँकड़ों की उपलब्धता का वर्णन कर (संरचित और असंरचित) इसके साथ ही घातांकीय (एक्सपोनेनशियल) वृद्धि होना। जैसे हम में से कोई भी कंप्यूटर के बिना कुछ भी नहीं कर सकता हैं, इसी तरह बड़े आँकड़ों के साथ भी है यहाँ तक कि इसका महत्व कारोबारी परिदृश्य से भी संबंधित है।

क्यों?

यह एक प्रक्रिया है जो एक पूरा चक्र घूम आता है।

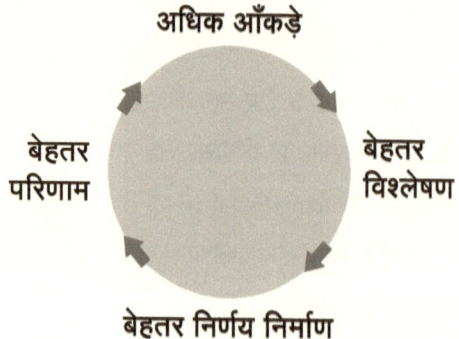

आई बी एम के अनुसार हर दिन हम २.५ क्वीन्टलीयन बाइट्स आँकड़ों का सृजन करते हैं। इतना ही नहीं बल्कि दुनिया में आज ९०% आँकड़े पिछले दो सालों में बनाये गये है[2] यह आँकड़ें हर जगह से आते हैं जलवायु में जानकारी इकट्ठा करने के लिए इस्तेमाल सेंसरों से, सोशल मीडिया साइट्स, डिजिटल तस्वीरें और वीडियो के पोस्ट, खरीद लेन देन रिकॉर्ड, और सेल फोन जी पी एस संकेतों के कुछ एक नाम है। यह डेटा मुख्य डेटा कहलाता है।''

मुख्य आँकड़ें और तथ्य की मुख्य विशेषताओं में से कुछ बेहतर समझाया जा सकता है जो निम्नलिखित अनुसार :

Source: (2)http://www-01.ibm.com/software/in/data/bigdata/

१. घनफल (वोल्यूम) – जिस तरह से हम रहते हैं उसमें एक जबरदस्त परिवर्तन आया है आँकड़ें के बड़े घनफल के लिए योगदान देकर विभिन्न रूपों में निर्माण किया जा रहा है जैसे कि सोशल मीडिया से असंरचित आँकड़ें, मशीन से मशीन के आँकड़ें आदि। आज आँकड़ों की बड़ी मात्रा का संग्रहण चुनौती नहीं रह गया है। बल्कि यह है कि –

अ. विशाल घनफल में आँकड़ों के भीतर का निर्धारण करके आँकड़ों की प्रासंगिकता और

ब. अधिक प्रासंगिक आंकड़ों से मूल्य निर्धारण सृजन के लिए विश्लेषिकी का उपयोग करना

२. वेग (वेलोसिटी) – बस जैसे कि जीवन में असामान्य रुप से गति आई है, तथा आँकड़ें भी अन्धाधुन्ध गति में आते है। यह संगठनों के लिए एक बड़ी चुनौती प्रस्तुत करता है उनसे सतर्क होना तथा विभिन्न उपायों के माध्यम से एक ही रफ्तार से इससे निपटने के लिए जैसे आर एफ आई डी टैग (RFID), सेंसर और होशियार पैमाइश (स्मार्ट मीटरिंग) हो सकता है।

३. विविधता (वेरायटी) – यह आँकड़ा विभिन्न क्षेत्रों के माध्यम से प्राप्त किया जाता है, तो जाहिर है यह सीधा संघटित कर, प्रारूपों के सभी प्रकार में आता है पारंपरिक डेटाबेस से संख्यात्मक आँकड़ें, व्यवसाय आवेदन की लाइन, असंरचनात्मक ग्रंथों, ईमेल, वीडियो, ऑडियो फ़ाइलें, स्टॉक टिकर आँकड़ें और यहां तक कि वित्तीय लेन देन के प्रारूपों में से सभी प्रकार में आता है। लेकिन प्रभावी ढंग से संभालने यानि हैंडलिंग, विलय और आँकड़ों की विभिन्न किस्में गवर्निंग संस्थानों के लिए एक प्रमुख चुनौती है।

४. परिवर्तनशीलता (वेरियेबिलिटी) – असंरचनात्मक आँकड़ें के साथ एक स्पष्ट मुद्दा है कि वह परिवर्तनशील है। यदि यह निरंतर आते हुए आँकड़ें को मैप

किया जाये तो, यह अत्यधिक असंगत हो जाएगा और आपके पास उतार चढ़ाव का एक खाका होगा तो खासकर सामाजिक मीडिया, प्रवृत्तियों, घटनाओं या मौसम के साथ खासकर बिल्कुल एक अप्रत्याशित ढंग से आँकड़ें को गति प्रदान करेगा।

५. समष्टि शुद्धीकरण (कॉम्पलेक्स क्लीन अप) – अनगिनत स्त्रोतों से प्राप्त होने वाले आँकड़ें एक चुनौती पेश करते है एक शृंखला स्थापित करने, एक मिलान खोजने, एक प्रसंग के अनुसार छाँटना और अंततः उसे पूरी तरह से बदल देना, ताकि यह उनका अर्थ समझ में आए। कि अगर इन संबंध, सह संबंध और विभिन्न आँकड़ों के जोड़ने के साधन को सोच विचार कर ग्रहण नहीं किया जाता, तो आप इसे उपार्जित करने की तुलना में इन आँकड़ों बहुत तेजी से खो सकते है।

क्यों मुख्य आँकड़ें और तथ्य महत्वपूर्ण है?

विभिन्न स्त्रोतों जैसे इंटरनेट, बिक्री, ग्राहक सेवा, सामाजिक मीडिया, सेल फोन के आँकड़ें और इतने पर भर में करोड़ों लोगों के अरबों अभिलेखों को ट्रिलियन (एक लाख करोड) करने के लिए एकत्र किया जाता है। मिसाल के तौर पर यह एक असंरचित आँकड़ा है जो कि अक्सर अधूरा है।

यह सत्य है कि आँकड़ें की वृहद मात्रा अधिग्रहण की समस्या नहीं है। असल में प्रश्न यह है कि इन सभी आँकड़ें के साथ आप क्या हासिल करना चाहते हैं। अधिकतर संस्थानों में इस सवाल का जवाब यह होगा कि वे कारोबार के परिणामों में सुधार लाने के लिए, लागत और समय कम करने के द्वारा इसे करना, बेहतर निर्णय लेने या नए उत्पाद के विकास और होशियार प्रस्तावों के लिए इस आँकड़ें का उपयोग करना चाहतेहैं। लेकिन ऐसा नहीं है। एक संस्था विश्लेषणात्मक के साथ मुख्य आँकड़ें और तथ्य के संयोजन के द्वारा सभी निम्नलिखित उत्तरदायित्वों को लेकर कार्य कर सकते हैं:

- **लागत की बचत –** विफलता के कारणों की गहराई में जाकर निर्धारण करें और सही समय में उतरते हुए, मुद्दों और ऐब का पता लगा कर इस प्रकार से लागत की बचत कर सकते हैं।

- **संचालन और क्रियान्वयन –** पैकेज वितरण वाहनों के लिए मार्गों को अनुकूलन करते हुए इसके द्वारा संचालन और क्रियान्वयन को बेहतर बनाना यहाँ तक कि सुधार भी संचालित करना उन वाहनोंके लिये जो रास्ते में हैं।

- **उच्चतम सीमा तक लाभ बढ़ाना –** एस के यू (स्टाक कीपिंग यूनिट) का विश्र्लेषण करके कीमतों को निश्र्चित कर तथा उच्चतम सीमा तक लाभ को बढ़ाने के लिए विस्तृतसूचि को कम किया जाता है ।

- **फुटकर बिक्री –** बिक्री के बिंदु (पी ओ एस) पर फुटकर बिक्री कूपन को ग्राहक के वर्तमान और पिछले खरीद के आधार पर बनाना होता है ।

- **सेल्स –** ग्राहक अपने ज़रूरत के मुताबिक जब इस मोबाइल डिवाइस में बने किसी विशेष लिंक पर जाने के लिए सिफ़ारिश करता है ता कि वो उस आकर्षक ऑफर का लाभ ले सके ।

- **विपदा प्रबंधन –** मिनटों में सम्पूर्ण विपदा प्रबंधन पोर्टफोलियो का फिर से परिकलन करें।

- **ग्राहक प्रबंधन –** तत्परता पूर्वक ग्राहकों को जो सबसे अहम और महत्वपूर्ण हैं उनको ढूंढ निकालना ।

- **नियंत्रण –** क्लिकस्ट्रीम विश्लेषण तथा डाटा मायनिंग का उपयोग करते हूए छलपूर्ण आचरणो की खोज।[3]

Source: (3)http://www.sas.com/en_us/insights/big-data/what-is-big-data.html

अक्षर आप सोच रहे होगें कि आज की तारीख में बड़े आँकड़े तथा तथ्य (डाटा) का मतलब टेराबाइट्र्स है तो एक बार फिर सोचिए! हालांकि जैसे हम आगे बढ़ायेगे ये संभवत बदल सकता है । आज बड़े आँकड़े (डाटा) पेटाबाइट्र्स है जो कि १,०२४ टेराबाइट्र्स है या आगे बढ़े तो ऐक्साबाइट्र्स जो कि १,०२४ पेटाबाइट्र्स है।

बड़े आँकड़ो और तथ्यों तथा मानव संसाधन विश्लेषण द्वारा परिवर्तन – संस्थाओं के लिए वरदान

बड़े आँकड़ो और तथ्यों (बिग डाटा) के संकलन तथा विश्लेषण से संस्थाओं के कमाई में बढ़ोत्तरी, लक्षित ग्राहकों के समूह के बारे में बेहतर जानकारी हासिल कर पाना तथा व्यवसायिक प्रक्रिया में सुधार से खर्चो में कटौती जैसे फायदे होने लगे है ।

बिग डाटा ने मानव संसाधन प्रबंधकों को ढेर सारा संरचित तथा अव्यवस्थित आँकड़ो का विश्लेषण करने में सहायता दी जो कि कर्मचारियों की उत्पादिता की चर्चा करता है। प्रशिक्षण का प्रभाव, कार्मिक संख्या, संनिघर्षण की भविष्यवाणी तथा नेतृत्व की क्षमता की पहचान में भी मदद करता है ।

लेकिन यह कहने केलिए नहीं कि मानव संसाधन विश्लेषण का इस्तेमाल पूर्ण रूप से विभिन्न मानव संसाधन के कार्य करने में उपयोग किये जा रहे है । एस एच एल (SHL) एक संस्था है जो कि टैलेन्ट एनालिटिक्स नाम का सॉफ्टवेयर बेचता है उनके द्वारा २०१३ में कराये गये सर्वेक्षण में यह पाया गया कि ७७ % से ज्यादा मानव संसाधन व्यवसायिक जानने में असमर्थ हैं कि किस तरह से उनकी संस्था के श्रमशक्ति के विभवमापी उनकी संस्था की तल रेखा को प्रभावित कर रही है यद्यपि आधे से भी कम उदाहरण: ४४% वस्तुनिष्ठ संबंधी आँकड़ो का इस्तेमाल कर्मचारी के कार्य निष्पादन का व्यवसायिक फैसलों में मार्गदर्शन के रूप में करते है। इसलिये आँकड़ो के विश्लेषण का उपयोग अच्छे प्रदर्शक को पहचानने में तथा उनके विकास के लिए वे नही कर पाते ।

अक्षर ये समस्या है तो संस्थायें मानव संसाधन के विश्लेषण कर्मचारी वर्ग के फैसले के लिए कैसे कर पायेगें?
इस लिए सही साँफ्टवेयर को प्राप्त करना पहला कदम है। उसके बाद अपना उद्देश्य तय करे और मानव संसाधन विश्लेषण के विक्रेता का तदनुसार चयन करें। उदाहरण के लिए– अगर आपकी आवश्यकतायें बहुत ही विशिष्ट हो तो यह संम्भव है कि एक छोटा विक्रेता आपको कोई विशिष्ट सुझाव को भी मुनासिब खर्चे में देने के लिए तैयार हो।

सुपर – जोक्स जो कि विश्लेषण कर सके उनको ढूँढना

मानव संसाधन विश्लेषण का साँफ्टवेयर को सिर्फ स्थापित कर लेने से उसका कोई उपयोग नहीं है अगर मानव संसाधन गुट में कोई उन आँकड़ों का खनन तथा उनका अर्थ नहीं निकाल सके। ये किसने सोचा था कि मानव संसाधन विभाग को आँकड़ों के प्रबंधन के विशेषज्ञों तथा विश्लेषण के लिए सुपर जोक्स की जरूरत पड़ेगी। अवश्य ही आपको आई टी के लोगों के साथ हाथ मिलाना पड़ेगा, लेकिन अपने विभाग में अगर विशेषज्ञ नही हो तो बहुत ही सफलता या उन्नति में बाधक हो सकता है।

इस समस्या को देखते हुए कुछ प्रगतिशील संस्था ने आँकड़ा वैज्ञानिक को ही नौकरी पर रखा है और कुछ ने तो उन्हें ही मानव संसाधन विभाग का मुखिया बना दिया है। इसका स्पष्ट उदाहरण है जनरल मोटर्स जिसने एक एम आई टी मीडियालैब के अतिथी वैज्ञानिक जिनके पास यंत्रशस्त्र (इंजिनियरिग) मे ड़ाक्टरेट की उपाधि है तथा सिक्स सिगमा ब्लैक बेल्ट भी है वे ग्लोबल टेलेंट और ओरगेनाईजेशनल कैपेबिल्टी के मुखिया के तौर पर आसीन है।

मानव संसाधन विश्लेषण के साँफ्टवेयर से संस्था कैसे फायदा ले सकती है?

हर कर्मचारी की नियुक्ति में भर्ती पर होने वाले खर्चे में कमी करना

नये भर्तियों के नाकामयाबी के कारणों का विश्र्लेषण

कर्मचारियों के लगातार बदलाव के दर में कमी

ई – लर्निग के परित्याग की दर का विश्लेषण

अभिलाभाँश की क्षति पूर्ती की दर कम करना

यह निष्कर्षित कर सकते हैं कि मानव संसाधन विश्लेषण के इस्तेमाल से नेतृत्व तथा प्रबंधकों को बहुत अवसर मिल सकते है जहाँ पर श्रमशक्ति के आँकड़े का इस्तेमाल कर यह बता सकते है कि किस तरह से मानव संसाधन का व्यवसाय के नतीजों में योगदान है।

■■■

केसलेट

एच आर विश्लेषणात्मक @ रोहित इन्टरनेशनल लिमिटेड

रोहित इन्टरनेशनल लिमिटेड हीरे और सोने की बिक्री और खरीदनो बेचने के कारोबार में है। कंपनी की २५ सालों से लगातार वृद्धि हो रही है और हाल ही में गीता इन्टरनेशनल को जो इसी तरह के समान व्यवसाय में है उसे अधिगृहीत किया है। एच आर टीम ने दोनों कंपनियों के कर्मचारियों को एकीकृत करने के लिए कई चुनौतियों का सामना किया। इस अवधि के दौरान संस्था की प्रतिभाओं क्र प्रबंधन करना एक दुष्कर चुनौती थी।

किसी भी कंपनी के लिए, प्रतिभा का प्रभावशाली रूप से प्रबंधन करने और सफलता के लिए उन मौजूदा प्रतिभाशाली लोगों के समुदाय का विकास करना बहुत महत्वपूर्ण है। कंपनी को विशिष्ट विपणन कौशल और विशिष्ट उत्पाद के ज्ञान वाले लोगों की जरूरत थी इसलिये प्रबंधन प्रशिक्षणार्थियों को एक वर्ष के लिए एक गहन प्रशिक्षण के लिये जाना पड़ा। कर्मचारियों को असली हीरे की जाँच पड़ताल करने में प्रमाणीकरण प्राप्त करना पड़ा। चूँकि कंपनी ने एक अद्वितीय तरीके से अपने कर्मचारियों को प्रशिक्षित किया था, कंपनी ने उस दौरान एक लंबी समय की अवधि के लिए कर्मचारियों को नौकरी पर बरकरार रखा था।

कंपनी में कई वर्षों से सनिघर्षण (एट्रीशन) कम है। अधिकांश कर्मचारियों को एक ही समय सीमा में सेवानिवृत्त हो जाना होगा। परिणाम स्वरुप, कंपनी को जल्द ही प्रतिभा की कमी का सामना करना पड़ेगा। इस दूरदर्शी चुनौती के साथ, एच आर टीम ने प्रबंधन से आईटी कंपनी के साथ गठजोड़ करने का अनुरोध किया जो कार्यबल विश्लेषण संबंधी सॉफ्टवेयर तथा सेवाओं को प्रदान करेगा।

कंपनी ने एक एकीकृत एच आर प्रबंधन सॉफ्टवेयर का असरदार तरीके से इस्तेमाल किया जिसमें प्रदर्शन और लक्ष्य प्रबंधन, मुआवजा, भर्ती प्रबंधन, और कैरियर के

विकास और योजना भी शामिल है। यह सॉफ्टवेयर शक्तिशाली कार्यबल एनालिटिक्स और योजना समाधान के रिपोर्टिंग क्षमताओं को रणनीतिक योजना में मदद करने के साथ मुहैया कराने में समर्थ था।

इस कार्यबल एनालिटिक्स मॉड्यूल को रोहित इंटरनेशनल लिमिटेड के एच आर टीम सीमित ने टर्नओवर के लिए कई परिदृश्यों से मॉडल बना कर सेवानिवृत्ति तीव्र बढत के प्रभाव को निश्चित संख्या में दर्शाया। एच आर टीम 'क्या हुआ अगर' ज्ञान और भावी घटनाओं की कल्पित जानकारी के साथ लैस है। एच आर टीम इस मुद्दे के समाधान हेतु अति तत्परता से योजना बना सकता है। एच आर विश्लेषिकी मॉड्यूल एच आर टीम को समुचित साधन प्रदान करती है ताकि परिणाम निर्धारित करने के लिए और प्रतिभा प्रबंधन रणनीतियों के दस्तावेज़ तैय्यार कर सके। यहां तक कि अन्य मॉड्यूल है जैसे कैरियर योजना, मुआवजा प्रबंधन और प्रदर्शन प्रबंधन एच आर टीम का प्रबंध करने के लिए प्रदर्शन चक्र समेकित रूप से मदद करता है।

सभी कर्मचारियों की सालाना प्रदर्शन की समीक्षा के लिए एक समय पर ढंग से उसे पूरा किया गया। योग्यता के प्रदर्शन की समीक्षा से सीधे जानकारी का उपयोग संसाधित करने, तथा प्रदर्शन प्रणाली के लिए एक भुगतान सक्षम करने से किया गया था।

इस नई प्रक्रिया के साथ, कंपनी में प्रगति पर नज़र रखने की क्षमता थी और वार्षिक समीक्षाओं पर १००% अनुपालन तक पहुंच सकता थी। इस से कंपनी को प्रभावी ढंग से प्रतिभा प्रबंधन में तथा कार्यबल में विश्लेषणात्मक का उपयोग करते हुए प्रभावी भर्ती के साथ साथ प्रदर्शन संचालित करने में भी मदद मिली।

आपको किन चीजों पर काम करना होगा:

१. क्यों कंपनी ने एक नई कार्यबल विश्लेषिकी मॉड्यूल को लागू किया?

२. एच आर कि क्या चुनौती थी जिसका रोहित इंटरनेशनल को सामना करना पड़ रहा था?

३. ''कार्यबल विश्लेषणात्मक ने एच आर प्रबंधक के जीवन को आसान बना दिया है''। टिप्पणी करें।

References-
http://www.successfactors.com/content/dam/successfactors/en_us/resourc
es/case-studies/black-hills-cs.pdf

८

अलविदा (बाय बाय) [एक्सिट]

शुभकामनाऐं
ध्यान रखना ....संपर्क में रहना

ये पूर्व सहकर्मियों के प्रसिद्ध जाने माने शब्द है!

जिस किसी ने बडे समुह में संयुक्त (कॉरपोरेट) क्षेत्र में कार्य किया हो वो यह जानता है कि ये शब्द कर्मचारी की संस्था में कार्यकाल के अंत के शुरूआत का अभिप्राय है।

अलविदा कहना हर किसी के लिए कठिन होता है चाहे वो पड़ोसी हो या फिर कोई प्रिय व्यक्ति हो या फिर कर्मचारी। कर्मचारियों के साथ ये स्थिति सिर्फ 'कठिन' नहीं होती बल्कि 'नाजुक' भी। इतनी कि, कई संस्थाओं में 'अलविदा' का सही तरीका है या फिर विदा के लिए प्रक्रिया।

जी हाँ, मैं कर्मचारी के निकास प्रबंधंन के बारे में बात कर रही हूँ। साधारणतया यह जो त्यागपत्र दे चुके हैं या फिर संस्था द्वारा निष्कासित किये गये हों दोनो के लिए लागू होता है या फिर अनावश्यक के लिए भी। निष्काशन या फिर अनावश्यक दोनों ही परिस्थितियों में संस्था को ज्यादा ही सावधान रहना पड़ता है कि कर्मचारी के साथ सम्बन्ध समाप्त करते समय कोई अनिश्चित/अस्पष्ट अंश न छूट जाये।

कर्मचारी के निकास के विभिन्न तरीके

कर्मचारी के निकास को चार प्रकार वर्गीकरण किया जो उस पर निर्भर होता है कि वो दोनों के लिए – संस्था तथा कर्मचारी के लिए कैसे है, दोनों के लिए अच्छे या बुरे है।

१. हार–हार वाला निकास – इस प्रकार के निकास से दोनों के बीच का पारस्परिक संबंध टूट जाता है। ये निकास संस्था तथा कर्मचारी दोनों के लिए बड़ा दुर्भाग्यपूर्ण होता है। उदाहरण के लिए, कर्मचारी का स्थानांतरण उस जगह हो जाता है जहाँ पर संस्था का कोई दफ्तर नही है इस लिए कर्मचारी छोड़ देता है या फिर कर्मचारी किसी बीमारी या विकलांगता के कारण छोड़ देता है।

२. हार-जीत वाला निकास – इसमें संस्था हारती है परन्तु कर्मचारी जीतता है । ये तब होता है जब कोई अच्छा कर्मचारी संस्था के लिए बहुत ही महत्वपूर्ण है और वो दूसरे लुभावने प्रस्ताव के लिए छोड़ देता है (कोई बढिया कार्य/ज्यादा पैसा/भविष्य में आगे बढ़ने के अवसर, या फिर काम करने का बेहतर माहौल)।

३. जीत-हार वाला निकास – यहाँ पर संस्था को फायदा होता है परन्तु कर्मचारी को नुकसान होता है। उदाहरण के लिए-कोई कर्मचारी बेईमानी या फिर अनैतिक बर्ताव या फिर उपलब्धि में नाकाम होने के कारण।
अब अंत में सबसे बढ़िया प्रकार

४. जीत जीत वाला निकास – ये निकासी संस्था तथा कर्मचारी दोनों के लिए अच्छी होती है। उदाहरण के लिए, बेमेल या फिर आशा से काम में कम उपलब्धि पाने वाले को अपनी कमियों का जब एहसास होता है तो वह अपने हुनर को निखारने के लिए या फिर और आगे पढ़ाई के लिए छोड़ देता है/देती है।[1]

कर्मचारी निकास प्रबंधन चार चरण प्रक्रिया का एक आदर्श प्रतिमान इसमें शामिल है
१. हस्तांतरण के समय जानकारी (ज्ञाप्ति) हेतु प्रश्न (कर्मचारी के हस्तांतरण पृष्ठभूमि की रचना)
२. परिचालन की जिम्मेदारियाँ (मूलभूत काम)
३. मानकीकृत निकास का सर्वेक्षण (कर्मचारियों के विचारों का दस्तावेज बनाना)
४. निकास के समय आमने सामने की मुलाकात (निजी तथा व्यवसायिक समापन)

१. हस्तांतरण के समय जानकारी (ज्ञाप्ति) हेतु प्रश्न

छोड़ रहे कर्मचारी से ''कैसे करे'' यह महत्वपूर्ण जानकारी प्राप्त करने का बेहतरीन तरीका है कि उससे एक पूर्व निर्धारित प्रश्नों के उत्तर ले लिए जाये जिससे कर्मचारियों के हस्तांतरण के समय जानकारी (ज्ञाप्ति) हेतु प्रश्न कहते है । मेरी सिफारिश है कि कैसे करें इस बात की जानकारी की शुरुआत कर्मचारी के निकालने

Source: (3) http://www.qualtrics.com/research-suite/employee-exit-interviews/

के (आखिरी) समय से काफी पूर्व शुरुआत कर देनी चाहिए। इससे जो मालुमात या जानकारी प्राप्त होती है, उससे संस्था अपने आदर्श परिचलन की कार्यविधि (स्टैंड्र्ड आपरेटिंग प्रोसिज़र – SOP) को भी बदल तथा सुधार सकती है। अच्छे ढ़ग से जानकारी के तरीके नीचे दिए गये है।

I. जो जानकारी गोपनीय नहीं है उसे छोड़ रहे कर्मचारी को कहिये, वो सब जानकारी को छाँट कर उसे यथोचित फाइलों (दोनों हार्ड क़ापी तथा साँफ्ट क़ापी) में लगाये और सहभाजित फोल्डर या फिर दस्तावेज़ पुस्तकालय में रख दें।

II. उनसे कहिए जानकारी (ज्ञाप्ति) को काट छाँट दें और फाइलों को वर्गीकृत कर दे तथा उत्तराधिकारी के लिए टिप्पणियां लिख दें। टिप्पणियों में कार्य तथा नियमित कर्म के फोल्डर के बारे में दर्ज कराये।

III. उस कर्मचारी के लिखित वर्णन या फिर उसके सालाना कार्य निष्पंदन योजना को फिर से देखिये और वो कर्मचारी कौन कौन से महत्वपूर्ण कार्य करता था उसका आंकलन करिये। टिप्पणी आपको उस कर्मचारी के साथ चर्चा करने में उपयोगी साबित होंगें वो कर्मचारी किस तरह अपना काम करता था, उस कार्य को निभाने के लिए क्या क्षमता तथा योग्यता की आवश्यकता होती है तथा कौन कौन सी मुसीबतें तथा दिक्कतों के बारे में जानकारी होना चाहिए।

IV. उनके संपर्क में कौन कौन लोग है तथा उनकी जानकारी का क्या स्रोत है इन सबके बारे में मालूम करना जरूरी है।

V. सबसे अच्छी स्थिति हो सकती है जबकि जाने वाले कर्मचारी की अपने उत्तराधिकारी से मुलाकात हो जाये और वह उसे कार्यभार सौपे।

यह साधन ज्यादातर अलक्षित रह गया है लेकिन इसका इस्तेमाल किया जाये तो उसके अनेक फायदे है। सबसे पहले, ये सुनिश्चित करता है कि जानकारी (ज्ञाप्ति)

जो कि संस्था के लिए अति महत्वपूर्ण है वो कर्मचारी के छोड़ने के बावजूद लुप्त नहीं होती है। दूसरा फायदा ये होता है किन आये हुए कर्मचारी जो नये कार्य में दक्षता प्राप्त करने में लंबा समय लगाते है उसे कम किया जा सकता है जिसे सीखने का चक्र कहते है वो छोटा हो जाता है।

२. परिचलन की जिम्मेदारियाँ

एक बार जानकारी (ज्ञाप्ति) एक से दूसरे को दे दी गयी उसके बाद अब मुख्य कार्य की ओर बढ़ते है – निकास की प्रक्रिया। एक दिन पूर्व या फिर अपने आखिरी दिन जाने वाला कर्मचारी अपनी जगह, मेज़, कंप्यूटर को खाली करता है और वापस देने वाली चीज़ों को लौटाते है जैसे कि पहचान पत्र, संस्था के चिन्ह, लैपटाप, वगैरह आदि। यह सब निकास की प्रक्रिया का हिस्सा है।

३. मानकीकृत विकास का सर्वेक्षण

संस्था के लिए सेवामुक्त कर्मचारी एक सोने की खान हो सकता है, अगर उस कर्मचारी से संस्था उसके विचार, उसके अनुभव तथा उसके छोड़ने का कारण जान सके, तो संस्था को खुद के बारे में काफी जानकारी तथा परिज्ञान मिल सकता है। निसंदेह यह जानकारी उपयोगी हो सके, इसके लिए जानकारी को मानकीकृत (स्टेन्डर्डाइज्ड) तरीके से इकट्ठा करना चाहिए। उसके साथ यह भी महत्वपूर्ण है कि उचित आंकलन किया जाये। इस लिए कर्मचारी के निकासी के वक्त किया गया सर्वेक्षण, पेशेवर परिक्षण प्रमाणिक तरीके से किया जाये तथा वह कानून की आवश्यकता को भी पूर्ण करें।

मूलभूत उद्देश्य यह है कि इस इकट्ठी की गयी जानकारी से परिज्ञान जो मिले उसे कई मामले जैसे कि 'एस ओ पी' का प्रेरणादायक कर्मोदेश, व्यवस्थापन की संरचना, प्रबंधक के दृष्टकोण आदि को कैसे सुधारा जाये।

४. निकास के समय आमने सामने की मुलाकात

> संस्था क्यों अपना समय उन कर्मचारियों पर व्यर्थ करें, जो कि उसके साथ आगे काम नहीं करने वाले है?
>
> उत्तर: उन्हें ये करना चाहिए, अगर संस्था खुद के बारे में जानना चाहती है जो वो खुद के बारे में नही जानते।

कर्मचारी निकास प्रबंधन के चार चरण प्रक्रिया नियोजक तथाकर्मचारी के साथ निकास के समय होने वाली आमने सामने की मुलाकात के साथ ये ताल्लुकात/सम्बन्ध समाप्त होते है।

कर्मचारी के निकास के समय मुलाकात में किन बातों का आंकलन करना चाहिए?

कर्मचारी के साथ निकास के समय आखिरी मुलाकात को एक उपकरण रूप में उपयोग करना चाहिए क्योंकि इस दौरान कर्मचारियों के कार्य सम्बन्धी समस्या तथा उन्हें रोके रखने के बारे में जानकारी प्राप्त की जा सकती है। कर्मचारियों के छोड़ने का असली कारण जानने में यह एक अच्छा कारण बन सकता है। कौन से मामले अतंर्निहित कारण है? क्या उम्मीद पूरी नहीं की जा रही है या कार्य के पृष्ठभूमि में कमी है या फिर व्यवस्थापन की संस्कृति में कमी? जो ज़वाब आप ढूंढ रहे है वो जवाब आपको कर्मचारियों को कैसे रोके रखने का भी परिज्ञान करा सकता है। इसके मद्देनज़र कर्मचारी की आखिरी मुलाकात के दौरान निम्नलिखित बिंदुओं को या तो आंकलन के रूप में या फिर सूचक के रूप में इस्तेमाल करें:

- कार्य के बारे में उल्लेख, कार्य की जिम्मेदारियों तथा वास्तविक कार्य निष्पादन
- परिपलक कार्यक्रम चलाये गये (मेन्टरिंग प्रोग्राम)
- कार्य स्थल का माहौल तथा परिस्थितियाँ, व्यवस्थापन तथा कार्य की संस्कृति
- आगे बढ़ाने की संभावना, नये कौशल की प्राप्ति तथा सुधारने का मौका और पेशे /व्यवसाय में तरक्की
- प्रशिक्षण के कार्यक्रम (ट्रेनिंग प्रोग्राम)

- काम में संतुष्टि
- गुट के अंतर्गत गतिकी (टीम डायनामिक्स)
- काम का बँटवारा
- योजना कार्यसूचि (शिड्यूल) तथा कार्यस्थल को चुनने में स्वतंत्रता
- मुआवजा तथा भत्ता

निकास के वक्त मुलाकात का संचालन कैसे करें?

मेरे विचार में सिर्फ एक ही तरीका है – वो एक मुश्किल तरीका – आमने सामने की मुलाकात। सिर्फ आमने सामने की मुलाकात ही सही तरीके से बात चीत का मौका दिलाती है और इसके दौरान समझाने तथा अर्थ लगाने का, जाँच पड़ताल तथा नाजुक या अनिच्छुक व्यवहारों के कारणों तक पहुँचा जा सकता है। आमने सामने के मुलाकात की तैयारी का सही तरीका है कि उसको पूर्व नियोजित करना चाहिए। एक प्रश्नावली तैयार करे और उसमें पर्याप्त जगह छोड़ दें, ताकि जब कभी जरूरत हो तो टिप्पणी लिखी जा सकें। जानकारी इक्ठ्ठा करने से पूर्व इस बात को स्पष्ट कर दें कि प्राप्त जानकारी का कौन इस्तेमाल करेगा और कैसे। जानकारी को सिर्फ जानकारी के लिए इक्ट्ठ्व ना किया जाये, परन्तु उसका उपयोग होना चाहिए। मुलाकात की जगह और समय–साक्षात्कारकर्ता और साक्षात्कारी–दोनों के अनुकूल हो, इसको सुनियोजित कर ले ताकि मुलाकात के दौरान कोई विघ्न न पहुँचाये।

इसके अलावा आप इन बातों के बारें में स्पष्ट रहें –

क्या?

कौन कौन से क्षेत्र है जिसकी जानकारी आप जानना चाहते है?

कौन?

आप साक्षात्कारकर्ता के रूप में कैसे चुनेंगें?

परंपरा के अनुसार ये भूमिका कोई मानव संसाधन में से निभाता है। लेकिन अगर आप किसी और को चुन रहे हो तो इस बात को सुनिश्र्चित कर ले कि वह

अंतर्वैयक्तिक तकनीकी के जानकार हो, तथा उसमें कितना खुलापन, सच्चाई तथा निशपक्षता है। अगर आप कर्मचारी के प्रबंधकों या फिर किसी वरिष्ठ सहकर्मी को इस मुलाकात के लिए इस्तेमाल करना चाहते है तो कर्मचारी के संबंध उस व्यक्ति से कैसे थे इस बात को ध्यान में रखे। इससे कोई फर्क नहीं पडता कि आप इस प्रक्रिया के लिए किसे चुने, सिर्फ इस बात को सुनिश्चित कर ले कि जो भी चुना जाये वो इस प्रक्रिया के लिए प्रशिक्षित हो तथा उसके लिए सिद्धहस्त हो।

क्यों?

निकासी के समय की आमने सामने की मुलाकात उपयोगी जानकारी प्राप्त करने में मदद करता है जो कि अन्यथा लुप्त हो जाती है जैसे कि नाम पता, वगैरह, संम्पर्क, परिज्ञान, महत्वपुर्ण सूचना, तथा अनुभव यह सब जानकारी छोड़ने वाले कर्मचारी के लिए उपयोगी न हो परन्तु उत्तराधिकारी तथा संस्था के लिए तो जीवन शक्ति सिद्ध हो सकती है। ज्यादातर लोगो को, जो छोड़ कर जा रहे है वो जानकारी (ज्ञाप्ति) हस्तांतरण के लिए तैयार रहते है , ये हस्तांतरण कर्मचारी के साथ उत्तराधिकारी की मुलाकात के दौरान या फिर आमने सामने की आखिरी मुलाकात के दौरान किया जा सकता है।

कैसे?

- साक्षात्कार संचालित और नियंन्त्रित करने के दौरान एक श्रोता की भूमिका अपनाये। इस बात को याद रखे ये मौका कर्मचारी के बोलने का है।
- कर्मचारी को खुलने के लिए समय दे।
- उसको अपने आप को खुल कर व्यक्त करने के लिए राजी करें न कि दबाव ड़ाले। अगर आप दबाव ड़ालेगें तो हो सकता है वो पूरी तरह से अपने आप को चुप कर लें।
- इस बात का यकीन दिलाइये कि जानकारी से उनका व्यक्तिगत रूप में कोई हानि नहीं पहुँचायी जायेगी। यह उन्हें खोलने में प्रोत्साहित करेगी।

- निष्पक्ष बने रहे, ना ही बहस करें ना ही सहमति जताये। याद रखे कि दृष्टिकोण इकट्ठा करने आये है तथा मूल्यवान प्रतिपुष्टि तथा जवाब इकट्ठा कर रहे है।
- व्यक्ति क्या कहना चाह रहा है उसको समझे।
- हाव भाव तथा चेहरे के भावाभिव्यक्ति जैसे सांकेतिक इशारों आदि की जानकारी रखे।
- उत्तर दें पर परन्तु की प्रतिक्रिया न दें।

तीन ई'स

कुछ संस्थाओं में छोड़ने के समय वाली साक्षात्कार एक तरह ''पालने से कब्र'' (cradle-to-grave) तक की मुलाकातो क्रा हिस्सा होती है। ऐसी मुलाकात के दौरान कोशिश होती है कि जनकारी 3E's के हिसाब से इक्ट्ठा की जाये। यह तीन शब्द है प्रविष्टि (Entry) विशेषज्ञ (Expert) तथा निकास (Exit)। जैसे कि नाम संकेत करते है 'एंट्री इन्टरव्यू'– ये मुलाकात जैसे ही कर्मचारी संस्था में प्रविष्ट करता है उस समय दिया जाता है और इस मुलाकात में नये कर्मचारी से जानकारी प्राप्त की जाती है। इस मुलाकात से संस्था का यह फायदा होता है कि नये कर्मचारी नये तथा नवीन दृष्टिकोण रखते है। इस दौरान नये कर्मचारी से यह भी पूछा जाता है कि उसे काम में 'गति बढ़ाने' के लिए क्या मदद चाहिए। संस्था (एक्सपर्ट) 'विशेषज्ञ मुलाकात' का संचालन करता है जब कर्मचारी आपेक्षित कुशलता प्राप्त कर लेता है तथा उन कुशलताओं को विकसित करके वो अपने क्षेत्र में माहिर हो जाता है।

विचारने के लिए बिंदु

- अक्सर निकासी के समय साक्षात्कार उनसे किया जाता है जो लोग स्वेच्छा पूर्वक नौकरी छोड़ते है या फिर अवकाश प्राप्त करते है । जिन लोगों को जबरदस्ती निकाला जाता है या फिर नौकरी से मुक्त किया जाता है उनके साथ एक अलग तरीका इस्तेमाल किया जाता है । हालाकि मेरी राय में जो कोई भी जाता है उसे निकासी के समय एक मुलाकात का मौका देना चाहिए ।

- निकासी के समय की मुलाकात कर्मचारी को फिर से सोचने का मौका देती है। अगर हकीकत में ऐसा हो जाये और संस्था उस कर्मचारी को रोकना चाहती है तो ऐसे मौके का फायदा उठाते हुए जल्दी जल्दी कार्यवाही करनी चाहिए ।

- निकासी के समय मुलाकात के दौरान कर्मचारी के दिए हुए उत्तरों का अध्ययन करें । उन उत्तरों को तर्क युक्ति तथा निर्लिप्त तरीके से उनका विश्लेषण तथा विवेचन करना चाहिए ।

- जरूरत के अनुसार कार्यवाही के लिए तैयारी करे। निकास के समय की गई मुलाकात की प्रतिपुष्टि की जानकारी उपयुक्त पदाधिकारी या पदाधिकारियों के गुट तथा मानव संसाधन को सौपें । अगर कोई अविलंब मामला या फिर कोई जाँच या फिर कोई आगे की कार्यवाही करनी हो तो निश्चित करें तथा उसकी जानकारी भी दें ।

निकास के समय हुए साक्षात्कार – उद्देश्य तथा परिणाम

संस्था क्यों कड़वा सच सुनाना पसंद करेगी, वो भी उन से जो संस्था के साथ काम नही करेगे?

क्योंकि ये एक तरह की सशक्त दवाई है ।

निकास के समय मुलाकात की जाती है क्योंकि संभवत संस्था यह कारण जानना चाहती है कि क्यों एक प्रतिभा जिस पर संस्था ने काफी ज्यादा समय, ताकत तथा पैसा खर्च किया है उसके अर्जन, विकास तथा प्रबंधन पर और वो छोड़ना चाह रहे

है, और अपने साथ अपने कौशल तथा योग्यताओं को ले जा रहे है उसका कही और उपयोग करने के लिए।

I. सुलह करें, लड़ाई नहीं – निकास के समय का साक्षात्कार संस्था को असंतुष्ट कर्मचारी के साथ 'सुलह करने' में मदद करता है और यह सुनिश्चित करता है कि वो बदले की भावना के साथ नहीं जाये। इसमें कोई शक नहीं कि वो कर्मचारी अपनी बात सुने जाने से संस्था के प्रति एक सकारात्मक असर छोड़ता है। उस कर्मचारी को अपनी राय दे लेने से 'दिल के ऊपर से भार हटने' का एहसास होता है और वो बड़ा सुकून महसूस करता है। निकास के समय की मुलाकात कर्मचारियों के लिए कहने का एक मौका होता है जिसका संम्बन्ध होता है:

- उनके छोड़ने का कारण से
- उनके कार्य क्षेत्र के माहौल तथा संस्था के बारे में उनकी राय से
- किन क्षेत्रों में विकास किया जा सकता है –से
- समाधान का स्तर से
- उनकी संस्था को योगदान से

II. सकारात्मक कार्यक्षेत्र की संस्कृति – निकास के समय मुलाकात से संकेत मिलता है कि संस्था सुनने के लिए तैयार है। यह एक सकारात्मक कार्यक्षेत्र की संस्कृति का संकेत है। जब आप किसी से पूछते है कि वह क्यो छोड़ना चाहता है तो आप ये दर्शा रहे है कि आप उनके निर्णय का आदर करते है परन्तु आप इस बात को भी समझने के लिए आतुर है कि क्या गलत हुआ है। इससे यह दर्शाता है कि आप की संस्था अंतर्विलोकन (इन्ट्रोसपेक्शन) के लिए खुली है।

III. प्रबंधक की समझ को बढ़ाना– संस्था को स्वंय उस 'कर्मचारी से जानकारी' (हॉर्सेज माउथ) प्राप्त करने का मौका मिलता है। निकास के समय हुई मुलाकात से प्रबंधकों के लोगो को प्रबंधन के बारे में महत्वपूर्ण प्रतिपुष्टि मिल सकती है। प्रतिपुष्टि से सीख लेना ये वृद्धि तथा विकास की जबरदस्त प्रक्रिया का तरीका है।

IV. मूल्यवान कर्मचारी को बनाये रखना – अगर मूल्यवान कर्मचारी का त्यागपत्र आसानी से कुबूल कर लिया गया है या फिर पहले की हुई चर्चा निष्फल हो गयी है, तो निकास के समय होने वाली आमने सामने की मुलाकात एक आखिरी मौका होता है, जहाँ पर ऐसे कर्मचारी को रोकने का और कोई भी गलतफहमी को दूर करने का। ''ऐसा मौका बार बार नही आयेगा''!

V. मानव संसाधन की कार्य प्रणाली को प्रोत्साहन देना – निकास के समय होने वाली मुलाकात मानव संसाधन के कार्य प्रणाली का अति आवश्यक हिस्सा है। कई संस्थायें इन मुलाकात से उपलब्ध जानकारी को योजना बनाने में, प्रशिक्षण देने में तथा विकास की प्रक्रिया में इस्तेमाल करते है। वो नयी भर्तीयों तथा नये कर्मचारियों के प्रवेश की प्रक्रिया के लिए मार्गदर्शन देते है। उनका सबसे महत्वपूर्ण योगदान कर्मचारियों को रोके रख पाने की संख्या की वृद्धि में होता है। उत्तराधिकारी की योजना की जरूरत को भी दर्शाता है। मूल्यवान प्रतिभाऐ अक्सर अच्छी तनख्वाह मिलने के बावजूद और भी आगे सीखने या फिर तरक्की तथा विकास के मौके मिलने के कारण छोड़ देते है। अगर ऐसा आप की भी संस्था में हो रहा है तो फिर आपको इस पर तुरंत कारवाई करनी होगी।

कुछ लोग संस्था में अवसर का इंतज़ार कर रहे होते है तो कुछ ऊँचे पदों पर जिम्मेदारियों के अत्यधिक बोझ तले दबे हो सकते है। दोनों ही परिस्थितियों में आप को संस्था को प्रतिभाओं के लिए छोड़ने के लिए अच्छें कारण है। संस्था में क्या हो रहा है इसको पहचानने के लिए निकास के समय होने वाली मुलाकात मददगार साबित हो सकती है। इसलिये परिस्थिति के अनुसार आप कर्मचारियों की वृद्धि तथा विकास के लिए कदम उठा सकते है तथा एक तरफ योग्य कर्मचारियों को ज्यादा जिम्मेदारियों सौंप सकते है और दूसरी तरफ प्रतिनिधियों पर काम ताकि सभी को बराबर का काम और विकास के अवसर प्राप्त हो सके।

VI. बदकिस्मती से प्रतिभा के नुकसान को बचाना –

निकास के समय होने वाली मुलाकात के दौरान ऐसे कई कारण उजागर हो सकते है जो कि कई बार संस्था को आश्चर्यचकित कर सकते है जैसे की कार्य से असंतोष, प्रशंसा न पाना, खराब प्रबंधन के तरीके,बढ़ोत्तरी के अवसर ना मिल पाना, और जी हाँ उत्पीड़न तथा टकराव। निकास के समय होने वाली मुलाकात एक तरह से संस्थाओं के लिए चेतावनी है ये एहसास होने के लिए कि क्या गलत हो रहा है और उसको सुधारने के लिए ताकि प्रतिभाओं पर उसका असर ना पड़े, जिसका बड़े मुश्किल से पालन पोषण किया।

निष्कर्ष:

कर्मचारी के निकास की प्रक्रिया के उद्धेश्य अंतिम समापन की ओर होना चाहिए तथा कर्मचारी और संस्था के बीच के संबंध के समापन में कोई अधूरा छोर या काम न छोड़े, तथा सकारात्मक व्यवसायिक अवधान के रूप में अंत करे। कर्मचारी के निकास की प्रक्रिया संस्था को बहुत ही बड़े तरीके से सिखाने का अवसर प्राप्त कराती है तथा संस्था के आंकलन का, प्रश्न करने का तथा अपने एस ओ पी को सुधारने का मौका देता है। इस लिए यह आवश्यक है कि संस्था कारगर निकास की प्रक्रिया को बनाने में तथा कार्यान्वित करने में अपना समय लगाये, ताकि संस्था के व्यवसायिक उपलब्धियों तथा संस्कृति को बनाने में अपना महत्वपूर्ण योगदान कर सकें।

कर्मचारियों से निकास के दौरान मुलाकात के नतीज़ों को कैसे व्यवहार में लाये?

नि:संदेह अब हम निकास के दौरान मुलाकात का महत्व जानते है और उस पर ज्यादा बल देने की जरूरत नही है। लेकिन अगला प्रश्न यह उठता है कि निकास के मुलाकात के दौरान नतीजों का क्या करें उन्हें किसको बाँटें कैसे उपयोग करें? अच्छी चतुर संस्थायें इन नतीजो का उपयोग निम्नलिखित तरीकों से करती है:

- कर्मचारियों को रोके रखने की योजना में संशोधन करती है ताकि कर्मचारियों के टर्न ओवर में कमी की जा सके
- निकास के दौरान मुलाकात में हर चीज़ पर हम कहाँ खड़े है, और अपने उद्योग में अपनी संस्था कौन से मानदण्डें पर कहाँ खरी उतरती है।
- निकासी के समय मुलाकात व कर्मचारी के कार्य सर्वेक्षण की तुलनात्मक जॉच करना कि इन दोनों में मात्रा तथा गुणात्मक तौर पर क्या और कैसे सहसबंध है।
- कर्मचारी की संतुष्टि के स्तर में क्या बदलाव रहा है इसका विश्लेषण निकास के समय होने वाले मुलाकात के आँकड़ों/ तथ्यों से किया जाता है। ये संस्था में किये गये संशोधनों का सूचक है।

निकास के समय मुलाकात में अनुक्रिया में बढ़ोत्तरी

एक सर्वेक्षण में यह निकल कर आया कि कर्मचारी छोड़कर जा रहे होते है उनमें से सिर्फ एक तिहाई कर्मचारी निकास के समय मुलाकात की प्रक्रिया को पूर्ण करते है। नि:सन्देह छोड़ने वाले कर्मचारियों का इसमें कोई नुकसान नही होता है। यह आपके फायदे में है और आप सुनिश्चित करें कि हर छोड़ रहा कर्मचारी, निकास की प्रक्रिया को पूर्ण करें।

संस्था की मानव संसाधन नीति ऐसी होनी चाहिए जिसमें निकास के समय वाली मुलाकात प्रबंधकों के लिए एक प्राथमिकता बन जाये। कुछ और तरीके है जो आपकी मदद कर सकते है:

१. अगर आमने सामने वाली मुलाकात आपकी संस्था के लिए कारगर नहीं हो पा रही है तो आप आन लाईन जाने की कोशिश करें। हो सकता है कि लोग आन लाईन मुलाकात में ज्यादा स्पष्ट हो।

२. अगर आप किसी से बात कर रहे है जिसे संस्था ने निकाला है या छोंड़ने के लिए कहा है ऐसे में आप कौन से प्रश्न पूछ रहे है और क्या जवाब हो सकता है, उस बारे में सचेत रहे। हो सकता है आप किसी की दुखती हुई रग को ना दबा दें।

३. उत्तर देने वाले को ये आश्वासन देना जरूरी होता है कि उनके दिये गये उत्तर तथा ईमानदार जानकारी को खुले आम सहभागी नही किया जायेगा और उनके अपने पुराने प्रबधकों से या सहकर्मियों से रिश्ते खराब नहीं होगें इस बात का यकीन दिलाना पड़ेगा या उनकी भावी नियोक्ता (एम्पालायर) के साथ भी कोई नैतिक हानि या नुकसान नहीं पहुँचेगा।

४. अगर संस्था में निकास के समय होने वाली मुलाकात में उत्तर देने का रिवाज़ हो तो आप को उन सब कर्मचारियों को उनके ईमानदार समीक्षा के लिए धन्यवाद देना चाहिए। उनकी दी गई राय से संस्था में क्या क्या बदलाव लाये गये है, उस बात को उन्हें विशिष्ट रूप से बतलाना चाहिए ।

५. एक तीसरे पक्ष से निकास की मुलाकात प्रक्रिया का स्वतंत्र रूप से परीक्षण कराना चाहिए।

अक्षर आप ये जानना चाहते है कि आप की संस्था नियोक्ता मूल्याकन प्रतिज्ञप्ति (एमप्लायर वैल्यू प्रपोज़िशन) पर कहाँ खड़ी होती है तो इसका उत्तर ढूढने के लिए निकास के समय मुलाकात से शुरूआत करनी चाहिए!

केशलेट

हितेश के मामले की निकासी और वापसी

हितेश एक प्रमुख बिजनेस स्कूल का सर्वश्रेष्ठ विद्यार्थी था। उसने पुणे में एक अग्रणी सेल्स एंड मार्केटिंग कंपनी में कॉलेज के स्थानन प्रकोष्ठ के माध्यम से अंतिम नियुक्ति सुरक्षित की। उसने कंपनी को ज्वाइन किया, अच्छी तरह से नव प्रवर्तन विचार दिए जिनको मान्यता मिली और उन्हे कार्यान्वित किया गया।

वह पहले दिन से ही संस्था में सर्वोत्तम कर्मचारी था। वह अपने प्रदर्शन मे बहुत उत्कृष्ट था तथा उसे कंपनी में बहुत अच्छी तरह से उसके सहयोगियों और वरिष्ठ अधिकारियों के द्वारा स्वीकार कर लिया गया था। वह दिये हुए लक्ष्यों को प्राप्त कर रहा था और अपने साथियों की सहायता भी करता था। मिस्टर रावत उसके तात्कालिक बॉस थे और वह हितेश के काम के प्रदर्शन से बहुत खुश थे। मिस्टर रावत ने उसे एक वर्ष की उसकी नवाभ्यास (प्रोबेशन) काल के समाप्त होने के बाद ही उनके वेतन में एक उत्कृष्ट बढ़ोतरी कर दी था। हितेश को मिस्टर रावत के विभाग में काम करके बहुत आनन्द आता था। उसे कंपनी द्वारा दी गयी खुली संस्कृति और स्वतंत्रता पसंद आयी। वह इस तरह के एक अद्भुत संस्कृति वाली कंपनी के साथ काम करने के लिए अपने आप को भाग्यशाली महसूस करता था।

लेकिन उसे समस्या का सामना तब करना पड़ा जब मिस्टर रावत की पदोन्नति हुई और उन्हें मुंबई कार्यालय में स्थानांतरित किया गया तथा नए मालिक मिस्टर विवेक कुमार ने कार्य भार ले लिया था। मिस्टर कुमार ने कर्मचारियों को किसी भी प्रकार की स्वतंत्रता नहीं दी थी। उनके पास एक टीम के प्रबंधन का नियंत्रण और कमांड (आदेश)करने की एक शैली थी। वह सूक्ष्मदर्शी (माइक्रो मेनेज्ड) रहे जिसे पुणे कार्यालय में किसी के भी द्वारा पसंद नहीं किया गया था। वहाँ प्रत्येक हर एक

घंटे के आधार पर कर्मचारियों पर नजर रखी जाती और यहां तक कि उन पर जब तब चिल्लाया भी जाता था । वह कर्मचारियों से एक दिन में कई बार उसके पास रिपोर्ट (विवरण देने को) करने के लिए कहता था जो थोड़ा अलग था उसे हमेशा सूचित करते रहने से।

पुणे की शाखा में हर व्यक्ति हतोत्साहित था और जो एक ऐसे वातावरण में रहते हुए अच्छा प्रदर्शन नहीं कर पा रहे थे। मिस्टर कुमार ने हितेश को निशाना बनाया क्योंकि उसने एक बैठक में कुछ प्रस्ताव देने की कोशिश की थी । वह इस बैठक में सभी कर्मचारियों की उपस्थिति में उस पर चिल्लाया । उसी दिन, हितेश ने कंपनी से इस्तीफा दे दिया। हितेश की तरह कई कर्मचारियों ने भी पुणे की शाखा छोड़ दी।

किसी अन्य संगठन के साथ काम करने के दो साल बाद, हितेश एक बार फिर से एक बडी भूमिका में अपने पहले की कंपनी पुणे शाखा में शामिल होने के लिए और एक अधिक वरिष्ठ पद पर, वापस आना चाहता है क्योंकि उसे कही से पता चला है कि मिस्टर रावत फिर से पुणे की शाखा में शाखा प्रमुख के रूप में वापस आये है ।

आपको किन चीजों पर काम करना होगा:
१, क्या कि ऊपर उल्लेखित स्थिति में निकास साक्षात्कार की वहाँ जरूरत है?
२, क्यों हितेश फिर उसी कंपनी में वापस आना चाहता है?
३, ऊपर उल्लेख की गई परिस्थिति में मानव संसाधन की भूमिका क्या है?
४, यदि आप हितेश होते, तो आप क्या करेंगे?

९

सामरिक मानव संसाधन प्रबंधन

[स्ट्रेटेजिक ह्यूमन रिसोर्स मेनेजमेन्ट]

हर एक चीजों का क्या नतीजा होना चाहिए? मानव संसाधन?

प्रभावकारी प्रतिभा के प्रबंधन से व्यवसाय के उद्देश तथा लक्ष्य में सहायता मिल सकती है।

जिन सभी प्रक्रिया, नीतियों कार्यप्रणाली का अनुसरण संस्था करती है, वे सभी महत्वपूर्ण होती है क्योंकि उनका असर 'लोगों' पर होता है जो कि संस्था को उसके उद्देश्य तथा लक्ष्य को हासिल करने में सहायक बनते है। समय समय पर मैने इस किताब में कई बार इस बात पर जोर दिया है कि 'लोगों' का महत्व है

मेरी पहली नौकरी एक पेट्रोकेमिकल उद्योग की कर्मशाला में मैनेंजमेंट ट्रेनी के पद पर औद्योगिक संबंध (इंड़स्ट्रीयल रिलेशन) विभाग मे शुरू हुई। उस संस्था के कारखाने के तकनीकी मुखिया (प्लांट टेक्नीकल हेड़) मिस्टर सुजीत माने, वो मेरे विश्वसनीय सलाहकार थे। उन्होंने मुझे कारखाना घुमाया, उत्पादन की प्रक्रिया समझायी और कुछ खास लोगों से मुलाकात कराने के बाद मुझे कार्य दिया कि मैं मज़दूरों का पर्यवेक्षण करू, तथा उनके साथ मित्रता करूँ और ताज्जुब की बात यह है कि ये मित्रता मैं उनसे भोजन शाला में बनाउँ! उन्होंने मुझे एक और हिदायत दी कि मैं उनको ध्यान से देखूँ जब वो खाने का पहला कौर खालें।

आपको जैसे ताज्जुब लग रहा होगा उसी तरह मुझे भी लगा था! ध्यान दें राज़ की बात है कि जो खाना जो परोसा गया है उसकी गुणवत्ता ही कामगार से संबधित कई समस्याओं का कारण बनती है। मैं बहुत भाग्यवान थी कि छोटी उमर में ही मैंने अपना मानव संसाधन का पहला सबक सीखा -- 'एक संतुष्ट कारीगर/कर्मचारी परिसम्पत्ति होता है' आज तक वो मेरे जीवन का सबसे महत्वपूर्ण सबक है जो मैंने अपनी जिंदगी में सीखा है। मुझे मेरे इस पर्यवेक्षण ने फिर मेरी मदद की मुझे मजदूरों के मस्तिष्क को गहराई से समझनेका का मौका मिला।

हालाँकि, उस समय मैं संस्था का मानव संसाधन की कूटनीति तैयार करने में शामिल नहीं थी लेकिन मैनें उसे सही दृष्टिकोण से देखना सीख लिया। आज अठ्ठारह

साल से ज्यादा का मेरा अनुभव के बाद मुझे ये वास्तविकता समझ आई है कि सब कुछ प्रकृतिदत्त योग्यता (टॅलेंट) कौशल (भर्ती, विकास, प्रबंधन, रोके रखना) से संबंधित है, जो मानव संसाधन प्रबंधन की कूटनीति का मूल आधार है।

सभी मानव संसाधन प्रक्रिया के कार्यप्रणाली के विकास के रास्ते मानव संसाधन प्रबंधनों की कूटनीति में स्पष्ट रूप से दर्शाये जाते है। मानव संसाधन प्रबंधनों की कूटनीति, विकास की कूटनीति से एकरेखित तथा उससे जुड़ी हुई है क्योंकि दोनों ही सूचनात्मक तथा दोनों के नतीजे आपस में अन्योंन्याश्रित (आश्रित) है।

एक अच्छी व्यवसायिक कूटनीति श्रमशक्ति के बारे में लगातार जानकारी लेती रहती हैं। व्यवसायिक कूटनीति, योग्यता और जानकारी जो कि संस्था के लिए उपलब्ध है और जिस तरह से इस कौशल का प्रबंधन करना पड़ता है, उसके आधार पर गढ़ी तथा आधारित की जाती है। आजकल व्यवसायिक कूटनीति, मानव संसाधन प्रबंधन कूटनीति से अलग नही है बल्कि दोनों आपस में एक दूसरे से जुड़े हुए है उसी तरह से व्यक्तिगत मानव संसाधन कूटनीति भी जुडी हुई है। उदाहरण के तौर पर : अगर व्यवसायिक कूटनीति के अंतर्गत ग्राहक के अनुभव को बेहतरीन बनाना है तो व्यक्तिगत मानव संसाधन कूटनीति में उपयुक्त प्रशिक्षण को बेहतरीन करके बनाना होगा।

एक तरह से कहा जाये तो, मानव संसाधन प्रबंधन की कूटनीति जो कि मानव संसाधन प्रबंधन तक पहुँचने का ज़रिया है तथा संस्था को एक कूटनीति संरचना प्रदान करता है वह उसे उसके दीर्धकालीन व्यवसायिक उद्देश्य को पाने में मदद भी करता है।

कूटनीति क्या है?

यह शब्द 'कूटनीति' (स्टेट्रेजी) सैन्य की अवधारणा से व्युत्पन्न हुआ है। कूटनीति किसी भी प्रबंधन का मूल हिस्सा है जो कि यह तय करता है कि संस्था परिवेश के

संबंध में किस ओर जा रही है, और आप को पर्यवेक्षण (आबसरवेशन) तथा विश्लेषण पर आधारित एक स्पष्ट रूप से कार्य योजना को तैयार करने का मौका मिलता है। हम सबने अपने बचपन में पढ़ाई के दौरान इतिहास पढ़ा होगा लेकिन हममें से अधिकांश लोग यह नहीं समझ पाये होंगें कि जो चीज समाप्त या खत्म हो चुकी उसे क्यों पढे। मुझे इतिहास महत्वपूर्ण लगता है क्योंकि इतिहास हमें पिछली उपलब्धियों का विश्लेषण करना सिखाता है। इसके अतिरिक्त उसका इस्तेमाल हम योजना बनाने तथा रूपाकंन के लिए करते हैं।

कूटनीति योजना बनाना तथा रूपांकन करना तीन चीजों पर निर्भर करता है:

१. हम कौन है – जानना तथा निर्धारित करना (SWOT – अँदरूनी तथा बाहरी)
२. हमें कहाँ जाना है – को वादिस (QUO VADIS) और इन दोनों प्रश्नों के उत्तर देने के पश्चात हमें वहाँ तक पहुँचने का तरीका प्राप्त होता है
३. हम वहाँ कैसे पहुँचे? (क्या तरीका अपनाये योजना को सजाने का, प्रक्रिया तथा साधन का परिनियोजन करें इत्यादि)

ये दुनिया में हर कूटनीति मॉडल के लिए लागू होता है। कोई जरूरी नहीं की कूटनीति हर बार औपचारिक तरीके से लिखी हो, हो सकता है कि कार्य तथा प्रक्रिया से जाहिर हो। ये संस्था के आचरण पर निर्भर करता है कि वो माहौल से कैसे निपटे। यह भविष्य पर निर्भर है और संस्था को भविष्य में आगे बढ़ाने के लिए परिचलन में मदद करता है।

एच आर एम की कूटनीति क्या है?

हम अपने विषय पर वापस आते है, कि एच आर एम की कूटनीति तीन चीजों पर आधारित है
१. संस्था के व्यवसायिक उद्देश्य

२. उत्पाद, मंड़ी, मार्का की समझ और उनके SWOT विश्लेषण तथा
३. संपूर्ण एच आर पर पर इन तीनों के एकीकृत प्रतिबिम्ब

जैसा कि मैंने कहा, कौशल तथा लोगों का प्रबंधन एच आर का मूल आधार है। लोगों के प्रबंधन की शुरूआत प्रतिभा अर्जन से, उसके विकास, प्रबंधन, तथा रोकने तक होती है। हर संस्था को बेहतरीन कर्मचारी चाहिए जो कि अपना सर्वोत्कृष्ट कार्य निष्पंदन दें तथा समस्त व्यवसायिक उद्देश्य को हासिल करने में अपना पूरा योगदान करें। उचित तनख्वाह, पारितोषिक तथा प्रशिक्षण पर संस्थाऐं बड़ी रकम खर्च करती है। हर संस्था की अपनी नीतियाँ, कार्यप्रणाली, संस्कृति, गुणवत्ता के मानक तथा उनके उत्पाद के लिए अलग अलग लक्षित मंडी/बाजार होते है

एइसलिये एच आर एम की कूटनीति के क्षेत्र के अंतर्गत जो है वो भर्ती, योग्यता के अनुसार मुआवजा, कर्मचारी के साथ सहयोगपूर्ण तरीके से काम करना ताकि लोगों को रोके रखा जा सके, कार्य के अनुभव की गुणवत्ता को बढ़ाया जा सके, कर्मचारी तथा व्यवसायिक दोनों के कारोबार के लाभ को बढ़ाया जा सके।

इस व्यापक कार्यक्षेत्र का विचार करते हुए एच आर की कूटनीतिक भूमिका अत्यन्त ही महत्वपूर्ण बन जाती है क्योंकि वो अन्ततः से व्यवसायिक उद्देश्य को प्रतिबिंबित करता है।

> मानव संसाधन प्रबंधन की कूटनीति का अंतिम परिणाम क्या हो?
> कारगर प्रतिभा प्रबंधन के द्वारा व्यवसायिक उद्देश्य तथा लक्ष्य की सहायता।

व्यवसाय में कूटनीतिक मानव संसाधन प्रबंधन की भूमिका

मानव संसाधन ज्यादा से ज्यादा सक्रिय बनता जा रहा है तथा हर दिन इसमें सुधार हो रहा है। इसका स्वरूप ज्यादा से ज्यादा कूटनीतिक बन रहा है व्यवसाय के उद्देश्य तय करने में इसकी भूमिका महत्वपूर्ण है।

कुछ समय पहले तक मानव संसाधन प्रबंधन की भूमिका श्रमशक्ति के नियोजन की भूमिका तक ही सीमित था। संस्था के व्यवसायिक आय – व्यय के लिए आगत प्राप्त करने तक ही मानव संसाधन का कार्य हुआ करता था और उसका प्रयास रहता था कि कर्मचारी तथा उनसे जुड़े खर्चों के आँकड़ों का प्रबंध कैसे करें क्योंकि ज्यादातर प्रयास आँकड़ों से चलित हुआ करते थे। आज कल के व्यवसाय इतने सरल नहीं रह गये है। आज के व्यवसाय की पेचीदगीं तथा विभिन्नता बढ़ रही है तथा अनेक स्थानों में फैल चुकी है। कूटनीतिक मानव संसाधन प्रबंधन (एच आर एम) का केद्रं बिदुं, कूटनीति प्रतिभा का नियोजन (एस टी पी) बन गया है।
कूटनीति प्रतिभा का नियोजन (एस टी पी) एक प्रक्रिया है जिसके द्वारा मानव संसाधन निर्धारित करता है:

अ) एक निश्चित स्थान पर विशेष प्रकार के कार्य के लिए किस प्रकार के कौशल की जरूरत होती है तथा
ब) ऐसे कौशल की कीमत क्या होगी

यह सुनिश्चित करने में सहायक होता है कि संस्था में सही कार्य के लिए सही समय पर सही कौशल से युक्त प्रतिभा उपलब्ध है।

कूटनीति प्रतिभा का नियोजन संस्था को एक लचीलापन बनाये रखने में मदद करता है तथा जैसा बदलाव चाहिए वैसी व्यवस्था की जा सकती है। संस्था जिस उद्योग के अंतर्गत कार्य करती है उस उद्योग के सामाजिक, आर्थिक, तकनीकी तथा विधायी प्रचलन को संबोधित करने के लिए भी संस्था की मदद करता है।

कूटनीति कौशल का नियोजन के विचार हेतु बिंदु:

- संस्था किस ओर बढ़ रही है?
- हमारे कौशल में कौन कौन सी प्रवीणता होनी चाहिए?
- इस फर्क को खत्म करने के लिए हम किस तरह की मानव संसाधन कूटनीति की योजनायें बना सकते है?

मानव संसाधन मौजूदा कौशल की तुलना अपेक्षित कौशल के संविभाग के साथ करता है। जो मौजूदा कौशल में कमी है उसकी पूर्ति के लिए कौशल को संस्था के अंदर ही उपलब्ध लोगों में से ही या फिर संस्था के बाहर से खोजा जा सकता है। इस तरह से कूटनीति प्रतिभा का नियोजन, संस्था को किस प्रकार के कौशल की जरूरत है उसका पूर्वानुमान करने में तथा इसे समझने में, और क्या मुआवजा देना पड़ेगा इन सबमें मदद करता है।

कूटनीति प्रतिभा के नियोजन के लिये आवश्यक है कि मानव संसाधन पूरे संस्था में मौजूदा तथा अपेक्षित कौशल की जानकारी का मिलान करे तथा संगठित करे और ये काम आसान नही है। सिर्फ ५०० कर्मचारी वाली संस्था के लिए इस काम को करने की कोशिश करिये!! प्रतिभा के नियोजन की प्रक्रिया में मानव संसाधन को अपना योगदान देने के लिए सदस्यों को व्यवसायिक उद्देश्य, परिचलन योजना / आय विषयक जानकारी, विशलेषणात्मक तथा आर्थिक प्रवीणता की पकड़ तथा व्यवसाय के बारे में पूर्ण जानकारी होना आवश्यक है।

यह विवादास्पद मुद्दा है कि कितने मानव संसाधन व्यवसायिकों के पास ये योग्यता है? इसका उत्तर होगा कुछ ही में है!

क्यों? मेरे अनुभव के अनुसार, ना ही उनकी शिक्षा ना ही उनकी नौकरी के दौरान प्रशिक्षण, व्यवसाय के कौन कौन से कार्य महत्वपूर्ण है तथा आँकड़ों के विश्लेषण की पूरी जानकारी उपलब्ध कराने में सक्षम है।

कूटनीति मानव संसाधन प्रबंधन की चुनौतियाँ

जिस परिदृश्य में हम रहते है, अंधाधुंध दुनिया के बाजार तेज़ी से बदल रहे है। ग्राहको को अपने जरूरतों के लिए बेहतर विकल्प मिल रहा है। नतीजतन ग्राहकों की निष्ठा भी किसी एक उत्पाद की ओर कम हो रही है। हर कोई इससे प्रभावित है चाहे नियोजक, कर्मचारी, बाज़ार या फिर उत्पाद। इस कोलाहल का नतीजा ''प्रतिभा के

लिए विश्वयुद्ध'' (पानी के लिए युद्ध के पहले ये युद्ध छिड़ चुका है) । ये फिर से इस लिए हुआ है क्योंकि.

१.आज की प्रतिभा को बहुतायत विकल्प उपलब्ध है
२.कर्मचारियों को जबरदस्त काम के दबाव का मुकाबला करना पड़ता है
३.भर्ती करने वाले कर्मचारियों को विश्र्व स्तर की प्रतिभा ढूढने में दिक्कत हो रही है
४.कर्मचारियों के काम में दिलचस्पी की अवधि छोटी हो गयी है
५.कर्मचारियों की निष्ठा धीरे धीरे लुप्त हो रही है
६.कई गुट जिनकी व्यवसाय में अपने स्वार्थ के अनुसार दिलचस्पी है तथा अनेक प्रकार के हिस्सेदारों की विद्यमानता को बड़े ही दक्षता से संचालन करना है।

इस तरह से, संस्थाओं के मानव संसाधन विभागों को लगातार मानव संसाधन प्रबंधन के क्रियाकलाप को तथा नीतियों को व्यवसाय की कूटनीति के साथ संरेखन की चुनौती का सामना करना पड़ता है ।

कुछ मानव संसाधन प्रबंधन के कूटनीति के मॉडल्स –

हम में से ज्यादातर लोग कूटनीतिक मानव संसाधन प्रबंधन के सिद्धांतों से परिचित होंगे जिसमें विविध मार्गो / माँडल्स के विकास तथा कार्यान्वित करने के तरीको की व्याख्या की गयी है । उनको हम यहाँ पर फिर से देखते है ।

१.प्रखर कार्य–निष्पादन के प्रबंधन का माँडल

अमेरिका के श्रमशक्ति विभाग ने प्रखर अधिक कार्य संपादन व्यवस्था के द्वारा एक सुप्रसिद्ध व्याख्या का सृजन किया (१९९३)। प्रखर कार्य – निष्पादन के प्रबंधन का माँडल भिन्न भिन्न संबंधित क्षेत्र की प्रगति पर केंद्रित होता है और इन सबका इक्टठा असर संस्था के नियोजन पर होता है। यह क्षेत्र जैसे कि उत्पादकता, बढ़ोत्तरी, मुनाफ़ा, ग्राहक सेवायें, आदि हो सकते है जो कि अंत में हिस्सेदारों के मूल्य में बढ़ोत्तरी करते हैं। भर्ती तथा चयन सख्त की प्रक्रिया, प्रोत्साहन भुगतान प्रणाली तथा प्रखर कार्य – निष्पादन के प्रबंधन की प्रक्रिया इसमें समाविष्ट है। प्रखर कार्य – निष्पादन के प्रबंधन की कार्य कुशलता में समावेश है:

१. कर्मचारियों की प्रवीणता की बढ़ोत्तरी तथा प्रशिक्षण प्रदान करने तथा प्रबंधन के विकास का कार्यक्रम इन सबका उद्देश्य खुद का प्रबंधन तथा गुटों की काबिलियत को बढ़ाना। ये सब संस्था के कार्य निष्पंदन को बढ़ाने में मदद करते है।
२. कूटनीति, परिचालन संबंधी तथा वही जो कि लोगों के प्रबंधन संबंधित जिसके साथ में संस्था का उद्देश्य हो , इन तीनों प्रक्रिया का आपस में संरेखन करना। संस्था के सभी उद्देश्य को हासिल करने में भरोसा, वचनबद्धता तथा प्रतिबद्धता पोषक के रूप में मदद करते है।
३. निर्णय सृजन प्रकरण का विकेन्द्रिकरण करें ताकि आप इस बात को सुनिश्चित कर सके कि जो कोई भी ग्राहको के संपर्क में हो वही तुरन्त निर्णय ले,
४. संस्था को बाहर के समुदाय से जोड़े रखना। इसमें संस्था के अंदर तथा बाहर प्रतिबद्धता तथा भरोसा दोनों को प्रोत्साहन मिलता है।

अवश्य ही, इसमें प्रखर कार्य – निष्पादन के लिए दूरदृष्टि, बेहतरीन नेतृत्व, कर्मचारी की योग्यता में सुधार तथा कर्मचारियों के साथ संपर्क की अवश्यकता है। नेतृत्व (लीडरशिप) गति तथा दिशा का बोध दिलायेगा।

२. **प्रखर वचनबद्धता प्रबंधन का मॉडल: (दी हाई कमिटमेन्ट मेनेजमेन्ट मॉडल)** प्रखर वचनबद्धलता का मॉडल वुड्स (१९९६) ने इस प्रकार वर्णित किया है –''एक शैली का प्रबंधन, जिसका ध्येय है प्रतिबद्धता को प्राप्त करना ताकि मुख्यत: आचरण आत्मनियंत्रित हो, ना कि व्यक्ति को दंड/सजा देने और बाहरी दबाव डालने से नियंत्रित हो सके, तथा संस्था के अंदर संबंध उच्च स्तर के भरोसे पर आधारित हो''।

जैसा कि नाम से जाहिर होता है प्रखर प्रतिबद्धता प्रबंधन के माँडल का ध्येय है कि लोगों से प्रतिबद्धता ली जा सके जिससे कि चाल–चलन आत्म नियंत्रित हो नाकि संस्था के पदानुक्रम या नीतियों से सीमित या प्रतिबंधित हो।

इस मॉडल में, कर्मचारियों की वचनबद्धता का स्तर ऊँचा है तथा संबंध भरोसे पर आधारित है। चलो देखते है कि ऊंचे स्तर की प्रतिबद्धता से संस्था को बनाने के लिए कौन से मार्ग लिए जा सकते है।

१. लचीलापन उपार्जित करना और कड़ेपन को दूर करना, पदानुक्रम हायरार्की को घटाना।
२. बढ़त तथा विकास, वचनबद्धता तथा प्रशिक्षण और कर्मचारियों के विकास पर जोर।
३. कर्मचारियों का गुणवत्ता के प्रबंधंन पर ज्यादा ज़ोर।
४. सामूहिक कार्य तथा गुट संगठित प्रयत्न में समस्या का हल निकालने के लिए जिस पर विश्वास किया जाय (गुणवत्ता दल), क्वालिटीसर्कल
५. बेहतर आंकलन तथा मुआवजा की संरचना और उसके साथ लाभ सहभाजन तथा गुणों पर आधारित वेतन पर जोर।
६. कार्य के लिखित विवरण को सुधारना/विस्तार करना/कार्यों को समृद्ध बनाना ताकि कर्मचारियों के कार्य में संतुष्टि तथा सुधार।
७. कर्मचारियों को निलंबन या अतिरिक्त जैसी अनिश्चयता से बचा कर रखना। स्थाई कर्मचारियों को आश्वस्त करके वा अस्थाई कर्मचारियों को इस्तेमाल करके समय वृद्धि कर मजदूरों की जरूरत की पूर्ति की जा सकती है।

३. प्रखर सहभागिता प्रबंधन के मॉडल:

यह पद्धति इस बात पर ध्यान केद्रिंत करती है, कि यह सुनिश्चित किया जाय कि कर्मचारी ज्यादा सम्मिलित तथा काम में व्यस्त रहे। यह इस बात को प्रोत्साहित करता है कि प्रबंधक तथा कर्मचारियों के बीच स्पष्ट तथा लगातार वार्तालाप के संचरण बनाये रखें ताकि अपेक्षित निष्पंदन पर स्पष्टता उपार्जित हो सके। इसलिए लोगों को भागीदारी के तरीके से उपार्जित किया जाता है ना कि कर्मचारियों की तरह से और कर्मचारियों के मामलों पर बात करने के लिए प्रोत्साहित किया जाता है।

अधिक सहभागिता के कारण हर किसी को क्या उपलब्धि करना है इस बारे में स्पष्ट समझ होती है। इस तरह से, यह संरचना देता है जो सुनिश्चित करता है कि उद्देश्य को उपलब्ध किया जा सकेगा। यह कार्यप्रणाली जो कि प्रखर सहभागिता प्रबंधन के मॉडल के समान समक्ती जा सकती है ''आन लाईन'' कार्य के गुट है, 'आफ लाईन' कर्मचारियों के सहभागित कार्यकलाप, गुट के साथ अंतक्रिया द्वारा समस्या को सुलझाना, कार्य का बदलाव, सुझाव की परियोजना तथा गुणवत्ता के प्रयास का विकेंद्रीकरण है।

संक्षेप में, मानव संसाधन के विभिन्न खण्ड़ों जैसे कि भर्ती, प्रशिक्षण तथा विकास, मुआवजा, उत्तराधिकारी की योजना इत्यादि पर असर ड़ालते है। कूटनीतिक मानव संसाधन प्रबंधन संस्था को प्रतिस्पर्धा में बढत बनाने में वह भी लंबें समय में प्रतिभा की तैय्यारी तथा सामर्थ्य के जरिये से मदद करती है।

■■■

केसलेट

एच आर का कूटनीतिक प्रक्रिया में महत्व

ईशान, विशाल मैन्यफैक्चर्ज़ में नए मानव संसाधन का मुखिया था। जिस तरह से कंपनी ने अपने कर्मचारियों का प्रबंध किया था और जिस तरह से मानव संसाधन विभाग को प्रबंधन के प्रति विचार थे वह उससे खुश नहीं था । उसने महसूस किया कि वैश्विकरण के युग में एक संस्था के कामकाज की शैली में परिवर्तन होना चाहिए । मानव संसाधन विभाग को सिर्फ रोज़मर्रा की व्यवस्थापकीय गतिविधियों में ही शामिल किया गया था । प्रबंधन ने कभी एच आर प्रमुख को व्यवसाय कार्यनीति की बैठकों में शामिल नहीं किया।

ईशान उसके पूर्व संस्था सहित अन्य अच्छी कंपनियों में से अधिकांश के बारे में वाकिफ था, कि मानव संसाधन एक प्रमुख विभाग के रूप में विकसित करने और प्रतिभा को बनाए रखने के लिए माना जाता था। उसने देखा कि विशाल मैन्यफैक्चर्ज़ प्रमुख कूटनीतिक योजनाओं और निर्णयों में मानव संसाधन विभाग को शामिल करने में बहुत ही पीछे था । वह प्रबंधन के साथ बात चीत कर तथा उनपर प्रभाव ड़ालकर प्रबंधन को महत्वपूर्ण भूमिका के बारे में बताना चाहता था कि मानव संसाधन विभाग को संस्था के लिए भविष्य की दिशा को तय करने में किस तरह की भूमिका अदा करनी चाहिए, उनके कर्मचारियों के प्रदर्शन में सुधार, कौशल सेट (प्रशिक्षित समुदाय) कर निर्धारक करने की जरूरत है आदि ।

आखिरकार, उसे जल्द ही वरिष्ठ प्रबंधन से मिलने का अवसर मिला जैसा कि उसे बताया गया कि प्रधान कार्यालय में लागत पर तथा संरक्षण विभाग में स्टाफ की भर्ती के प्रशासनिक पहलुओं पर चर्चा करने के लिए उसे बुलाया गया था । ईशान ने मौके को हाथ से न जाने और इस बैठक का अधिकतम उपयोग सुनिश्रि्चत करने का फैसला किया । उसने एक महत्त्वपूर्ण मुद्दे को जिससे लम्बे समय मे कंपनी को लाभ

होगा पेश करने की अनुमति के लिए टीम के मुखिया से अनुरोध किया। प्रस्तुतीकरण में, उसने संरक्षण विभाग में उच्च टर्न ऑवर और विशाल मैन्यफैक्चर्ज़ के अन्य महत्वपूर्ण विभागों पर प्रकाश डाला।

वह मुंह पर स्पष्ट बोलने वाला था (बड़बोला था) उसने विचार व्यक्त किया कि वरिष्ठ प्रबंधकों की प्रभावी ढंग से इस्तेमाल की गई प्रबंधन शैली आदेशात्मक एवं नियंत्रण वाली थी और नियंत्रण शैली से अवगत कराया। यह एक पुरानी शैली थी और उसने सभी विभागों के प्रबंधकों के लिए स्वायत्तता और स्वतंत्रता प्रदान करने के लिए इस टीम के वरिष्ठों से अनुरोध किया जो प्रबंधकों के काम को दिलचस्प और चुनौतीपूर्ण बना देगा। उसने उल्लेख किया कि मानकीकरण, एकरूपता और अनुपालन वर्तमान युग में काम नहीं करेगे। वरिष्ठ प्रबंधकों को जरूरी है कि वे स्थिति के अनुरूप लचीले हों और योजना बनाने एवं उत्पादन को बढ़ाने तथा वितरण में विभाग के सदस्यों को शामिल करें। उसने व्यवसाय के रणनीतिक के फैसलों में मानव संसाधनों की अहम भूमिका से भी अवगत कराया। उसने प्रबंधन से उनके (एच आर के) नज़रियो को उनकी तरह से देखने का तथा उनके अनुकूल विचार करने का अनुरोध किया। प्रस्तुतिकरण के बाद, वह मुख्य एजेंडा जिसके लिए उसे संरक्षण विभाग में सम्मान के साथ भर्ती के लिए बुलाया गया था उस पर विचार विमर्श किया और उन्हें खुले तौर पर उसके विचार और अनुभव को सुनने के लिए आभार व्यक्त किया।

यद्यपि प्रबंधन के परम्परागत विचार से वे सभी व्यक्ति संस्था में पुराने समय से थे, तथा सोच पारंपरिक थी, वे यथेष्ट रूप से ईशान के विचारों पर विचार करने के लिए तैयार थे। एक सप्ताह के बाद, उसके पास एक टीम के वरिष्ठ सदस्य का फोन आया कि कार्यकारी समिति की बैठक में भाग लेने के लिए उसे बुलाया और मानव संसाधन के रणनीतिक भूमिका पर एक विस्तृत जानकारी प्रस्तुतिकरण करने को कहा जिससे कि संस्था के रणनीतिक योजना की प्रक्रिया में मानव संसाधन कार्य को एकीकृत करने के लिए कदम उठाए जा सके।

आपको किन चीजों पर काम करना होगा:

१. विशाल मैन्युफैक्चर्ज़ के मानव संसाधन विभाग को रणनीतिक महत्व क्यों नहीं दिया था?

२. ईशान ने टीम के वरिष्ठ के साथ क्या साझा किया था?

३. ईशान ने मानव संसाधन कार्य के रणनीतिक महत्व की स्थापना के लिए किन चुनौतियों का सामना किया होगा?

४. मानव संसाधन को विशाल मैन्यफैक्चर्ज़ के व्यवसायिक रणनीति में सूत्रीकरण तैयार करने में शामिल क्यों किया जाना चाहिए?

१०

आज के मानव संसाधन प्रबंधन में चुनौतियों

[चैलेन्जेस इन टू डेज ह्यूमन रिसोर्स मेनेजमेन्ट]

हमने 'आदम स्मिथ' के शब्दों में पहले ही देखा है कि 'बाज़ार अदृश्य हाथों के द्वारा चलता है्।'

तथापि आज, आप ये पायेगें कि एक बाजार बहुत अधिक लंबें समय तक नहीं रहता है। संस्थायें स्थापन करके अपनी उपस्थिति पूरे विश्व में करा रही है, पूरे विश्व में कई बाजार है और उन सब में एक ही चीज़ समान है – सभी अंधाधुध गति से बदल रहा है।

अगर इंडस्ट्रीयल रेवोल्यूशन(औद्योगिक क्रांति)की शुरूआत से आज तक कोई अध्ययन करना चाहते है तो परिदृश्यों में बदलाव का सारांश नीचे दिए गये है।

संस्था	पुराना परिदृश्य	आज
१.केन्द्र बिंदु	उत्पादन	ग्राहक
२.अभिप्राय	मुनाफा बनाना	हर्षित ग्राहक
३.जरिया	मानकीकर/खर्चे में कटौती	हर्षित कर्मचारी

अक्षर कर्मचारियों की खुशी पढ़कर आपको ताजुब्ब हुआ, तो न हो! हर्षित ग्राहक के उद्देश्य प्राप्ति का रास्ता संतुष्ट कर्मचारी से शुरू होता है। विपणन (मार्केटिंग) विभाग का केंद्र बिंदु ग्राहक होता है, तथा मानव संसाधन विभाग का केंद्र बिंदु कर्मचारी होता है। अगर आप नज़दीक से देखे तो आप दोनों विभागों के बीच विपणन तथा मानव संसाधन (मार्केटिंग और एच आर) – में काफी समानताऐं पायेंगे:

१. जिस तरह ग्राहकों को हासिल करने की होड़ बेहद कड़ी स्पर्धा है, उसी तरह उतनी ही कड़ी स्पर्धा कर्मचारियों को हासिल करने के लिए भी है
२. दोनों ही तीव्रबुद्धि है तथा दोनों के पास कई विकल्प है
३. दोनों की अभियाचना एक सी ही है
४. दोनों ही मामलों में वफादारी कम होती जा रही है चाहे वो ग्राहकों में हो या फिर कर्मचारियों में हो

कर्मचारी मानव संसाधन विभाग के लिए अंदरूनी ग्राहक है।

सक्रिय (गतिशील) तथा बढ़ते हुए विश्व के बाजार, अत्यधिक काम की अपेक्षा रखने वाला ग्राहक, तकनीकी तथा व्यवसाय के तरीकों में लगातार बदलाव और अत्यधिक कुशलताओं वाले परन्तु उतने ही सावधानी से चयन करने वाले कर्मचारी – संस्थाओं में उनके योग्य, उनके लिए कार्य प्रदान किया जाता है। इस तरह से संस्थायें चुनौतियों को झेलती है तो इन सब में मानव संसाधन किस तरह से अपने आप को पाता है?

पहले जमाने में, दूसरे विभागों की ही तरह मानव संसाधन विभाग का भी कार्य निष्क्रीय (स्टेटिक) था। आज यह सक्रिय और गतिशील ही नहीं व्यापारिक भी है।

विभिन्न पृष्ठिका वाले लोग – शैक्षणिक, आर्थिक, या फिर सामाजिक – सांस्कृतिक – सब एक साथ मिल कर लगातार एक ही उद्देश्य के लिए काम करते है और ये मानव संसाधन के लिए बहुत बड़ी चुनौती है।

अतः कौनसी विभिन्न चुनौतियां है जिन का एच.आर. कार्य में सामना करना पड़ता है? मेरी नजर में, इन चुनौतियों को हम दो भागों में बाँट सकते है...
१. कूटनीतिक उद्देश्य (दीर्घ दृष्टिकोण)
२. क्रियान्वित किये जानेवाले (सूक्ष्मदृष्टिकोण)

१. कूटनीतिक उद्देश्य (संपूर्ण नज़रिया) – ये चुनौतियाँ एक वृहद स्तर पर होती है – संस्था के कूटनीतिक स्तर पर।

अ. निवेश पर प्रतिफल (रिटर्न ऑन इनवेस्टमेन्ट) – किसी भी विभाग को आंकने के लिए उस विभाग के निष्पादन को नापें ताकि व्यवसाय में उसके योगदान,

(इसके द्वारा लाभ) का पता लगाया जा सके। मानव संसाधन को ये सुनिश्चित करना चाहिए कि उसे संस्था के लोगों पर निवेष का बेहतरीन प्रतिफल मिले।

ब. सफलता तथा मूल्य में वृद्धि (सक्सेस एन्ड वेल्यू एडीशन) – हर विभाग को अपने कार्य को कार्यान्वित करना पड़ता है और मानव संसाधन इससे अलग/भिन्न नहीं है। मानव संसाधन विभाग की सफलता उसके नतीजो से मापी जा सकती है जो कि संस्था की सफलता को तय करते है इसके अंतर्गत कई चीजें आती है जैसे कि – संस्था में मतभेदों का हल निकालना, सही व्यक्ति को सही समय पर सही कार्य के लिए नियुक्त करना तथा मानव संसाधन संस्था को काम करने के लिए बेहतरीन माहौल बनाना ह जो संस्था के मूल्यांकन में वृद्धि भी करता है।

क. मुआवजा तथा सुविधायें (कॉम्पेनसेशन एन्ड बेनीफिटस्) – मानव संसाधन के सामने यह एक चुनौती होती है कि हर कर्मचारी को सही मुआवजा तथा सही सुविधाओं (आर्थिक लाभ) के बारे में यकीन दिलाना। कर्मचारी के मुआवजा तथा सुविधाओं (हित) से संबंधित मानव संसाधन की कूटनीति की सफलता प्रतिभा अधिग्रहण तथा उन्हें रोक पाने से निर्धारित होती है।

ड. संस्था की कूटनीति, उद्देश्य तथा संस्कृति (कम्पनी स्ट्रेटेजी, गोल, एन्ड कल्चर) – कुल मिलाकर मानव संसाधन की कूटनीति तथा उसके हर अल्पांश को संस्था के साथा पंक्तिबद्ध (अलाइन) होना तथा संस्था की कूटनीति के सहयोग में होना आवश्यक है। मानव संसाधन को सुनिश्चित करना चाहिए कि संस्था की कूटनीति, उद्देश्य तथा संस्कृति हर एक कर्मचारियो में रच बस जाये तथा मानव संसाधन का नेतृत्व करने वाले स्वयं भी उसके समर्थक हो।

इ. विविधता तथा समता (डायवर्सिटी और इक्वेलिटी) – विविध विश्व व्यापी जनबल का प्रबंधन करना आज के मानव संसाधन के लिए खास चुनौती है।

हालाँकि, विविधता को संघटनात्मक कूटनीति के अंतर्गत प्रोत्साहन देना चाहिए लेकिन भर्ती करते समय मानव संसाधन के लिए यह महत्वपूर्ण है कि वह इस बात का ध्यान रखे कि भावी कर्मचारी अपने ग्राहकों तथा सहकर्मियों के साथ ताल मेल बैठा सके । उसके साथ मानव संसाधन को यह भी सुनिश्चित करना चाहिए कि उनमे समानता बनी रहे तथा किसी भी कर्मचारी को खास कर सामाजिक – सांस्कृतिक या फिर लिंगभेद के अन्याय का सामना न करना पड़े ।

ई. विलय तथा अधिग्रहण, तकनीकि बदलाव, सही आकलन (मर्जर एन्ड एक्वीजिशन्स, टेक्नोलोजिकल चेलेन्ज, राइट साईजिंग) – संस्था में कर्मचारियों को कोई समय दिये बिना या फिर रूपांतरण या समायोजना का कोई समय दिये बिना मालिकाना बदलाव, तकनीकि बदलाव या फिर बाजार के ताकतों के आधार पर उसके काम करने के तरीके में बदलाव संभव हो सकता है। ऐसे समय, मानव संसाधन की यह जिम्मेदारी बनती है कि कर्मचारियों को इन परिस्थितियों से निपटने तथा चिंताओं से उबरने के लिए उनकी समय पर मदद करें। भावी घटनाओंके कल्पित क्रम में मानव संसाधन की ये भूमिका होती है कि यह सुनिश्चित करे कि कर्मचारी मानसिक तौर पर तथा जानकारी द्वारा दोनो ही स्तर पर इस बदलाव से निपटने के लिए तैयार है। ऐसे समय मानव संसाधन को इस बात पर ध्यान केंद्रित करना चाहिए कि कर्मचारियों को प्रशिक्षण तथा विकास के द्वारा नये हुनर जिनकी जरूरत हो उन्हें मुहैया कराया जाय । मानव संसाधन को कई रूप धारण करना होगा जैसे पेशे के परमर्शदाता के तौर पर, बदलाव कर्मक के रूप में या सहयोगी की भूमिका में इत्यादि । मानव संसाधन को अपनी नीतियों को भी बदलना होगा ताकि वह संस्था के बदलते जरूरतों के साथ उसे संरेखित कर सके ।

अभी तक हमने ये देखा कि मानव संसाधन आज कल कूटनीतिक तौर पर कौन कौन सी चुनौतियों का सामना करते है । चलो अब यह देखा जाय कि जमीनी स्तर पर कौन कौन से क्रियान्वित किए जा सकते हैं (रोजमर्रा की कार्यशैली), चुनौतियों का सामना करना पड़ता है ।

२. व्यवहार्य (सूक्ष्म नजरिया) – (एक्शनेबल्स)

अ. प्रतिभा अधिग्राहण, प्रतिभा रोक रखना, प्रतिभा प्रबंधन (टेलेन्ट एक्वीजिशन, टेलेन्ट रिटेन्शन, टेलेन्ट मेनेजमेन्ट) – यह कभी न खत्म होने वाली चुनौतियाँ है । एच आर को लगातार संस्था में प्रतिभा की आवश्यकता की योजना बनाना पड़ता है इस लिए उसे प्रतिभाओं की क्षमता का जायज़ा लेना पड़ता है। या फिर, यह पता चल सकता है कि क्या इन लोगों को काम पर रखने से हासिल किया जो कि आसानी से मौजूदा कर्मचारियों को प्रशिक्षण देने के द्वारा प्राप्त किया जा सकता था । जब कभी एचआर किसी कर्मचारी को रोकने की कोशिश करता है उस समय उसे यह सुनिश्चित कर लेना चाहिए कि जिस भी कर्मचारी को वो रोक रहा है उसे रोकने से संस्था को फायदा मिलेगा । प्रतिभा अधिग्राहण, रोक रखना, तथा प्रबंधन ये तीनों व्यवसायिक कूटनीति के पीछे क्रमबद्धता में है ।

ब. संघर्षण (एट्रीशन) – चाहे वह कोई भी उद्योग हो, संघर्षण के दर में कमी कर पाना यह एचआर के लिए बड़े ही भयानक सपने के समान है । एचआर को यह सुनिश्चित करना पड़ता है जैसे कि मुआवजा तथा सुविधाऐं (आर्थिक लाभ) वो तो वाजिब होने ही चाहिए क्योकि यह मूलभूत आवश्यकताऐं है, उसके साथ साथ कर्मचरियों में किस प्रकार से संस्था के लिए सफलतापूर्वक तरीके से वचनबद्धता पैदा की जा सके । कई संस्थाओं ने अपने कर्मचारियों के लिए खास उद्देश्य के लिये कर्मचारियों की वचनबद्धता के प्रयोजन बनाये है ।
साथ में, एचआर को कर्मचारियों के एक और महत्वपूर्ण जरूरत की देख रेख करनी पड़ती है – वो है उनकी मानसिक स्वस्थता । जिस तरह से तनाव तथा थकन से कर्मचारी ग्रसित रहते है उसको देखते हुए ये कोई ताज्जुब की बात नहीं है, संस्थायें ऐसे कार्यक्रम तैयार कर रही है जिससे कि कर्मचारियों को काम पर प्रत्येक दिन का सामना करने के लिए फिट रह सकेगे। इनमें से कई कार्यक्रम जो कि आमतौर पर देखने में आते है शारीरिक योग्यता के कार्यक्रम, आहार संबंधी प्रशिक्षण, परामर्श का सत्र, खेल कूद की सुविधायें इत्यादि ।

क. परिवर्तन प्रबंधन (चेन्ज मेनेजमेन्ट) – जो कुछ भी लोगों पर असर करता है वह मानव संसाधन पर भी असर करता है और परिवर्तन ऐसे ही होता है। एचआर को परिवर्तन पर ध्यान केंद्रित करना चाहिए उसका असर लोगों पर क्या है तथा नकारात्मक को सकारात्मक में बदले ताकि कर्मचारियों को परिवर्तन की प्रक्रिया से गुजरने में मदद की जा सके। एचआर को कर्मक

(चेन्ज एजेन्ट) की भूमिका अपनानी चाहिए तथा कर्मचारियों के भागीदार बने ताकि वे परिवर्तन की वेदना से गुजरते हुए अपने पाँव जमीन पर पाये।

> Your success in life isn't based on your ability to simply change. It is based on your ability to change faster than your competition, customers and business - Mark Sanborn

ड. नेतृत्व का विकास (लीडरशिप डेवलपमेन्ट) – कारगर (परिणामकारी) नेतृत्व संगठन की सफलता के लिए नींव का पत्थर समान होता है। एचआर को ऐसी प्रक्रिया स्थापित करनी चाहिए जिससे की उन प्रतिभाओं को चुना जा सके जिनमें नेतृत्व के गुण विद्यमान हो, तथा उनकी क्षमताओं को विकसित किया जाए और तराशा जाये जिससे वह अपने भविष्य में चुनौतियों का सामना कर सके। आदर्श रूप में, संस्था के अंदर से ही नेतृत्व का चयन होना चाहिए जिससे उनको प्रशिक्षित करने, विकास करने तथा उनकी तरक्की करने में काफ़ी गुंजाईश होती है।

> Management is doing things right;
> leadership is doing the right things!
> - Peter F. Drucker

इ. कर्मचारियों को अधिकार (एमप्लोयी एमपावरमेन्ट)– प्रदान करना – वो समय चला गया जब कर्मचारी अपने प्रबंधनकर्ता की ओर उनके आदेश का इंतजार करते थे और जैसा उनसे कहा जाता वो वही करते थे। बाज़ार के हालात ऐसे हो गये

है जिसमें ऐसे कर्मचारियों की जरूरत है जो कि परिस्थिति का आंकलन करके उसी समय निर्णय ले सके। स्पष्टत: इसके लिए संस्थाओं को ऐसे कर्मचारी चाहिए जिनके पास अधिकार हो। परन्तु यह एक बार दी जाने वाली जादू की घुट्टी नही है। यह एक संस्कृति होती है जिसको की पूरी संस्था में धीरे धीरे छनकर प्रसारित किया जा सके। एक ऐसा संगठन है जो कि अपने कर्मचारियों को अधिकृत करता है और उन्हें प्रशिक्षित निर्णय लेने और उनके फैसलों पर विश्वास करता है उसमें ऐसे कर्मचारी होंगे जो जिम्मेदार हैं और बदलते समय में अपने आप को सफलतापूर्वक अनुकूल करने में सक्षम होगें।

ई. श्रमिकबल की अनुकूलनीयता (वर्क फोर्स एडाप्टीबिलिटी) – ऐसा नही है कि अनुकूलता का प्रश्न पूर्व समय में नहीं आता था, बात यह है कि एचआर को प्रतिभा को विश्व स्तर पर संभालना पड़ता है उससे श्रमिकबल की अनुकूलता और इस कारण आज के समय में अनुकूलता का मुद्दा और भी ज्यादा महत्वपूर्ण हो जाता है। आज के समस्याओं का दायरा पुराने कर्मचारियों (जो कि लंबें समय से संस्था के साथ अपने कार्यकाल के जीवन की शुरूआत से जुड़े हुए है) से शुरू होकर आज के दौर के योग्यता प्राप्त कर्मचारी, पुराने कर्मचारी जिन्हें नये लोग, नया नज़रिया, नयी तकनीकी, तथा संस्था के नये ढ़ाँचे के साथ रूपान्तरित करना कठिन होता है, दूसरी ओर अर्हताप्राप्त सफल प्रशिक्षित लोगों में जिनका सामाजिक तथा संस्कृति विचारधारा में भिन्नता होती है, उनके आर्थिक, मानसिक तथा उनमें विश्व–संम्बन्धी फर्क (ग्लोबल डिफरेन्स) जब होता है। आज कल दल के लोग हर तरफ सीमाँत देशों में बसे लोगों के साथ काम करते हैं तब उन्हें वास्तव में अलग अलग संस्कृति, भाषा, मान्यताऐं तथा नज़रिया रखने वाले दल के साथ मिलकर कार्य करना होता है जो अपने आप से बहुत अलग होता है।

एचआर को यह सुनिश्चित करना पड़ता है कि कर्मचारियों को तकनीकी हो, या प्रक्रिया, क्षमता या आम जनता, वे लोगों के बीच परिस्थिती ती या जरूरत के अनुसार अपने आपको ढ़ालने में समर्थ हो। जरूरत के अनुसार, संभावित टकराव के

समाधान को लागू करना चाहिए। जहाँ पर भी टीम विश्व स्तर पर अन्य लोगों से बातचीत करे तो उन्हें प्रभावपूर्ण तथा सार्थक संवाद के लिए प्रशिक्षित करना चाहिए। अन्य जगहों पर, अगर कर्मचारी अनुकूलता के लिए तैयार न हो, उन जगहों पर एचआर को बड़ी भूमिका निभाने की जरूरत होती है, कर्मचारियों को बड़ी तस्वीर दिखाकर – उसे संस्था के उद्देश्य को हासिल करना क्यूँ जरूरी है उससे जोड़कर बताना पड़ता है।

> एचआर को आजकल कसी रस्सी (टाइट– रोप) के ऊपर चलना पड़ता है – एक तरफ संस्था के उद्देश्य होते है तो दूसरी तरफ लोगों का हित होता है।

हम – मानव संसाधन प्रकार्य सिर्फ लोगों के बारे में है। इस पूरी किताब में मेरी कोशिश यह रही है कि मैं आपको आज के मानव संसाधन की सचाई से वाकिफ़ करा सकूँ। यही दुनिया का सर्वाधिक सक्रिय विषय है जो लोगों के जीवन में सकारात्मक फर्क करने का मौका देता है।

इस अध्याय में जो कारण दिये गये है वो आज कल के समय की चुनौतियाँ है जिनका सामना आज एचआर बिरादरी करती है और आने वाले समय में जो आकस्मिक पूर्ण परिवर्तन आने वाला है उसके लिए भी एचआर जिम्मेदार होगा। इसलिए यह सुनिश्चित करें कि एक एचआर व्यवसायिक के रूप में आप पूर्ण रूप से चुनौतियों का सामना करने के लिए तैयार है और पूरी तरह से सुसज्जित है तथा इस पुरस्कृत व्यवसाय को आप अपना योगदान दें।

केसलेट

सही या गलत – कौन दोषी था ?

राकेश एक प्रसिद्ध आईटी बहुराष्ट्रीय कंपनी के सॉफ्टवेयर परीक्षण विभाग में शामिल हुआ था तीन महीने पहले और एक महत्वपूर्ण परियोजना क्र कार्यभार संभाल लिया । उसके पास लगभग २० वर्षों का सॉफ्टवेयर परीक्षण में काम करने अनुभव था । मनीष और उसके टीम के सदस्यों की उम्र तकरीबन २२ – २८ वर्ष के बीच की थी और वे राकेश को रिपोर्टिंग करते थे । राकेश अच्छी तरह से मनीष और उनकी टीम के साथ मिला । वे सभी बेहद प्रेरित और काम के बारे में उत्साहित थे और आज तक समय पर अपने कार्यों को पूरा किया था । यह बुधवार की दोपहर थी, जब मनीष (टीम लीडर) और अपनी टीम के सदस्यों के साथ एक महत्वपूर्ण परियोजना पर काम कर रहे थे । उसकी समय सीमा ८.०० पीएम. पर उस दिन ही थी । सभी दल के सदस्य पिछले तीन महीनों से इसी परियोजना पर काम कर रहे थे ।

जब राकेश ने ४.०० बजे के आसपास मनीष और उनकी टीम के सदस्यों के घन कक्ष में प्रवेश किया तो उसने देखा कि वे फेसबुक पर बातें कर रहे थे और टीम के सदस्य में से एक किशोर ऑनलाइन खरीददारी कर रहा था। राकेश परेशान हो गया था क्योंकि परियोजना की समय सीमा ८.०० पीएम. तय की गयी थी। वह मानव संसाधन विभाग के पास गया और मानव संसाधन प्रमुख पर चिल्लाते हुए कहा कि उसके स्टाफ के सदस्यों के लोग फेसबुक पर बातें और ऑनलाइन पर खरीदारी भी कर रहे थे। वह मानव संसाधन विभाग के साथ बहुत नाराज था क्योंकि वहां सामाजिक मीडिया और ई–कॉमर्स वेबसाइट के उपयोग पर कोई नियंत्रण नहीं था। उसने उस मानव संसाधन प्रमुख के स्पष्टीकरण की बात नहीं सुनी।

राकेश अपने विभाग के लिए वापस लौट आए और तुरंत मनीष और उनकी टीम के साथ एक बैठक बुलाई। वह फेसबुक और ई कॉमर्स वेबसाइट के उपयोग के संबंध में

मनीष पर और उनकी टीम के सदस्यों पर क्रोधित हुआ जब कि अति आवश्यक कार्य चल रहा था। उनको उस दिन ही ८.०० पीएम पर परियोजना प्रस्तुत करनी थी।

मनीष ने राकेश से उल्लेख किया कि उस के लिए यह सामान्य बात थी जैसे कि टीम के सदस्यों का फेसबुक और ई कॉमर्स वेबसाइटों पर जाना क्योंकि यह हर किसी के लिए एक 'स्ट्रेस बस्टर' के रूप में काम करती थी। मनीष ने इस बात का भी उल्लेख किया कि टीम में हर कोई परियोजना को पूरा करने के कगार पर था और समय सीमा से पहले इसे प्रस्तुत किया जाएगा।

राकेश इस बात से आश्वस्त नहीं था। उसने मानव संसाधन को एक ई मेल में लिखा था कि सभी कर्मचारियों के लिए इस तरह की वेबसाइटों के उपयोग को रोकने के लिए तथा उन कर्मचारियों को जो काम के घंटे के दौरान फेसबुक और ई कॉमर्स के वेबसाइटों का उपयोग कर रहे थे उनके लिए एक चेतावनी जारी करें।

मनीष और उनकी टीम ने समय सीमा पर काम पूरा कर तथा इस परियोजना को प्रस्तुत किया। क्लाइंट ने उनको अगले दिन उत्कृष्ट समीक्षा भेजी। इसी के साथ ही, उन्हें एक चेतावनी पत्र भी मिला था जो कि मनीष और उनकी टीम के सदस्यों को मानव संसाधन विभाग की ओर से इसके संबंध में था कि जो काम के समय पर फेसबुक और सोशल मीडिया वेबसाइटों के उपयोग करेगे तो यह उनके व्यक्तिगत फ़ाइलों में रखा जाएगा।

आपको किन चीजों पर काम करना होगा:
१, क्यों राकेश नाराज था?
२, ऐसी परिस्थिति में मानव संसाधन की क्या भूमिका है?
३, मनीष और उनकी टीम का इसके लिये क्या जबाब होना चाहिए?
४, कौन इस परिदृश्य में गलती पर था?
५, आप क्या करते अगर वहाँ आप एच आर प्रमुख होते तो?

लेखिका के द्वारा महत्त्वपूर्ण लेख

Relevant Articles by the Author

❖ **Employer & Employee Value Proposition (EVPs) –**
• How to foster CREATIVITY in the DNA of the organization?

• What do Corporates expect from Campuses?

• What makes companies a Great Place to work? (Greatness Diaries, September 2014)

❖ **The 3 'T's': - Talent Acquisition**

Recruitment & Selection –
• Role of Human Capital (Industrial Angles, 2013)

• Dialing into the future (Human Capital HR Magazine, June 2014)

• Being Overqualified - A Myth (Aspiring Minds "Campus Newsletter", October 2012)

Tips for the Interviewee (Candidate) –
• How Long Should Be Your CV? (Timesjob.com)

• Unusual Career Options For Women (Times of India, 2014)

• Why choose a career in Human Resources? (Timesjobs.com, Dec 2013)

• Ideal Resumes (TOI.com, 2013)

❖ **Organization Development –**
Employee experience -Backbone of Employee productivity (Business Manager)

❖ Exit (Bye Bye) –
• Questions for "Leave Smart, Land Well" research (Survey by Heidrick & Struggles, 2013)

• Tough Decisions without Rough Relationships (Kaustubham TISS 2014)

• Exit with Care

❖ Strategic HR –
• Role of Human Capital (Human Capital, November 2013),

• Cutting Edge or Just a Wedge (Business Manager, December 2013),

• HR as a driver for Organizational Innovation (Information Week, September 2014),

❖ Challenges in Today's Human Resource Management –
Tough Times, Tough Decisions without Rough Relationships (Kaustubham Magazine, TISS, HRM & LR Journal - 2014)

ग्रँथसूची (बिबलोग्राफी)
Bibliography

Chapter 2

1. (HR Articles: HR Articles: Difference Between TNA & TNI) http://www.pmiralumni.co.in/2011/06/hr-articles-difference-between-tna-tni.html

2. [PDF]Talent Retention Best Practices - Oracle www.oracle.com/us/media1/talent-retention-6-best-practices-1676595.pdf

3. http://hrcouncil.ca/hr-toolkit/right-people recruitment.cfm

4. The science of talent selection>>Health Management...www.healthmgttech.com/articles/.../the-science-of-talent-selection.php

5. Getting Your Organization Ready for Employee Training ...hrcouncil.ca > ...> HR Toolkit > Learning, Training & Development

6. http://guides.wsj.com/management/managing-your-people/how-to-develop-future-leaders/

7. Human Resource Management- Gary Dessler, Biju, Varkkey

Chapter 3

1. http://www.wisegeek.org/what-is-competency-mapping.htm

2. http://www.thecompetencygroup.com/competency-solutions/competency-assessment.aspx

3. http://www.whatishumanresource.com/competency-mapping

Chapter 4
1. http://www.schaeferrecognitiongroup.com/
vocationalblog/index.php/2009/10/19/turn-recognition-
expenses-into-profits/

2.http://www.hr.com/en/app/blog/2010/02/compensat
ion-and-benefits-definition-and-importanc_g5kiosxm.html

Chapter 5
1. Organization Development: Principles, Processes,
Performance by Gary N. McLean,
www.bkconnection.com/blog/posts/organizational-
development

2. http://managerlink.monster.com/training-
leadership/articles/189-the-organization-development-
process/
Office of State Personnel, North Carolina

3.https://www.cscollege.gov.sg/Knowledge/Documents/
COD/COD043%20Understanding
%20OD%20and%20its%20Role%20A%20Think%20Piece%
20on%20Organisational%20Development.pdf

4.https://www.cscollege.gov.sg/Knowledge/Pages/Under
standing-OD-and-Its-Role-A-Think-
Piece-on-Organisation-Development.aspx#notes. Author
Christian Chao, Alexia Lee and Geraldine Ling

Chapter 6
CourseiQ – Key Principles of Change Management
www.course-iq.com/blog/?p=394 www.course-
iq.com/blog/?p=394

Chapter 8
(http://www.qualtrics.com/research-suite/employee-exit-interviews/)

Chapter 9
http://www.citehr.com/10060-what-strategic-hr-change-management.html

Chapter 10
1.http://www.researchgate.net/publication/228096231_Challenges_of_Human_Resource_Management_in_borderl ess_world

2. http://www.docstoc.com/docs/86151812/Challenges-before-HR-Managers-in-the-Globalised-Scenario

www.ingramcontent.com/pod-product-compliance
Lightning Source LLC
Chambersburg PA
CBHW030413020726
47493CB00003B/1048
* 9 7 8 9 3 8 5 6 6 5 4 2 4 *